날개의 날개

TSUBASA NO TSUBASA by Asuka Asahina
Copyright © Asuka Asahina 2021
All rights reserved.
Original Japanese edition published by Kobunsha Co., Ltd.
This Korean edition published by arrangement with Kobunsha Co., Ltd., Tokyo
in care of Tuttle-Mori Agency, Inc., Tokyo through Amo Agency, Korea.

이 책의 한국어판 저작권은 AMO에이전시를 통해
저작권자와 독점 계약한 도서출판 미래지향에 있습니다.
저작권법에 의해 한국 내에서 보호를 받는 저작물이므로
무단 전재와 무단 복제를 금합니다.

날개의 날개

아사히나 아스카 지음
최윤영 옮김

미래지향
도서출판

차례

•

제1장 여덟 살

제2장 열 살

제3장 열두 살

· 일러두기 ·

· 일본의 학기제도
3학기로 운영되며, 4월부터 7월 하순까지가 1학기, 9월 초부터 12월 하순까지 2학기, 3학기는 1월 중순에 시작해 3월 하순에 끝난다.

· 사립중학교 입시
일본 공립중학교의 경우 별도의 시험이 없지만, 사립중학교 입학을 원하는 경우 대개 초등학교 4~5학년부터 입학시험 준비를 시작하는 것으로 알려져 있다. 대부분의 사립중학교는 2월에 본 입시를 치르는데, 조금 이른 1월에 입시를 시행하는 일부 학교들이 있다. 본 입시에 앞서 1월 시험 시행 학교에 시험 삼아 입시를 치르는 경우 1차 응시라고 하고 보통 2차 응시 중학교가 본 입시로 여겨진다. 학교별로도 2차, 3차까지 여러 번의 입시 시험을 시행하고 있어서 한 명의 학생이 대개 여러 번의 입학시험을 치른다.

· 중고교 일관제
중학교와 고등학교 과정을 통합해서 운영하는 6년제 학교로, 보통 명문대 재단의 사립학교가 많아서 대학 부속 고등학교 졸업생이 무시험으로 같은 재단의 대학에 입학하는, 이른바 '에스컬레이터식 입시제도'를 이용해 명문대에 쉽게 입학할 수 있고 안정적인 미래가 보장된다고 생각해 입시경쟁이 치열하다.

· 지정 추천제
대학에서 지정하는 고등학교의 추천을 받은 학생은 특별한 사유가 없는 한 합격하는 지정교제 추천방식.

· 편차치
정규분포의 평균을 구하는 성적분포 환산점수를 뜻하는데 평균을 50으로 환산해 점수가 높을수록 T 분포상 오른쪽에 위치한다. 편차치가 70이면 상위 2% 이내이고 편차치가 75면 상위 0.5%이다.

제1장

•

여덟 살

어딘가에서 날아온 갈색 나뭇잎이 부츠 앞에서 떼구루루 굴렀다. 트렌치코트로 에워싼 몸을 움츠리며 아리이즈미 마도카는 발밑을 내려다본다. 오늘 아침 기상 뉴스에서 밤에는 눈이 내리겠다고 했다. 벚꽃의 꽃봉오리가 부풀어 오르기 시작한 이 시기에 눈이라니.

"말도 안 돼."

무심결에 중얼거렸으나 말도 안 되는 자연재해가 매년같이 일어나는 세상이다. 얼음 입자를 머금은 바람이 지금도 옷깃 틈새를 비집고 피부를 찔러온다. 틀림없이 오늘 밤엔 눈이 내리겠다.

고개를 들자 어느새 건물 주위로 기다리는 사람들이 늘었다. 남자들과 여자들. 학부모들이다. 조부모 연령대로 보이는 사람도 있다. 조용히 허공을 응시하거나 스마트폰을 만지거나, 혹은 이따금 손목시계에 시선을 주었다가 건물 입구를 확인하면서 대부분은 그저 조용히 시간을 보내고 있었다. 개중에는 쉴새 없이 수다를 떠는 사람들도 있다. 마도카 바로 뒤에 서 있는 무리는 처음에는 작은 목소리로 수군대더니 점점 분위기가 과열됐는지 지금은 볼륨 조절이 안되고 있다.

"…… 그게 말이죠, 그 아이, 하네미나에 시험 삼아 1차 응시를 한 모양인데 모의시험 때는 80퍼라 충분히 여유만만했는데 말이죠."

"그런데 웬걸, 불합격이래요!" 과장된 목소리로 한 사람이 호들갑을 떨자 나머지 두 사람이 "어머나……", "대박!"으로 호응했다.

"그 후로 멘탈이 무너져서는 2월 본 입시마저 전멸이래요. 그래서 결국 학교 견학도 해본 적 없는 듣보잡교에 진학하게 됐나 봐요."

"세상에나."

"가여워라."

이러면 안 되는데 하면서도 마도카는 저도 모르게 귀를 기울이고 있었다. 하네미나…… 80퍼…… 듣보잡교……. 새어 나오는 말들이 마도카에게는 낯설기만 했다. 그러나 여기에 없는 그 누군가에게 무슨 일이 일어났는지는 대충 짐작이 갔다. 이야기를 주고받는 여자들은 안타까워하는 듯했지만 목소리에 번지는 들뜬 기색을 감추지 못했다.

"그러고 보니 다키가와 씨네 첫째는 어떻게 됐을까요. 걱정이네. 혹시 들은 얘기 없어요?"

누군가의 물음에 아마도 다들 고개를 가로젓는지 몇 초간의 침묵이 이어진다.

"얼마 전에 제가 빵집에서 다키가와 씨 만났잖아요. 마스크로 얼굴을 가렸던데 엄청 예민해 보였어요."

다른 누군가가 말했다.

"그랬구나. 먼저 물어보기 눈치 보였겠네요."

"아유, 말도 마요. 인사하자마자 휙 가버리더라니까요."

"그 집 아이, 초등학교도 들어가기 전부터 에이치(H)에 다니는 지독한 공붓벌레였잖아요."

"죠오대 부속에 붙은 거 같다고 하던데. 우리 애가 걔 동생한테 들었대요……."

"네? 죠오요? 의외네요. 공부를 제법 잘한다고 들어서 니시아사에 들어갈 줄 알았더니."

"어, 저기." 그때 누군가가 소리를 높였다.

건물 입구의 유리문이 열리고 안에서 가방을 멘 한 남자아이가 걸어 나왔다. 모여 있던 부모들은 그 아이의 학년을 가늠하려 애쓴다. 건물 안에는 시험 종료 시각이 겹치는 각기 다른 학년의 아이들이 섞여 있어서 아이들이 언제 나올지 알 수가 없었다.

남자아이 뒤로 다른 아이들이 쏟아져 나오기 시작했다. 마도카는 여기저기를 살피며 자신의 아이를 찾는다. 시험 문제지를 한 손에 들고 있는 아이도 보인다. 문제지에 쓰인 '예비 3학년'이라는 글자를 보니 아들 츠바사와 같은 학년인 모양이었다. 즐겁게 친구와 수다를 나누고 있는 아이, 성실해 보이는 안경 쓴 여자아이, 휴대전화 통화를 하는 남자아이. 이 와중에 두꺼운 책을 읽으며 걸어가는 한 소년의 뒤로…….

"츠바사!"

제 아이를 발견한 순간 무심결에 낸 큰 소리에 놀라 마도카는 귀를 붉혔다. 스포츠 브랜드 마크가 크게 찍힌 짙은 감색 롱 패딩에 검은 가방을 둘러멘 츠바사가 이쪽을 발견하고는 환하게 웃는다.

"엄마!"

달려온 츠바사에게 장갑을 끼지 않은 한쪽 손을 내밀자 아이는 세게 붙잡는다. 그 작은 손은 찬바람 속에서도 아직 따뜻하고 축축했다. 내 강아지, 내 이쁜 강아지, 이 작은 손으로 내내 연필을 쥐고 있었겠네. 그 생각을 하니 마도카의 마음속 어딘가가 뜨겁게 울컥하는 것 같았다.

조금 전 참석한 부모 설명회에서 학원 이사라고 자신을 소개한 가토라는 남자에게 들은 말이 떠오른다.

— 자녀들이 아직 어린 초등학교 2학년이라 이런 본격적인 학원 시험을 처음 치르고 계신 분도 많을 거로 생각합니다.

츠바사는 정말로 그랬다. 학교 이외의 곳에서 이렇게 시험을 치르는 것은 처음이다. 마도카는 분명 긴장했을 아들의 작은 손이 애처로워 꼭 잡아 쥐었다.

한 달 전쯤, 늘 시청하던 애니메이션 방송의 중간 광고에 동글동글한 눈의 귀여운 소년이 등장했다. 깔끔하게 정리된 밝은 거실에서 열심히 공부 중이던 그 소년은 연필을 내려놓고는 "다 풀었어!" 하면서 함박웃음을 지었다. "대단해 우리 아들.", "잘하네." 아빠와 엄마의 칭찬에 소년은 중얼거렸다. "나 더 경쟁하고 싶어……." 그 순간 어딘가에서 "너도 도전해보지 않을래?!"라는 외침이 들려오고, 그에 소년은 기운찬 목소리로 "도전하고 싶어!"라고 대답했다. 곧이어 화면 가득 나타나는 '전국연합 실력평가' 문구와 함께 튀어나오는 말풍선 '경쟁자들과 연합평가에서 만나요!'

— 츠바사, 저 시험 봐 볼래?

그날 광고를 본 마도카가 무심히 물어보자 다시 시작된 애니메이션에 빠져 있던 츠바사는 TV에서 시선을 떼지도 않은 채 "좋아"라고 대답했다.

광고 속 눈이 동글한 소년처럼 도전하고 싶다며 적극적으로 나서는 기세가 아니라 조금 아쉬웠으나 마도카는 왠지 모를 확신 같은 예감이 들었다.

서둘러 노트북을 열어 검색 사이트에 '전국연합 실력평가'를 치니 바로 공식 사이트가 나왔다. 이미 신청을 받고 있었다. 고사장은 전국 각지에 있는 모양이었다. 집에서 버스로 10분 정도 거리의 지하철역 바로 앞에 있는 다이니치세미나라는 대형 학원도 그중 하나였는데 그곳은 왠지 피하는 게 좋을 것 같았다. 역에서 전철로 10분쯤 더 가면 민영 철도로 갈아탈 수 있는 하나오카데라 역이 있다. 이 지역에서 가장 큰 종착역으로 역 주변에 고사장으로 마련된 대형 학원이 세 군데나 있었다. 그중에서 이 '홀마크 입시 학원', 줄여서 '에이치'를 고른 이유는 츠바사가 다니는 유치원에 계약직으로 있던 피아노 선생님의 아들이 다녔기 때문이다.

— 선생님 아들이 에이치에서 '중시' 쳐서 나카키타에 붙었잖아요.

같은 유치원에 다니는 학부모의 말이 처음에는 암초처럼 들렸다. 에이치? 나카키타? 중학교 입학시험을 중시로 줄여 말한다는 것도 처음 들었다. 하지만 그런 말보다도 그 사실을 알린 학부모의 눈동자에 조심스러운 야심의 조각이 어른거리던 모습이 인상적이었다.

마도카는 입시 학원도 중학교 입시와도 전혀 인연 없이 자랐다.

여름에는 한증막, 겨울이면 냉동고가 되는 내륙 지방의 한적한 마을에서 도청에 근무하는 아버지와 옆 동네의 대야 공장 식당에서 영양사로 일하던 엄마 밑에서 공립초등학교와 중학교를 나와 그 지역에서 2등으로 불리는 현립고등학교에 갔고, 거기서 지정 추천제로 도쿄의 기숙사 달린 여대까지 인생을 착실히 밟아왔다. 뛰어나게 우수한 건 아니었지만 어느 때고 성적은 좋아 어른들에게 '성실한 아이'로 좋은 평가를 받았다. 지역 특성상 주변에 중학교 입시를 치르는 아이는 한 명도 없었다. 초등학생이 학원에 다니며 공부하는 세계가 있다는 것조차 몰랐다.

그러나 마도카는 아이를 낳고 나서 자신이 자녀 교육에 관심이 매우 많은 유형의 인간임을 알게 되었다. 산부인과에서 임신을 확인하고 돌아오는 길에 마도카가 제일 먼저 향한 곳은 서점이었다. 이것저것 살펴 가며 한참 고민한 끝에 사들인 임신 중 생활 방식에 관한 가이드북을 며칠에 걸쳐 탐독했다.

새로운 세계를 알아가는 일은 즐거웠다. 출퇴근 시간에 임신부에게 도움이 되는 영상을 보고 잠자기 전에 산부인과 홈페이지를 비교해보거나 선배 산모들의 육아 SNS를 훑었으며, 도서관에서 태교와 영양학 및 읽어주기의 효능에 관한 책들을 빌려와 읽고는 했다. 물론 츠바사가 태어난 뒤 한동안은 정보 수집에 힘을 쓸 여유도 없이 부스스한 머리로 하루를 살아내기도 바빴으나, 안정을 되찾고서부터는 유명인의 육아 수필과 남자아이 육아법에 대해 이것저것 알려주는 책들을 찾아 읽었다.

육아 휴직 후 업무에 복귀하고 결국은 그만두기까지의 몇 년간은 몸도 마음도 지쳐 책을 읽을 여유도 없었는데 어린이집에서 편입할 유치원을 정할 때가 되자, 마도카의 교육열은 다시금 움트기 시작했다. 집에서 가까운 '갈매기유치원'에 보내지 않고 옆 동네의 사립대학 캠퍼스 안에 자리한 '세가원'을 선택한 것이 그 증거다.

두 유치원의 설명회에 참석하고 양쪽 모두 꼼꼼히 둘러보았으며,

인터넷에 떠도는 입소문들도 철저히 살펴보고서 결정한 것이었다. 넓은 정원과 야외놀이 시간이 길다는 게 특징인 갈매기유치원에 비해 세가원은 몬테소리 교육법을 강조하며 방과 후에 영어와 피아노 등 다양한 수업이 마련되어 있었다.

세가원의 일원이 되면서 자연스레 교육에 열성적인 엄마들과 교류하게 되었다. 그녀들의 정보망은 어마어마해서 예의 '에이치에서 중시 쳐서 나카키타에……'처럼 암호 같은 문장을 쓰는 엄마도 있었지만, 대부분 사람들은 동네의 교육 관련 정보를 속속들이 가져다 공유하곤 했다.

특히 초등학교 선택은 그녀들의 최대 관심사였다. 세가원 대학의 부속 초등학교는 여학교라 남자아이의 경우 외부의 사립초등학교를 응시할지, 지역 공립초등학교에 입학할지 선택을 해야 했다. 열성적인 엄마들에게 휩쓸리듯 마도카도 츠바사를 데리고 초등학교 입시 학원을 몇 군데 돌며 체험 수업을 받게 했다. 레벨 테스트와 면접, 외부기관에서 주최하는 IQ 검사도 받았다. 그 결과 잘 준비하면 상위 학교로 불리는 초등학교에 붙을 가능성도 충분한 아이라는 말에 감격스럽기도 했다.

그러나 결국, 초등학교 입시에 열을 올리지는 않았다. 초등학교 입시 학원이 합격 실적으로 내걸고 있던 사립초등학교에 다니게 되면 도쿄 서부의 주택가에서는 전철이나 버스를 이용해 통학해야 했다. '1시간 걸려 다니는 아이도 있어요.' 학원 선생님은 그렇게 말했지만 아무래도 조그만 체구의 초등학교 1학년에게는 힘겨운 일이지 싶었다.

또 하나의 큰 이유는, 시어머니 때문이었다. 도쿄 중심지에 있는 남편 신지의 본가를 방문했을 때, 츠바사가 무심코 입시 준비 학원에서 체험 수업했던 이야기를 꺼내자 시어머니는 즉각 초등학교 입학시험을 보게 할 거냐고 물었다. 그러더니 느닷없이 남자아이는 초등학교보다 중학교 입시를 준비하는 것이 낫다는 것이다. 그녀는 중고교 일관제를 실시하는 남학교 몇 군데를 구체적으로 거론하며 그런 학교들을 준비하는 게 어떻겠냐는 성급한 이야기까지 했다.

마도카는 조금 당황스러웠지만, 확실히 초등학교 입시반 엄마들의 열의나 내보이는 재력에 겁을 먹은 바가 있어서 시어머니가 말하는 '운이나 연줄로 결정되는 초등학교 입시'보다는 '실력으로 승부 보는 중학교 입시'가 츠바사에게 적합할지도 모른다고 생각하게 되었다.

동네 공립초등학교 진학을 결정하자 자연히 같은 진로를 선택하는 엄마들과 이야기를 나눌 기회가 늘었다. '공립반'이라고는 해도 세가원의 엄마들은 보통 엄마들보다 훨씬 교육열이 높았다. 레고블록 교실, 플래시 암산학원, 프로그래밍 클럽, 속독 강좌……. 이와 같은 엘리트 영재 학습법이 다 같이 모인 자리에서 자연스레 화제에 올랐다. 그녀들 입에서 흘러나오는 단어를 기억해 두었다 나중에 스마트폰으로 몰래 확인하면서 마도카는 조금씩 식견을 넓혔다.

많은 입시 학원 중에서 에이치가 가장 크고 들어가기 위한 레벨 테스트가 대단히 어려워 매우 우수한 아이들이 모여 있으며, 들어가기 힘든 상위 학교 진학률 실적이 굉장히 좋은 학원이라는 사실을 알기까지 오래 걸리지 않았다. 하나오카데라에 쇼핑하러 갈 때마다 보이던 빨갛고 파란 로고의 'HM'이 무엇인지도 모르던 시절에서 '호시나미에 가겠다면 HM', '사천왕이 목표라면 HM'과 같은, 중학교 입시 관련 가족에게만 통하는 암호 같은 광고 문구를 아무렇지 않게 바라볼 수 있게 되었다.

 그 에이치의 고사장에서 연필을 쥔 손바닥이 축축해지도록 시험과 싸우고 이제 막 나온 츠바사의 밝은 표정이 그녀를 크게 만족시킨다.

 역시, 내 예감은 틀리지 않았어!

 마도카는 아들의 모습을 보자마자 목구멍까지 치밀어 오르는 질문을 필사적으로 참았다. 에이치의 가토에게 들은 말을 떠올린 탓이다.

 ─ 시험을 끝내고 나온 자녀에게 다짜고짜 "잘 봤어?" 이런 질문은 하지 말아 주세요.

 가토는 아이들의 시험 시간을 이용해 개최한 학부모 설명회에서 이렇게 말했다.

 그 말에 학부모들은 부드러운 잔물결이 일듯 술렁이며 킥킥거렸다.

 ─ 어머님, 아버님. 다들 남 얘기라는 얼굴을 하고 계시는데, 아닙니다. 그냥 두면 대부분이 물어봅니다. 언제 나오나 하고 기다렸다가 나오는 자녀를 붙잡고서는 '잘 봤어? 어머, 너 이런 문제를 왜 틀렸어! 세상에, 이것도 틀렸잖아!' 하고 말이죠.

 거기서 마도카를 포함해 학부모들은 일제히 폭소했다.

 ─ 부모가 '잘 봤어?'라고 물으면 자녀는 '잘 봤어요' 하겠죠.

 가토가 말했다.

 웃음으로 넘치던 교실 공기가 순식간에 긴장감이 돌며 침묵에 잠긴다.

 ─ 많은 자녀들을 보면서 저는 매번 느낍니다. 아, 이 아이들은 어떻게 해서든 부모의 기대에 부응하고 싶어 하는구나 하고 말이죠. 초등학생은 아직 그런 시기입니다. 부모에게 반항해야지. 부모에게 똑똑히 보여줄 거야. 그런 마음은 아직 없습니다. 여러분의 생각 이상으

로 자녀들은 순수합니다. 저학년은 특히 말이죠. 중학교 입시의 의미도 모릅니다. 이 시기에 부모님이 결과만을 신경 쓰면 아이들은 앞으로의 수험 공부를 부모님을 기쁘게 하기 위한 노력으로만 생각하게 됩니다.

그건 굉장히 위험한 일입니다. 가토가 무서운 얼굴로 말했을 때 교실은 물을 끼얹은 듯 조용해졌다.

이에 가토는 표정을 살짝 누그러뜨렸다.

— 자, 여러분, 자녀는 아직 2학년입니다. 한창 사랑스러울 때죠. 네, 편안하게. 마음을 편안하게 가지세요.

학부모들의 공기가 가볍게 풀어진다.

— 여러분 어깨에 힘을 빼세요. 이런 시험 결과는 중요하지 않습니다. 정말로 아무 상관 없습니다.

입시 학원과는 인연이 없었던 마도카에게 가토는 처음 보는 '학원 선생님'이었다.

이렇게 말 잘하는 사람을 마도카는 처음 보았다.

— 오늘은 휴일에 이곳에 와서 열심히 시험을 치른 그 자체를 마음을 다해 칭찬해주세요. 고작 초등학교 2학년입니다. 태어난 지 불과 7, 8년 된 자녀가 그 작은 손으로 연필을 쥐고서 공부를 해왔잖아요. 이 얼마나 대단합니까. 잘했네, 하고 부모님이 따뜻한 마음으로 환영해주면 자녀들에게 공부와 시험이 부모님을 위한 것이 아닌, 스스로 노력하고 싶은 것으로 자리 잡게 됩니다.

거기까지 듣자 마도카의 눈시울이 뜨거워졌다.

작은 손으로 연필을 쥐고서…….

맞아, 그래. 그렇지. 이제 겨우 여덟 살이 된 아이가 엄마를 기쁘게 하려고 잘 봤다고 말하게 해선 안 된다. 휴일에 놀러도 못 가고 학원에서 시험을 치렀다. 그것만으로도 충분히, 대단히 훌륭한 일이다.

결과는 묻지 않는다.

휴일에 고생했어.

학부모 설명회 자료 한쪽에 마도카는 그렇게 메모했다. 자신의 그 메모를 떠올리며,

"츠바사, 고생했어. 잘했어."

가토의 말대로 마도카는 아들에게 가능한 한 부드럽게 말했다.

결과 같은 건 앞으로 일절 묻지 않기로 마음먹었다. 그 순간에는 정말로 그렇게 마음을 먹었다. 그러나 츠바사가 고개를 들며 내뱉은 한마디에 가슴속에서 작은 거품이 인다.

"엄마. 쉬웠어."

"어머. 쉬웠어?"

묻는 목소리가 커진다.

"수학은, 가쓰Q에서 푼 문제가 많이 나왔어."

"정말?"

"응, 정말."

의기양양한 아들의 표정을 본 마도카는 가슴 가득, 달콤한 탄산수를 흔들었을 때처럼 거품이 뽀글뽀글 차올랐다. 마도카가 이렇게 사랑스럽고 즐거운 거품을 맛볼 수 있는 건 언제나 츠바사 일이다.

예감은 적중했다. 이 시험을 시켜야겠다고 마음먹었을 때 마도카는 생각했다. 이 아이는 잘할 거라고. 에이치에서든 어디에서든 쭉쭉 성장해나갈 거라고.

학년 초에 교과서가 배부되면 국어 교과서 속의 이야기 지문을 첫

날에 다 읽어버리는 아이가 있다. 문제집을 사주면 언제나 어렵지 않게 풀어나가는 아이가 있다. 츠바사는 확실히 그런 아이였다. 5월생이면 생년월이 같은 학년 중에서 이른 편이긴 하지만, 그렇다 쳐도 어릴 때부터 이 아이는 이해가 빨랐다. 입 밖에 낸 적은 없지만, 츠바사가 주변 아이들보다 훨씬 똑똑하다는 사실을 마도카는 일찍부터 알고 있었고 세가원의 다른 엄마들에게서도 그런 말을 자주 들었다. 계산 문제와 한자를 배우는 '가쓰Q'라고 하는, 지금 다니는 학원에서도 이미 몇 학년 위 아이들의 수준을 넘어선 지 오래였다. 학교 공개 수업을 참관해봐도 츠바사는 확실히 힘겨워했다. 첫 문제를 대답해버리면 그다음 아무리 손을 들어도 선생님은 츠바사를 더는 지목하지 않는다. 정답을 척척 말한다는 걸 알고 있기 때문이다. 그런 츠바사에게 학교 수업은 즐거워 보이지 않았다.

이 아이에게는 더욱 높은 수준의 수업과 자극이 될 만한 경쟁자가 필요하다. '나 더 경쟁하고 싶어……'의 광고를 보기 전부터 마도카가 했던 생각이었다. 얼른 이 아이에게 승부를 겨루게 해주고 싶다고.

"아, 맞다. 국어시험에 나온 글, 재밌어서 더 읽고 싶어."

발갛게 상기된 얼굴로 츠바사가 말한다.

"어떤 이야긴데?"

"음, 어떤 이야기냐면…… 어떤 여자애가 거짓말만 하는데 모두가 그 말을 믿어. 근데 전학 온 어떤 애도 자꾸 거짓말만 하니까……."

장면이 머릿속에 떠오르는지 이야기하면서 킥킥대는 츠바사의 옆모습은 나도 모르게 뺨을 가져다 비비고 싶어질 만큼 너무나 사랑스러웠다.

"둘이서 거짓말 경쟁이 돼버렸어!"

흥분해 목소리가 커진다. 초롱초롱한 눈동자, 홍조를 띤 뺨. 시험을 정말로 즐기고 왔구나. 내민 손을 마주 잡아주는 나의 왕자님.

마도카가 시골 초등학생이었던 시절에 으레 보던 '공부 잘하던 남자아이'는 공부만 잘했다. '공붓벌레' 또는 '오타쿠'로 주로 불렸다.

츠바사는 다르다. 반에서 아마도 계산이 제일 빠르고 한자 시험도 항상 만점인 '공부를 잘하는 남자아이'지만, 수영도 잘하고 피아노도 잘 쳤고 무엇보다 친구가 많고 활달했다. 공붓벌레도 오타쿠도 아니다. 그 점이 마도카는 자랑스러웠다. 학원 수업이 없는 날이나 가쓰Q에서 돌아오는 길에 가까이에 사는 친구들과 발이 젖는 것도 개의치 않은 채 공원의 작은 개울에서 놀고 있는 모습을 보면 마도카는 마치 자신이 그 속에 들어가 있는 듯 한껏 기분이 들뜨고는 했다.

"재밌겠다. 엄마도 읽어보고 싶네."

그러자 잡은 손을 츠바사가 놓는다. 더는 못 참겠다는 듯이 길 한가운데에 멈춰 서서 가방을 발 사이에 내려놓더니 그 자리에 쭈그려 앉는다. 바스락대며 가방을 열어 막 받은 시험지를 꺼낸다. 엄마에게 뭔가를 보여주고 싶어서 다짜고짜 행동하는 아들의 작은 정수리. 그런 아이를 내려다보는 지금 이 순간. 이런 행복이 또 있을까?

"이거!"

츠바사는 마도카에게 당장 보여주고 싶은 모양인지 기세 좋게 시험지를 꺼냈다. 그러나 그 순간, 마도카의 가슴에 뿌연 안개가 낀다. 심장을 가로지르는 그 작은 그림자가 걷잡을 수 없이 커진다.

"있잖니, 츠바사. 시험을 풀 때 나중에 정답과 맞춰 보기 쉽도록 어떤 답을 골랐는지 선택지에 동그라미로 표시해두는 게 좋아."

지금 안 해도 되는 말임을 머리로는 알고 있으면서도 입 밖에 내지 않고는 도저히 견딜 수 없었다. 그럴 수밖에 없었던 게 츠바사가 내민 시험지에는 글자 하나, 구김 하나 없이 깨끗한 백지상태였기 때문이다.

"엄마, 이거 봐!"

츠바사는 제대로 듣지도 않고 흥분으로 목소리가 들떠 있다.

문장형 문제 마지막에 저자 이름과 제목이 적혀 있었으나 마도카는 이미 그런 건 안중에도 없었다.

"이 책 처음부터 읽고 싶어!"

"츠바사, 엄마 말 듣고 있니? 시험 문제를 풀 때는 마지막에 다시 확인하기 쉽도록 네가 뭘 골랐는지 표시를 해둬야 한대도."

"에이, 괜찮아."

경박하게 대답하는 츠바사에 마음이 소란스러웠다.

이런 건 지금 똑바로 알려주지 않으면 안 된다. 다음 시험을 위해서라도…….

"그래도 말이야, 어떤 답을 골랐는지, 시간이 지나면 잊어버리잖니."

"괜찮다니까, 엄마."

후에 몇 번이고 다시 느끼게 되는 이 감정. 짐승처럼 부풀어 올라 스스로 제어가 안 될 정도로 무시무시하게 목구멍 깊은 곳에서 분출하는, 그 시작의 알갱이는 아마도 이 순간 생겨났을 것이다.

"그럼 안 돼!" 마도카가 소리쳤다.

결과는 묻지 않는다.

휴일에 고생했어.

"츠바사. 그럼 우리 저기 엔젤스에서 정답과 맞춰 볼까. 적은 답 잊어버리기 전에."

"왜?"

"몇 점 받았는지 확인해야지. 츠바사도 불안하잖아?"

"엥? 지금?"

"그래. 답안지 받았지?"

머리로는 알고 있다. 시험을 치른 자체로 칭찬받아 마땅하다. 학원 선생님도 그렇게 말했다. 오늘은 시험을 친 것만으로 충분하다고.

츠바사는 시험지를 가방에 도로 집어넣고 다시 엄마 손을 잡는다.

"엔젤스에서 맛있는 파르페 사줄게."

"신난다!"

포상을 걸고서 두 사람은 패밀리레스토랑으로 향했다.

그날 밤, 예고대로 도쿄에는 눈이 내렸다. 비처럼 가늘고 바슬바슬한 눈이었다.

쌓이지 말았으면 하는 생각과 동시에 어차피 내릴 거면 내일 학교가 휴교 될 정도로 수북이 내려 새하얀 세상을 츠바사에게 보여주고 싶은 마음도 들었다. 올해는 날이 엄청 추웠던 데 반해 제대로 쌓이는 눈은 없었다. 공원에서 친구들과 눈싸움하면 분명 엄청 즐거워할 텐데.

평소처럼 태블릿을 세로로 고정해놓고 손끝을 미끄러뜨려 스카이프 무료 영상 통화에 접속한다. 익숙한 전자음과 함께 화면 너머로 신지가 나타났다.

"여보, 들어 봐봐. 오늘 츠바사가 전국연합 실력평가 봤어."

신지와의 대화는 보통 이 시간으로 정해져 있다. 매일 반복되는 일상이라 언제부턴가 인사 같은 건 생략하고 바로 요점부터 보고하게 되었다.

"전국연합 실력평가?"

바다를 사이에 두고 떨어져 있어도 거의 실시간으로 대화할 수 있어서 별거하고 있다는 느낌은 적었다. 신지는 작년에 중국 내륙의 대도시로 발령이 나서 부임했다.

"응. TV 광고를 보고 츠바사가 시험 치고 싶다고 해서."

중학교 입시 경험이 있고 사립중고교 일관제 학교를 나온 신지라서 이 이야기를 들려주면 기뻐할 것으로 생각했는데,

"아직 저학년인데 너무 이르지 않아?"

신지가 말했다.

"그런가……. 시험 보는 애들이 엄청 많던데."

"저학년은 열심히 뛰놀면 그만이야. 나도 그 무렵엔 아무것도 안 했어. 매일 악동 무리와 모여서 시립운동장에서 늦게까지 숨바꼭질했다."

그립다는 듯이, 그러면서도 의기양양하게 웃는 모습이 기분 좋아 보였다.

"아무래도 좀 이른 건가? 나도 초등학생 때 아무것도 안 했어."

"거봐."

"그래도 당신은 중학교 입시시험 봤잖아."

"근데 입시시험이라고는 해도 내가 학원에 다닌 건 초등학교 5학년 여름부터였어. 그 당시의 중학교 입시는 그런 분위기라 훨씬 여유로웠지. 요즘은 부모가 너무 조급해하니까 조기 교육 산업이 큰 돈벌이가 된다고 오이시가 그러더라. 오이시네는 작년에 입시를 봐서 아

키라가오카에 들어갔는데 우리 때보다 중학교 입시가 훨씬 치열해져서 입시 학원 학생 수가 어마어마하다네."

오이시라는 사람은 신지의 중고교 동창으로 은행원이다. 결혼식 때 인사를 잠깐 나눴다.

"그러게. 아무래도 너무 이른 거지?"

마도카가 말했다.

"그래서? 결과는 어땠어?"

이러니저러니 해도 결과는 궁금했던 모양인지 신지가 물었다.

"아, 응. 그 정도면 잘 나온 것 같아. 수학은 당신이 말한 대로 일찍부터 가쓰Q에 보낸 게 다행인 것 같아. 뒤쪽의 어려운 문제는 잘 못 풀었는데 계산 문제나 문장형 문제는 비교적 잘 맞혔어. 계산 실수한 경우도 있지만."

"그런 건 괜찮아, 상관없어. 중학교 입시를 볼 거면 당장 눈앞의 계산 실력보다 독해하는 능력이 중요해. 수학은 결국 패턴화된 문제보다 사고력 문제로 집약되니까."

마도카는 남편의 말이 옳다고 생각했다. 역시 중학교 입시 경험자답게 신지의 말에는 깊이가 있다.

그러고 보니 초등학교 입학과 동시에 가쓰Q에 보내자고 한 것도 신지였다. 가쓰Q는 전통 있는 학원으로 신지도 어릴 때부터 다녔다고 했다. 그 생각을 떠올리자 신지가 '나도 그 무렵엔 아무것도 안 했어'라던 말이 지나친 겸손처럼 느껴진다. 시어머니가 귀한 아들에게 아무것도 안 시켰을 리가 없다.

"문제를 보니까 뒤쪽은 꽤 어려워서 놀랐어. 주사위를 몇 번 돌려서 나온 눈의 수를 더해서 어쩌고저쩌고. 나도 잘 모르겠더라고."

문제를 보고 순간 당황했던 게 떠올라 마도카는 머쓱해서 웃었다.

츠바사가 치르고 온 예비 3학년 대상의 수학 시험을 과연 자신이 만점을 받을 수 있을까 생각하니, 전혀 자신이 없을 만큼 의외로 후반 문제는 전부 어려웠다.

"그래서? 그 녀석 수학 몇 점 받았는데?"

신지가 말했다.

역시나 물어보는구나, 마도카는 그렇게 생각하며 대답했다.

"아, 그게 점수는 아직 정확하게는 몰라. 본인이 채점해본 결과, 아무래도 150점 만점에 100점 정도는 받은 것 같아."

"60% 넘었군······."

150점 만점 중 100점을 즉각 '60% 이상'으로 환산한 것에 감탄하면서 마도카는 자기도 모르게 말을 덧붙인다.

"근데 매년 그 시험 평균 점수가 80점 정도래."

무엇을 위한 '근데'인지 모른 채로, 마도카는 서둘러 말했다.

"그렇군. 음···. 평균이 그 정도나 된단 말이지? 뭐, 아무 준비 없이 쳤으니까."

말은 그렇게 했지만 신지의 목소리는 확실히 낙담한 듯했다.

"국어는 잘했어. 세 문제밖에 안 틀렸어. 문장이 길었는데 열심히 읽고 생각 많이 해서 푼 것 같아. 자기 채점이지만 130점 이상 받은 거 같아."

"많이 받았네. 그 녀석, 제법 하는걸."

신지의 목소리가 조금 상기돼 마도카는 마음이 놓였다.

"시험에 나온 이야기를 책으로 읽고 싶다고 해서 도서관에서 빌리려고 찾아봤는데, 잡지에 실린 이야기라 책이 아니더라고. 그래서 그

잡지 아마존에서 구매했어. 800엔 정도 했어."

"잘했어. 그런 건 계속 읽게 해 줘. 독해력을 익히려면 책을 많이 읽는 게 제일 중요해. 어휘력도 늘 테고."

"시험 본 학원의 학부모 설명회 때 그 학원에서 가장 잘나가는 선생님도 지금 제일 중요한 건 많은 책을 읽는 거라고 했었어."

"어느 학원인데?"

"홀마크 입시 학원이라는 곳이야."

"아, '에이치'였어?"

"당신 에이치 알아?"

"알고 말고, 내가 다니던 TOP의 선생님들이 몇 년 전에 독립해서 만든 학원이야."

"어머……."

"당신은 몰랐구나. 하긴 뭐, 지방 출신이고 도쿄에 있었어도 중학교 입시 경험이 없으면 보통 그런 건 잘 모르지."

왠지 모르게 기쁜 것처럼 신지가 말한다.

"오이시도 나노 TOP 출신이야. 말 안 했었니?"

"응. 몰랐어."

"그놈이랑 학원 건물은 달랐지만. 중학교에 막 입학했을 때 어느 학원 다니냐는 이야기로 이상하게 분위기가 달아오르는 거야. 당시에 TOP는 비교적 소수파랄지, 소수정예? 아사히가쿠슈카이가 대형 학원이었으니까. 주변에 대부분은 거기 출신이었고, 오이시랑 나만 오! TOP야?, 하면서 손을 맞잡았지. 그때부터 의기투합했고."

"소수정예라니, 굉장하네."

"TOP는 들어올 때 레벨 테스트로 많이 걸러내니까. 하지만 지금은

TOP에서 파생된 에이치가 제일 큰 학원이라, 아사히는 점점 점유율을 빼앗겨 다이니치세미나나 죠오아카데미에도 상대가 안 돼서 도립 입시 학원으로 전향했다고 하더라고."

몹시 수다스레 신지가 말한다.

"당신 정말 잘 아는구나. 그보다 오늘부터 본사에서 시찰 나온 주간이었는데 어땠어?"

어쩐지 화제를 바꾸고 싶은 기분이 들었다.

다행히 신지도 회사 이야기를 하고 싶었는지 바로 응한다.

"난리도 아냐, 완전 녹초 됐어. 본부야 관광 딸린 편안한 투어지만 우리는 준비며 절차로 두 달 전부터 움직였잖아. 현지 부담이 너무 크네. 마스지마 씨 내일 몸져누울지도 모르겠다."

마스지마는 신지의 상사다. 직접 이야기를 나눈 적은 없으나 온화한 사람처럼 보였다. 신지를 잘 챙겨주는 모양이다.

"고생이네. 악습이야 그거."

본사와 자회사의 상급 이사를 해외 시찰에 보내는 제도였다. 마도카도 신지와 같은 회사에 근무했던 터라 이럴 때 신지의 마음을 이해할 수 있었다.

"미래도 없는 인간들이 대체 뭐 하러 바다까지 건너가서 공장을 돌아보는 건지. 내일은 골프 경기도 있어. 이런 걸 하느라 시간과 힘을 낭비하고 있으니 외국 기업들에 맨날 지지. 내가 언젠가 실권을 잡게 되면 이 제도부터 제일 먼저 철폐할 거야. 해외 시찰을 보내려면 입사 4, 5년 차 애들을 보내야지. 젊은 직원들에게 해외를 많이 둘러보게 하는 게 훨씬 도움이 되잖아. 안 그래도 우리 때보다 해외 주재 희망자가 줄어드는데……."

그러면서 그때부터 신지는 자기 회사의 해외 사업 진출에 관한 생각을 말하기 시작한다.

이렇게 미래의 전망을 확신에 차서 이야기하는 모습에 끌렸었지, 하고 마도카는 생각했다.

마도카는 과거 신지와 같은 가전 기업에서 근무했다. 연차로 보면 신지가 마도카의 일 년 선배였지만 그는 석사를 마쳐 나이는 세 살 많았다. 일하는 부서는 달랐지만 젊은 직원들이 모이는 점심 모임과 회식 자리에서 만난 뒤 둘은 사귀게 되었다.

부부가 함께 근무하는 예도 적지 않아서 마도카도 결혼하고 굳이 회사를 관둘 생각은 없었다. 미래를 생각하면 마도카의 수입도 귀중했다. 그러나 막상 육아 휴직을 끝내고 회사에 복귀해 보니 정신을 못 차릴 만큼 녹초가 되었다. 잊고 있었는데 원래 마도카는 체력이 별로였다. 중고등학생 때도 조례 중간에 빈혈을 일으킨 적이 여러 번 있었다.

모두가 쉽게 하는 것처럼 보이는 '일과 가정의 양립'이 이렇게 체력을 요구하는 일이라고는 생각지 못했다. 회사에서도 집에서도 할 일은 끝이 없었다. 아이 픽업, 회사 업무, 장보기, 음식 준비, 집안 정리 정돈, 빨래, 청소, 거기에 엎친 데 덮친 격으로 산 지 얼마 안 되는 아파트의 관리조합원에 뽑히고 말았다. 더구나 츠바사가 어린이집에 적응을 못 해 아침마다 등원을 거부하는 일이 반복되었고, 급기야 아이는 밤에 야뇨증세를 보였다. 그 몇 년간은 떠올리기도 싫을 정도다. 매일 스트레스가 쌓여 터질 것 같은 풍선의 심정으로 출퇴근했다. 식탁에 반찬이 널브러져 있었고 방이 엉망이면 신지는 언짢아했다. 마도카가 힘든 걸 알고 있어서 요리나 청소를 강요하지는 않으나 자신이 떠맡을 생각은 없어 보였다. 더는 참지 못하고 백기를 드는 쪽이 집안일을 해야 했다. 그리고 지는 쪽은 대체로 마도카였다. '언제든 그만 두고 싶으면 그만둬도 돼, 생활이 곤란한 것도 아니고'라고 말해준 신지를 다정하다고, 그 당시에는 그렇게 생각했다.

결국 몸 상태가 나빠져 쓰러지고 연이어 유급 휴가를 받았을 때도 바로 퇴직하지는 않았다.

머지않아 정규직으로 다시 전환해 준다는 구두 약속을 바탕으로 단기 계약직으로 옮기면서까지 계속 회사에 다니려고 했던 그 시절의 악착같은 모든 노력들이 지금에 와서는 까마득하게 느껴진다. 그저 계속 일해야 한다는 것에 집착했다.

'정년까지 일할 수 있는 회사를 선택해라'라던 엄마의 말, '여성이 자기 일을 포기하는 것은 스스로 자유를 포기하는 것과 마찬가지'라던 대학교수님의 말, 회사 동기가 신입사원 회식 자리에서 내뱉었던 '남편 밥벌이로 브런치나 먹으러 다니는 주부들은 한심해'라던 말. 그런 말들이 마도카를 극한까지 회사에 붙잡아두었다. 그러나 바쁜 오후 시간대에 어린이집에서 열이 난다는 호출 전화를 받고 후배 직원에게 남은 업무를 부탁하며 굽실거리면서 일찍 퇴근해야 할 때, 혹은 회사에서 어린이집으로 향하는 촉박한 와중에 물건을 사러 뛰어 들어간 슈퍼에서 자신의 계산대 줄만 안 줄어들어 짜증이 폭발할 것 같았을 때, 마도카는 자신의 마음이 신음을 내며 닳고 닳은 상태임을 느꼈다. 그리고 그런 자신의 건강 상태와 정신 상태가 고스란히 영향을 주고 있는 것은 바로 가장 소중한 존재, 아이였다.

그만두면 패배. 그만두지 않아도 패배.

출구가 막힌 방 탈출 게임에 강제로 참여하고 있는 듯한 상태가 몇 년이나 계속되었다.

최종적으로 마도카는 일을 그만두고 전업주부가 되었는데, 결정적 계기는 얼굴도 모르는 한 작은 아이의 불행이었다.

츠바사가 네 살이 된 초가을, 먼 동네에서 초등학교 1학년 한 남자아이가 유괴되었다. 하굣길에 어디론가 끌려간 듯했다. 범인은 금방 찾았으나 남자아이는 돌아오지 못했다. 참혹한 사건은 세계에 어디에서나 늘 존재하며 지금까지도 여러 번 보고 들어왔다. 그러나 자전거 앞에 장바구니를 싣고 뒤에는 츠바사를 태우고서 평소처럼 어린이집에서 돌아온 그 날밤, 전원을 켠 TV에서 그 뉴스를 본 마도카는 가슴이 찢어지는 것 같았다. 부모가 공개한 어린 시절 재롱잔치를 하던 그 아이의 생전 모습을 본 순간, 두 눈에서 눈물이 왈칵 쏟아졌다.

츠바사가 다니게 될 초등학교의 돌봄교실은 아이를 저녁 6시까지밖에 맡아주지 않는다. 시간 단축 근무를 해서 5시에 일을 끝내더라도 마도카가 회사에서 초등학교까지 데리러 가는 시간이 안 맞는다. 그래서 마도카가 이 일을 계속하는 한 츠바사는 혼자서 하교를 해야 한다.

츠바사가 놀라지 않도록 마도카는 눈물을 감춘 채 곧장 주방으로 향했다. 냉동식품 사오마이를 전자레인지로 데워 접시에 담았다. 조리대 너머에 작은 손끝으로 그림책을 넘기는 츠바사가 보였다. 눈물이 다시 흘렀다.

세상에서 내게 가장 소중한 존재는 츠바사다. 내 목숨보다도 더.

이 조그만 아이, 어른이 마음만 먹으면 번쩍 들어 안아 미니밴 뒷좌석에 던져버릴 수 있을 것이다. 하려는 사람이 있다면 그런 일은 얼마든지 일어나고 만다.

일을 관둬야 해.

그때 마도카는 결심했다.

일을 놓지 말라며 온갖 말로 마도카에게 겁을 주던 사람들이, 그렇다고 육아와 집안일과 회사 일에 쫓겨 녹초가 된 마도카를 도와줬는가 하면, 그런 일은 없었다. 한계에 다다랐다. 식사는 냉동식품이나 가게에서 사 온 반찬으로 때웠다. 마도카는 자신을 부추겼던 그 대학교수의 얼굴도 이제 잊어버렸고 다른 부서로 옮긴 뒤로 연락이 뜸해진 그 동기와도 완전히 소원해졌다. 대야 공장 폐쇄와 함께 지역 급식센터로 이직했던 영양사 친정엄마는 회사 일에 할머니 병구완에 쫓겨 마도카를 살펴볼 여유가 전혀 없었다. 도쿄 중심지에 사는 시어머니는 한때 가끔 놀러 와서 어린 츠바사를 예뻐해 주었지만 울거나 보채면 곧바로 마도카를 불렀고, 기저귀 갈기나 이유식 먹이기와 같은 자질구레한 실질적으로 도움이 되는 일은 하지 않으려 했다. 시아버지는 츠바사를 안아준 적도 없는 사람이었다.

일을 관두고 마도카가 느낀 첫 감상은 몸이 편안해졌다는 것이다.

만성 피로와 수면 부족에서 벗어나 하늘이 구석구석까지 푸르게 보였다. 아파트의 육아 동호회에 들어갔고 유치원의 엄마들과도 친구가 되었다. 과자도 만들어 보고 유치원에서 사용하는 주머니도 촘촘히 바느질했다. 그런 수작업은 마도카의 마음을 어루만져주었다. 경제적인 이유로 일할 수밖에 없는 여성들도 적지 않은데 자신은 얼마나 복 받은 사람인지 남편에게 고마운 마음마저 들었다. 츠바사가 초등학교에 들어간 해에 남편이 중국으로 발령이 났을 때도, 회사가 단신 부임을 장려하고 있어서 혼자 가야 한다고 했을 때도 새로 생긴 학부모 친구들이 있어서 별로 동요하지 않았다.

떨어져 있어도 신지와는 태블릿으로 얼굴을 마주하며 대화를 나눌

수 있었다. 중국 주재원은 중국 정부의 규제인가 뭔가로 SNS를 할 수 없고 애플리케이션을 통한 대화에도 제한이 있다는 얘기를 들었으나, 전임자도 일본의 가족과 영상 통화를 했다고 해서 같은 방법을 이어받았다. 대체로 이 밤 시간대에 온라인으로 대화를 하자고 정해놓았다. 늘 짜증을 내던 맞벌이 시기보다도 서로 마주 보며 이야기를 나누는 지금이 마음의 거리는 더 가까워진 기분이다.

"그래서? 결과는 언제 나와?"

신지의 말에,

"결과?"

순간 무슨 얘긴가 싶었는데, 어느새 화제가 츠바사의 시험으로 돌아가 있었다. 지금은 한창 뛰어놀 나이라고 말하면서도 아들의 시험 결과는 신경이 쓰이나 보다.

"언제였더라. 개별로 연락한다고 했던 거 같은데. 있지, 그보다도 당신 내일도 근무잖아?"

오늘은 평소보다 길게 대화를 나누고 있다. 식기 정리도 남아 있고 이제 슬슬 끝낼 타이밍이다 싶었는데,

"그때 영업을 하겠다는 속셈이군."

신지가 말했다.

"당신, 혹시 에이치가 필사적으로 영업을 해와도 거기에 넘어가서 츠바사 등록시키면 안 돼. 그쪽은 저출산으로 초조해하고 있으니까. 바보 같은 아이의 부모한테도 치켜세우며 똑똑한 아이니까 중학교 입시를 시키는 게 좋다고 말할 게 뻔해."

"에이, 설마."

웃으며 마도카가 말했다.

"애초에 그 시험을 칠 나이가 아니잖아. 당신도 완전히 극성 엄마였네."

흥미롭다는 듯이 신지가 말한다. 마도카는 재차 시계를 본다.

"츠바사가 전국연합 실력평가라니."

여태 말을 이어가고 있다.

"TV 광고를 보고는 츠바사가 시험을 보고 싶어 하더라고."

"모자가 그런 거에 낚여서는."

"낚인 사람이 몇만 명이야."

웃는 얼굴로 변명 아닌 변명을 하면서도 남편이 학원과 시험 이야기에 이렇게나 관심을 보이는구나 싶었다.

다음 날 거리엔 햇볕이 한껏 내리쬐었다. 어제 내린 눈은 순식간에 녹아버려 아스팔트가 아침 햇살을 매끈하게 튕겨내고 있었다. 거리의 풍경은 달라지지 않았지만 변덕스러운 추위가 어딘가로 사라지니 겨울바람이 빠져나간 거리는 봄을 재촉해 부르고 있는 것 같았다.

3학기 일정도 얼마 남지 않았다. 학습 과정은 거의 다 끝나, 오늘 아이들은 오전을 통째로 이용해 6학년 졸업식과 학기를 총정리하는 학급 회의를 하고 있을 것이다.

그날 마도카는 초등학교 학부모회가 개최하는 정기 회의에 참석해야 했다. 학년 마지막 정기 회의여서 '월말 보고'가 끝난 뒤 신규 임원 인사도 있었다. 그래서 평소보다 20분 정도 늦게 회의가 끝났다.

학부모회 정기 회의는 보통 아이들이 놀이터나 작업장으로 이용하는 다목적실을 빌려 진행되기 때문에 회의가 끝난 후에는 ㄷ자 형태로 배치했던 책상과 철제 파이프 의자를 다시 접어서 정리해야 한다.

마도카는 이상하게도 이 순간이 좋았다. 이걸 언제 다 정리하나 싶은, 얼핏 봐도 무시무시한 개수의 철제 의자와 책상이 여럿이서 분담하면 순식간에 정돈이 된다. 공간을 깨끗이 청소하는 것에는 묘한 성취감이 있었다. 마루가 넓어지며 봄 햇살이 비친다.

"드디어 끝났네."

마지막 파이프 의자를 정리하고 돌아서자 1년간 함께 서기를 맡았던 사카이 다카코가 말을 걸어왔다.

"그러게, 끝났네."

이렇게 대답하면서 마도카도 감회가 새로웠다.

다카코는 아이를 통해 맺은 친구로 같은 아파트에 산다. 아파트에서는 소수파라 할 수 있는 같은 세가원 출신이었다. 최근 몇 년간 함께 어울리면서 그녀가 시원시원하고 공평한 성격을 지녔다는 것도 알게 되었다. 초등학교 졸업 전까지 돌아가며 한 번은 임원을 맡아야 한다는 요청에 다카코가 이왕 하는 거 일찍 하고 치워버리자며 함께 손을 들었다.

1년간의 임무를 끝내고 시원한 기분으로 오늘을 맞이했다. 이제 졸업할 때까지 학부모회 임원 선출 회의에서 눈치 보며 어색해하지 않아도 된다는 해방감이 컸다. 그리고 무엇보다 다카코와 함께 활동한 1년간 솔직히 즐거웠다.

"마도카 쨩. 인수인계 말인데, 엔젤스에서 차라도 마시면서 할까? 그대로 점심까지 먹으면 어때?"

다카코가 물었을 때, 마도카의 목소리가 아이처럼 들떴다.

"너무 좋지!"

시계를 보니 11시가 조금 지났다. 아직 시간은 충분했다.

"저기, 인수인계는 어떻게 해야 할까요?"

"잘 부탁드립니다."

4월부터 서기를 맡기로 한 학부모 둘이 다카코와 마도카 곁에 다가와 인사를 했다. 그녀들은 고학년 학부모지만 학부모회 임원은 처음인지라 조금 불안해 보이는 표정이었다.

다카코는 쾌활한 모습으로 함께 점심을 먹자며 두 사람을 이끈다. 그녀는 누구와도 가볍게 거리를 좁힐 수 있는 사람이다. 이야기를 척척 진행해나가는 다카코 옆에서 마도카는 두 사람의 이름이 떠오르지 않아 잠자코 있었다. 분명 한 사람이 초등학교 4학년 아이의 엄마였던 것 같고 다른 한 사람은 초등학교 5학년 엄마였다. 마도카와 다카코는 작년에 자진해서 임원 입후보자로 나선 데 반해, 이번 두 사람은 가위바위보에서 져서 떨떠름한 얼굴로 수락했으나 막상 업무를 시작하면 착실하게 인수인계를 하고 최선을 다할 사람들 같았다. 간혹 완전히 연락을 끊고 종적을 감춰버린다는 믿기지 않는 학부모도 있다는 소리를 들은 터라, 일단 후임이 착실한 사람들인 것에 마음이 놓였다.

초등학교에서 엔젤스까지 자전거로 이동했다. 엔젤스는 초등학교 근처에 있는 패밀리레스토랑이다. 역에서 거리가 있는 데다가 좌석 수가 많아 웬만하면 앉을 수 있어서 이 동네 주부들의 모임 장소로 그만이다.

"구스다 씨와 하야시 씨는?"

자신이 주문하기 전, 자연스레 다카코가 두 사람에게 말을 걸며 이름을 말해주었다. 구스다 씨와 하야시 씨. 마도카는 잊지 말아야겠다고 다짐했다. 짙은 감색 터틀넥 스웨터에 짧은 머리의 구스다 씨. 하늘하늘한 소재의 샴페인 핑크 블라우스에 자연스러운 파마머리의 하야시 씨.

"다시 인사드려요, 올해 1년간 서기를 맡았던 사카이 다카코입니다. 이쪽은 아리이즈미 마도카 짱."

다카코는 마도카를 '마도카 짱'으로 부른다. 하지만 마도카는 '다카코 씨'로 부른다. 다카코는 다른 엄마들과도 친해지면 자연스럽게 이름 뒤에 짱을 붙여 불렀지만, 마도카는 좀처럼 다 큰 어른에게 '짱'을 붙여 편하게 부르기 어려웠다.

"자, 그럼, 우선은 서기 업무 개요 설명인데요……."

인수인계용 자료를 들고서 진지한 표정으로 말을 꺼낸 다카코에게 가로채듯 구스다가 말했다.

"저, 오늘 연차 내고 왔어요."

"선출 회의 때도 말씀드렸지만, 정기 회의가 매주 화요일이면 저는 참석이 어려워요."

상냥하지만 단호한 목소리의 구스다에게 마도카는 기가 죽는다.

그러나 다카코는 전혀 동요하지 않았다.

"그런 사라면 괜찮아요. 정기 회의는 서기 한 명만 있어도 되니까 둘 중 한 사람만 참여하게끔 정하면 돼요. 혹시 두 사람 모두 어려운 날에는 회계에게 회의 내용 녹음해달라고 해서 집에서 녹음 자료를 기록하면 되고요."

"저기…… 저는 비정기적으로 공방을 운영하고 있어서요, 평일에는 조정해서 나올 수 있으니 잘 부탁합니다."

하야시의 말에 구스다는 다행이다 싶은지 고개를 끄덕였다.

1년간 매월 정기 회의 논의 사항을 정리한 '학부모회 소식'을 작성하고, 부회장의 교정과 회장의 허가를 받은 뒤에 인쇄해서 전교생에게 배부하고 있었다. 각종 연락과 같은 잡무를 포함해서 해야 할 일이 생각보다 방대했다. 일을 맡기 전 상상했던 것보다 힘들었지만 인수인계 자료 데이터를 두 사람의 스마트폰으로 전송하고 나니 덧붙일 설명은 그다지 없었다. 인수인계 자체는 순식간에 끝이 났다.

"종이 문서로 양식을 받을 수는 없을까요"

구스다가 말했다.

"저도… 컴퓨터를 잘 못 해서요."

하야시가 불안한 표정으로 덧붙인다.

"글쎄요…… 나중에 구해볼 수 있을지는 모르겠지만……."

다카코도 말끝을 흐렸다.

"후유."

구스다가 작게 숨을 내쉰다.

"구스다 씨는 풀타임으로 근무하시는 거죠? 평일에 만나 의논하는 건 도저히 무리인가요?"

하야시가 화제를 바꿨다.

"풀타임이라고 해도 바로 저기 앞 콜센터에 있어요. 여차하면 점심시간에 잠깐 이 패밀리레스토랑까지는 나올 수 있으니까 평일이라도 짧은 회의 정도는 괜찮아요."

구스다가 대답했다.

"콜센터가 이 근처에 있어요?"

"국도변에 큰 생활용품점 있죠? 그 옆 건물이에요."

"생활용품점은 알겠는데, 그 옆 건물은 기억이 잘 안 나네요."

"그런데 실은 일뿐만 아니라, 제가 내년에는 조금 바빠요. 둘째 중학교 입시 때문에요."

두 사람의 대화를 듣고 있던 마도카가 무심코 목소리를 높이며 말했다.

"어머, 입시 보세요? 대단하네요."

구스다가 이쪽을 쳐다보며 대답했다.

"대단하긴요, 전혀 아니에요. 첫째도 둘째도 덜렁대는 남자아이라 답이 없어요. 그런데 제가 깜박하고 중학교 입시를 생각도 하지 않고 있다가 첫째가 올봄에 욘중학교에 진학하게 되거든요. 이제 와 불안해 죽겠어요. 그래서 둘째는 지금부터 입시를 시키려고요. 전혀 대단하지 않아요."

거듭 다짐을 하듯 재차 말했다.

"숙제도 안 하고 과제도 안 내지, 친구와 끊임없이 장난치지. 그러니까 선생님 눈 밖에 나서는 성적표가 엉망이에요. 생활기록부에는 하나도, 진짜 단 하나도 동그라미가 없으니까. 이 상태로 공립중학교에 갔다가는 고등학교 낙제죠. 중학교 입시를 보게 해서 어떻게든, 어느 학교든 상관없으니까 무조건 들여보내야 해요! 중학교 입시가 그런 낙오 구제 조치 같은 측면도 있어요!"

"아, 그렇군요……."

조금 전 별생각 없이 '대단하네요'라고 말했다가 이렇게 큰 반응으로 되돌아오자 당황해하며 마도카는 고개를 끄덕였다.

엄마가 함부로 그런 식으로 말해도 되나? 두 아들은 그렇게 '답이 없는' 아이일까? 실은 겸손을 차리는 것일지도 몰랐다. 어떻게 대꾸해야 좋을지 몰라 쓸데없는 말을 하지 않도록 일단 입을 다물기로 했다.

그러자 역시 빈틈없는 다카코가 대화를 이어받았다.

"고교 입시는 선택과목들을 중시한다더라고요. 선택과목 선생님에게 미움받으면 끝이라네요. 그래서 중학교 입시를 치르는 남자아이가 많다는 이야기를 저도 들은 적이 있어요."

"저도 그런 이야기 들은 적 있어요."

마도카도 분위기를 맞추려고 서둘러 거들었다.

"마도카 짱은 관계없지!"

다카코가 큰 소리로 말했다. 그러고는 구스다와 하야시를 향해 "이쪽은 굉장한 우등생이거든요. 게다가 무엇보다 성격이 좋아요, 정말로 애가 착해요"라면서 갑자기 츠바사를 칭찬했다.

성격이 좋다는 건, 아마도 쇼타를 괴롭히던 아이들에게 츠바사가 두세 번 그만하라고 경고했던 세가원 시절의 이야기였을 테지만, 그 일에 은혜를 느끼고 있는 건지 다카코는 아직도 그 이야기를 한다. 기분은 좋지만 어쩐지 겸연쩍다.

"아뇨, 무슨 그런 말을······. 쇼타야말로 우등생이지. 역사도 잘 알고."

자연스레 서로 칭찬하는 상황이 돼버린다.

"역사뿐인걸. 정말이지, 우리 아들은 좋아하는 것만 하니까."

"역사를 좋아한다는 건, 대단한 일이잖아."

그냥 하는 소리가 아니다. 아직 유아였던 쇼타가 전국시대 장수 이름을 줄줄이 열거하는 모습을 보고 경탄했었다. 쇼타의 아버지가 역사를 좋아해서 유명한 성이나 유적 답사 등을 여행의 축으로 삼고 있다고 했다.

"역사라고 해봤자 전국시대 장수 이름뿐이야. 장수 노트 같은 걸 만들어서 전국시대 장수의 부하 수라든가, 쌀 생산량 같은 걸 수치화하는 거지. 그런 것만 알아서 무슨 소용이 있겠어."

장수 노트 이야기며 쌀 생산량 이야기는 이미 여러 번 들었다. 다카코는 지나치게 쇼타에 대해 겸손한 편이지만, 이래저래 늘 쇼타 이야기를 하고 싶어 했다.

구스다나 하야시에게는 따분한 화제가 아닐까 싶어 표정을 살짝 살폈다.

"고교 입시에는 영어도 있죠?"

구스다가 화제를 돌렸다. 의외로 온화하게 미소 짓고 있다고 생각했는데 역시 따분했나 보다.

"우리 아이는 이미 늦었어요. 영어를 정말로 못한다고 해야 할지, 너무 싫어해서 초등학교 영어 수업인데도 도대체 무슨 소리인지 알아듣지를 못해요. 당연하죠. 국어도 여태 말귀를 잘 못 알아들으니까."

그 말에 모두가 웃는다.

"하야시 씨네는 입시 생각하고 있어요?"

다카코가 줄곧 가만히 있는 하야시에게 말을 걸었다.

"그렇죠. 우리 딸도 중학교 입시를 봤고요."

하야시가 대답했다.

"어머, 그래요?!"

구스다가 관심을 보이자 그때부터는 하야시가 작년에 경험한 중학교 입시 이야기가 주요 화제가 되었다. 조금 전까지 컴퓨터를 못 한다며 창피한 얼굴로 호소하던 하야시였으나 장녀 이야기로 주제가 옮겨 가자 매끄럽게 이야기를 주도했다. 그 와중에 '슈비' 하며 다카코와 구스다가 동시에 목소리를 높이고는 '어머, 찌찌 뽕' 하면서 서로 마주보며 웃었다.

하필 그 타이밍에 점심 세트가 테이블에 놓이는 바람에 마도카는 정작 중요한 부분을 놓쳤다. 세 사람의 대화를 주워 모아본 결과 슈비라는 것이 학교 이름임을 알았다. 대단한 명문 학교인 듯했다.

"욘초등학교에서 올해 여자 사천왕에 누가 들어갔다는 말을 들었는데, 하야시 씨 따님이었구나."

"와! 진짜 똑똑하네요."

"그럼 당연히 둘째도 입시 보겠네요."

"학원은 어디 다녔어요?"

흥분한 두 사람의 흥미진진한 질문에 하야시가 말했다.

"에이치에 다녔어요."

마도카는 깜짝 놀랐다.

"일단 둘째도 입시를 생각하고 있어서, 지금 첫째와 같은 에이치에 보내고 있어요."

역시 에이치인가. 피아노 선생님도 그렇고 하야시도, 유명 학교에 진학시킨 사람들은 모두 에이치를 선택했다.

"하지만 큰 애와 작은 애가 성격이 달라서 앞으로 어떻게 될지 모르겠어요."

하야시는 조심스레 말했지만, 그 표정에는 장녀의 중학교 입시를 성공으로 이끈 경험자만의 여유와 아마 둘째도 순조롭게 입시 공부를 하고 있을 거라는 평온한 자신감이 느껴졌다.

마도카는 하야시의 이야기를 더 듣고 싶었다.

"사는 세계가 다르네."

구스다의 어딘가 끊어내는 듯한 느낌의 말투에 깜짝 놀랐다.

"에이치의 커리큘럼은 완전히 전업주부의 가정을 대상으로 하니까."

닭고기 소테에 포크를 찌르며 구스다가 말했다. 그 말을 듣고 하야시가 눈썹을 미세하게 꿈틀거리며 불쾌한 듯 입술을 벌리는 모습을 마도카는 보았다.

"에이치는 레벨 테스트도 있어서 떨어지는 아이도 많다고 하더라고요."

다카코가 말했다.

"프린트나 교재 정리하기 엄청 힘들죠?"

구스다의 질문에 그건 확실히 힘들다고 하야시가 대답한다. 구스다는 크게 고개를 끄덕이며 말을 이었다.

"게다가 부모가 달라붙어서 공부를 봐주지 않으면 따라가기 굉장히 힘든 커리큘럼이래요. 아, 하야시 씨네 아이들은 공부 잘하니까 스스로 잘했겠지만, 모두가 다 그렇지는 않으니까. 우리 시누이도 전업주부인데 아이가 에이치에 다녀서 시험 전에는 종일 달라붙어 공부를 봐줘야 해서 부모 머리가 어떻게 될 것 같다고 매일 하소연해요."

"그런 얘기 들은 적 있어요."

다카코까지 동조한나.

"엄마가 전업주부라 시간이 남아돌고 중학교 입시 경험이 있어서 직접 가르칠 수 있든가, 아니면 과외 선생을 붙일 수 있든가. 그렇지 않으면 에이치는 무리에요."

"과외 선생은 무리에요 무리."

하야시가 아이를 에이치에 보낸다는 말만 했을 뿐인데, 마도카는 이 정도면 너무 무례한 거 아닌가 싶었다. 구스다는 애당초 에이치를 적대시하고 있고 전업주부는 이렇다고 일방적으로 단정 지으려 하는 부분도 있었다. 그러고 보니 하야시는 공방을 운영하고 있다고 했다.

어떤 공방일까. 나중에 물어봐야겠다고 생각하면서 하야시의 표정을 엿보니 그녀는 오히려 싱긋 미소를 지으며 가만히 듣고 있다.

두 사람의 이야기가 끊긴 타이밍에 하야시가 물었다.

"구스다 씨의 아드님은 어느 학원에 다녀요?"

"저희는 역 앞에 있는 다이니치에 다녀요."

"아, 다이니치세미나. 케어 잘한다고 하더라고요."

다카코가 몸을 내민다. 흥미가 생긴 걸까.

"맞아요. 자습실도 있고 6학년이 되면 주문 도시락이 있어 일하는 엄마의 아군 같은 학원이에요."

"도시락이 나와요?"

흥미가 생긴 다카코가 드디어 끼어든다.

"동전 하나로 끝. 500엔에 우유까지. 도시락만 하면 400엔 정도려나."

그렇게 싸지도 않다는 얼굴을 하는 다카코에게 구스다가 설명을 추가한다.

"된장국도 제대로 들어 있고 반찬 종류도 많아서 상당히 잘 갖춰져 있어요."

"하지만 우리 아이는 우유 마시면 배가 아파서."

"채소 주스로도 바꿀 수 있어요!" 마치 학원을 홍보하려는 원장 같다.

"어머, 최고네!"

순간 눈을 반짝이는 다카코에게 구스다가 물었다.

"다카코 씨도 일을 하세요?"

"아뇨, 일은 안 하지만 애가 셋이라 프린트 정리나 공부를 봐주고

도시락 챙기기에 시간이 너무 없어서 에이치는 무리. 보낸다면 다이니치가 좋겠다 싶어서요."

다카코의 대답에 마도카는 놀랐다. 보낸다면······이라니. 다카코도 학원이나 중학교 입시를 생각하고 있었나. 그런 이야기를 한 적은 없었다.

쇼타도 츠바사와 함께 가쓰Q에 다니고 있는데, 초등학교 바로 옆에 가쓰Q가 있어서 흡사 방과후의 특별활동처럼 친구 따라다니는 아이도 많았다. 쇼타도 그런 유형이라고 생각했는데, 가만히 생각해 보니 쇼타는 가쓰Q 이외에 탐구세미나라는 온라인 강의나 지자체가 주관하는 일요세미나의 바둑·장기 강좌에도 참석하고 있었다. 다카코가 교육에 열성적이라는 건 전국시대 장수에 관한 자랑과 겸손 사이를 오가는 말투에서 어렴풋이 느껴지긴 했다.

"역시 이 주변 분들은 모두 교육에 열정적이네요. 꽤 많이 중학교 입시를 생각하고 있군요······."

감탄하며 마도카가 말하자,

"그 반대인 미나미초등학교도 있죠."

구스다가 소리를 낮추며 말했다.

"미나미초등학교요?"

마도카는 고개를 갸웃거렸다. 다카코도 의아한 표정이다. 하야시를 살피자 그녀는 잠시 멈췄던 포크와 나이프를 다시 움직여 먹기 시작했는데 그녀의 옆모습에서도 희미한 긴장이 느껴졌다.

"미나미초등학교는 갈수록 험악해지고 있어요. 거기 아이들이 욘중학교로 오고 있고요."

구스다가 말했다.

"어머, 그래요?"

츠바사와 쇼타가 다니는 학교는 욘초등학교다. 이대로라면 욘중학교로 진학하게 되는데, 분명 선로 맞은편에 있는 미나미초등학교와 같은 학군이 된다.

"미나미초등학교 6학년생이 중학생을 협박해서 문제가 된 사건 몰라요? 학부모회 때 한창 난리였는데, 애가 덩치도 큰 데다 선생님한테도 폭언이 심하고 학교에서 칼을 휘두른 적도 있대요."

"세상에."

구스다의 말에 마도카가 작은 비명을 지른다.

"그런 아이들과 같은 중학교에서 만날 위험을 생각하면 욘중학교는 아닌 것 같아요."

구스다가 말했다.

"그 아이 유명한가 봐요. 저도 얘기 들은 적이 있어요. 그래도 다행히 학년이 다르니까……."

그런 다카코의 말을 부정하듯 구스다가 말을 끊고는 자기 주장을 이어갔다.

"미나미초등학교 학군은 공공주택 단지 아이들이 많죠."

"단지 아이라……."

하야시가 조용히 중얼거린다.

"단지라고 해도 이쪽 학군에 있는 단지는 공무원 기숙사나, 재판관 가족도 있고요. 그에 반해 미나미초등학교 쪽 단지는 이쪽과 달리 뭐랄까, 빈곤 가정이 많아 보여서."

마도카는 구스다의 얘기를 들으며 일순간 귀를 의심한다. 그런 말을 하다니.

"아이들끼리 싸워도 단지에 사는 부모는 도리어 화를 내고, 양아치 예비군들뿐이라 함부로 관여하지 못한다고 미나미초등학교 사람이 얘기했는걸요. 그 동네엔 파친코 가게나 술집도 많지 않아요? 공장 근처 편의점 앞에도 금발이나 갈색 머리를 한 아이들이 모여 있고, 동네 분위기가 좀 달라요."

구스다의 말을 들으며 마도카는 은근슬쩍 하야시와 다카코의 안색을 살핀다. 두 사람 모두 표정 변화 없이 그저 조용히 귀를 기울이고 있다.

확실히 이 동네는, 미나미구치와 기타구치의 분위기가 다르다. 지금의 아파트를 샀을 때 신지가 '저쪽'을 조금 신경 썼었다. 기타구치는 역 앞이 재개발되어 가지런하니 반듯했고 외국 투자계의 카페 체인점이나 잡화점 등의 전문 상가도 있는 한편, 미나미구치는 낡은 번화가 그대로에 규모는 작은데 유흥업소도 있어 전체적으로 엉망이다. 신지가 말한 '저쪽'은 미나미구치, 미나미초등학교 학군이다.

"미나미초등학교는 올해 4학년도 난폭해 보인다고 하던데, 우리 둘째는 특히 그런 아이에게 잘 휩쓸리는 아이라 무조건 탈출시켜야 하는데 말이죠."

구스다가 계속 말을 이어갔다.

"그러고 보니 디저트도 딸려 있었나요?"

하야시가 메뉴판을 펼쳤다.

메뉴 페이지를 훌훌 넘겼으나 아무도 뭔가를 먹고 싶다는 말은 하지 않는다. 네 사람은 잠시 디저트 페이지를 조용히 바라보고 있었.

하야시와 다카코가 구스다의 이야기에 섣불리 동조하는 유형의 사람들은 아니어서 마음이 놓였다. 빈곤 가정이라거나 양아치 예비군이라거나, 그런 이야기를 하는 것은 금기처럼 느껴졌다. 하지만 마도카는 입 밖에 내지는 않았다.

네 사람은 한참 메뉴를 넘겼지만 결국에는 더 이상 주문하지 않고 웃으며 일어섰다. 인수인계 자료를 확인한 다음 가게 앞에서 각자의 자전거를 타고 헤어졌다.

같은 아파트에 사는 다카코와는 가는 길이 같다. 조금 전의 미나미 초등학교의 화제에 대해 뭔가 다카코가 말해주지 않을까 싶어 마음의 준비를 한다.

그때 다카코가 뒤돌아보며,

"마도카 짱. 다음에 둘이서 뒤풀이할까?"

밝은 목소리로 말을 걸었다.

"뒤풀이?"

"1년간 서기 열심히 한 포상 점심. 맛있는 거 먹으러 가자."

"그거 좋지."

다카코의 이런 모습이 좋다. 마도카는 혹시 거절당할까 봐, 또는 상대방이 거절하느라 어색해하는 순간이 싫어서 자신이 먼저 계획을 세우거나 권유하는 일이 몹시 어려운데, 다카코는 생각나는 순간 밝게 말을 건넨다. 그 덕분에 함께 외출하는 기회가 늘어 둘 사이를 좁힐 수 있었다.

"하나오카데라 역에서 조금만 걸으면 되는 곳인데 가 보고 싶었던 가게가 있어. 거기 괜찮아?"

"당연히 좋아."

"나중에 날짜 정하자."

바람이 분다. 땀이 조금 났는지 앞머리 몇 가닥이 이마에 들러붙는 느낌이었다. 옆으로 넘기며 계속 페달을 밟는다. 조금 앞서가는 다카코의 다운재킷의 옷자락이 펄럭인다. 어디선가 때 이른 꽃잎의 향기가 났다.

모퉁이를 돌자 아파트가 보였다.

"츠 짱은 오늘도 수영?"

다카코가 물었다.

"응."

"열심이네. 대단하다."

태평한 말투였다. 마도카는 살짝 마음이 놓였다. 왠지 모르겠지만 한때 서로 수영 얘기는 피했는데 최근에는 이렇게 다카코가 먼저 수영 얘기를 꺼낸다.

"근데 조금 제자리걸음 같아."

마도카가 말하자,

"지속하는 것만으로도 대단한 거야. 우리 애는 이제 츠 짱과 함께 헤엄쳤다는 사실을 잊어버린 것 같은데 뭘."

다카코가 웃자, 마노카노 웃었나.

유치원 때는 늘 함께 수영 교실에 다녔다. 맑은 날에는 자전거 뒤에 아이를 태우고 비 오는 날에는 다카코의 차를 타고서 하계 강습이나 동계 강습에도 함께 했다. 참관실에서 수영장의 아이들을 내려다보면서 다카코와 실없는 수다를 하고 연습 후에 엔젤스에서 차를 마시는 일이 즐거웠다.

쇼타와 츠바사의 수영 실력 차이가 벌어지면서 어색함이 감돈 것은 초등학교에 들어가기 전이었나, 들어간 후였나. 츠바사는 눈에 띄게 두각을 나타냈고 코치의 판단으로 월반을 했다. 운동신경이 좋은 쇼타도 같은 학년 아이 중에서는 헤엄을 잘 치는 편이라 초등학교 1학년이 접영반까지 올라간 건 대단한 일이었다. 그러나 접영반에서 쇼타는 1년간, 더 이상 올라가지 못했다. 불합격 때마다 쓴웃음을 짓던 다카코의 얼굴은 점점 굳어져 "축구 하는 날을 더 늘리고 싶다고 해서……"라는 이유로 결국에는 수영을 관뒀다. 안타까웠지만 마도카는 오히려 마음이 놓였다. 츠바사는 접영은 오래전에 한 번 만에 합격했고 평영반도 마스터하고서 혼영 기록 경기반으로 올라간 상태였다. 츠 짱은 대단해, 츠 짱은 달라, 그런 칭찬을 받을 때마다 마음이 괴로워서 함께 아이들을 지켜보는 시간이 전처럼 즐겁지가 않았다. 쇼타가 그만둔 건 츠바사가 육성 B반에 발탁되어 연습 시간이 바뀌면서 함께 다니지 못하게 됨과 동시였다.

그러나 그로부터 반년 이상이 흐른 지금도 츠바사는 육성 B반에 있다. 헤엄도 기록도 현상 유지처럼 보인다. 현상 유지란 다시 말해 후퇴다. 아이의 몸은 점점 성장해나가니 당연히 기록도 올라가야 한다. 츠바사와 함께 육성 B반에 오른 같은 학년인 모모미는 한 단계 더 위인 육성 A반으로 가버렸다. 내 아이 속도대로 가면 된다고 다짐하다가도 모모미와 같은 시기에 육성 B로 올라간 탓에 어떻게든 의식이 되었다. 아이의 수영 기록을 메모까지 해가며 지켜보고 있는 그녀의 엄마를 보면서 나는 저렇게까지 빠져 있는 게 아니라며 속으로 위안 삼다가도 똑같이 연습하는데 왜 이렇게 차이가 나지 싶었다.

"정말로 우리 애는 금방 관둬버리니까, 츠 짱처럼 뭐든 열심히 했으면 좋겠다."

낯간지러운 다카코의 말에 쑥스러워서 반사적으로 그 아이의 이름을 꺼냈다.

"무슨 아니야. 츠바사도 전혀. 3조의 모모미라는 아이는 이미 육성 A로 올라갔어."

"아, 그 아인 정말 제대로라니까."

거침없이 나온 다카코의 말에 모모미는 제대로이고 우리 애는 그 정도는 아니라는 건가 싶어 마도카는 약간 마음이 상했다.

"모모미란 아이 역시 유명하구나."

마도카가 중얼거렸다.

"모모미 짱이 유명하다기보단, 거긴 개 엄마가 원래 운동선수여서 여러모로 잘 알아. 축구부 엄마들도 모모미 짱 엄마에게 트레이닝 방법 등 이것저것 상담하고 있는 모양이야. 나는 그렇게까지 친하지는 않지만 아이가 마실 수 있는 프로틴 같은 거 소개받은 사람도 있어."

"와."

"역시 운동신경은 유전인가 봐. 모모미 짱은 커서 올림픽에 나갈 수도 있겠다. 지금 사인이라도 받아 둬야겠는걸."

"그러게."

"그럼 나중에 뒤풀이 일정 정하지."

다카코는 환한 웃음으로 말한다. 마도카는 츠바사의 수영 이야기로 씁쓸해진 마음을 밀어내려 애쓰며 나중에 보자고 인사를 건넨 뒤 각자의 자전거 보관소로 헤어졌다.

집에 도착하니 최근에는 거의 울리지 않는 집 전화기의 자동 응답기 램프가 작게 깜박이고 있었다. 재생 버튼을 누르자 여성의 친절한 목소리가 흘러나온다.

"홀마크 입시 학원 하나오카데라점입니다."

전국연합 실력평가 성적표를 보낼 때 마도카와 면담을 하고 싶다는 메시지였다. 우편 발송이 아닌 면담이라……. 이게 영업일까. 신지의 말을 떠올리며 마도카는 약간 경계했다. 이쪽에서 전화를 다시 걸 필요는 없겠다고 생각했는데 뜻밖에 저녁에 다시 한번 에이치에서 전화가 걸려 왔다.

걸려 온 건 자동 응답기에 메시지를 남긴 사람과 똑같은 여직원이었는데 '학원 이사님이 꼭 면담하고 싶다고 하세요'라고 말했다. 역시 영업하려는 것이라는 생각과 함께 '학원 이사님이 꼭'이라는 소리에 가슴이 덜컹했다. 학원 이사라면 학부모 설명회에서 '이런 시험 결과는 중요하지 않습니다'라고 말한 그 가토라는 강사일 텐데. 그의 이야기는 학부모회에서 만난 학교 선생님들과는 달리 듣고 있으면 즐거워서 이상하게 마음이 끌렸다.

그가 자신을 만나고 싶어 한다는 말은 무슨 뜻일까. 마도카의 입꼬리가 올라간다. 귀하의 아드님은 대단히 우수합니다! 반드시 우리 학원에……! 설마. 혼자 북 치고 장구 치는 게 아닌가 싶으면서도 마음 한편에서는 그런 일이 일어날지 모른다는 생각이 들었다.

다카코와의 조촐한 뒤풀이 날을 축복하듯이 초등학교 종업식 전날의 하늘은 쾌청했다.

아파트 입구에서 만나 버스와 전철을 함께 갈아타고서 하나오카데라 역 백화점 거리를 빠져나가 좁은 강변길을 걸었다. 다카코와는 마치 학창 시절로 돌아간 듯 수다를 떨게 된다. 평소 친구도 많은 데다가 TV나 인터넷으로도 재밌는 정보를 많이 모으는 다카코는 늘 유쾌한 이야기를 해주었다. 영국 왕실 가십부터 유행 건강법까지 풍부한 화젯거리로 맛깔나게 말하는 다카코에게 감탄하면서 늘 소리 높여 웃게 된다.

둑에 심어진 벚나무들에 연분홍빛 꽃잎이 마치 솜을 흩뿌린 듯 폭신폭신 피기 시작했다. 뺨에 닿는 바람은 세지만 며칠 전과 같은 얼얼한 추위는 느껴지지 않는다. 곧 봄이다. 가게가 보인다.

강변의 아늑한 이탈리안 레스토랑이었다. 다카코가 글라스로 화이트 와인을 주문하기에 마도카도 분위기를 맞춰 달콤한 칵테일을 주문했다. 점심 추천 메뉴인 버섯 리소토와 반숙란이 올려진 피자를 주문하고서 앞접시를 받았다. 전채요리가 나오는 사이 두 사람은 요즘 시청 중인 드라마 감상을 늘어놓다가, 이야기는 며칠 전 인수인계 때로 흘러갔다.

"구스다 씨 말이야, 어떻게 생각해?" 다카코가 마도카에게 물어왔다.

"어떻게라니……?"

대답이 막힌 미도키를 배려하듯 "아, 미안미안" 하면서 다카코가 웃었다. 그러고는 말했다.

"사실은 마도카 짱에게 말 안 한 게 있는데, 구스다 씨가 꽤 강렬한 캐릭터야. 학년을 막론하고 유명해. 하야시 씨도 아마 알걸. 나는 히노 씨나 마츠이 씨에게 미리 들어서 각오가 돼 있었지만, 마도카 짱은 놀랐지?"

히노와 마츠이는 학부모회 임원을 구성하는 역할을 맡은 선출 위원들이다. 학부모회 임원은 기본적으로 하고 싶어 하는 사람이 없어서 대상을 좁혀 개인적으로 설득해야 했기 때문에 선출 위원은 임원 이상으로 어려운 직무였다. 그래서 발이 넓고 책임감과 인망 있는 학부모가 대대로 맡고 있었다.

"그랬구나. 확실히 구스다 씨 강렬하다고 해야 하나, 주장이 있는 느낌의 엄마였어."

마도카의 말에,

"주장이 있는 느낌의 엄마라."

그 부분을 반복하더니 다카코가 킥킥댄다. 그러다가 생각났다는 듯이 말했다.

"히노 씨와 마츠이 씨가 마도카 짱, 엄청 착한 엄마라고 말했었어."

"응? 왜?"

"마도카 짱 절대로 남 험담 안 하잖아. 착하달까, 말을 잘 고른달까."

"뭐야. 그거 오히려 엉큼하다고 말하는 거 같은데."

"맞아. 뭐 어때. 다소 엉큼한 게 편하고 즐거워. 나 마도카 짱의 그런 면이 좋아."

"어머."

느닷없이 훅 들어온 '좋아'라는 말에 마도카의 마음이 확 달아오른다. 멋쩍음을 감추고서,

"나 안 엉큼해."

마도카가 말하자,

"아니 엉큼해, 엉큼해."

다카코가 웃는다. 그녀의 해맑은 웃음에 마도카는 어쩐지 기분이 즐거웠다. 심하다고 받아치긴 했지만 확실히 자신에게 엉큼한 부분이 있는지도 모르겠다는 생각이 들었다.

"구스다 씨 말이야, 저학년 때 성적표 평가에 폭발해서는 학교 평가 기준을 명확히 해달라고 학년 전체 학부모회에서 선생한테 따져 들었대. 담임한테 자기 아이의 평가를 어떤 기준으로 내린 건지 설명해달라고 남들 다 보는 앞에서 말이야. 같은 학년 엄마들 사이에서는 이미 전설이야."

"굉장하네."

"분위기 완전 싸했다나 봐. 그때 그 선생님 갑작스러운 학부모의 공격에 당황해서는 제대로 대답도 못 했대."

"그 선생님이 누군데?"

"지금은 없는 사람. 당시 신입 교사였는데 아마 그 일 때문에 그만 뒀다나 봐. 조금 불쌍하지. 근데 교사로서 너무 약해빠진 거 아냐?"

다카코가 재밌어하는 게 눈에 보인다. 아마도 히노와 마츠이도 같은 표정이었을 테지. 어차피 소문이 날 바에야 심각하게 남들 입에 오르내리는 것보다야 가벼운 화젯거리가 되는 게 교사에게도 구스다에게도 나을지 모른다. 마도카는 자신도 이야기를 즐기고 있다는 것을 인정하지 않을 수 없었다. 동네 유명 인사의 특이한 언동은 이렇게 다른 이의 점심 에피소드가 된다.

"뭐, 어쨌거나 구스다 씨가 서기 일을 겨우 긍정적으로 받아준 거 같아 다행이야. 그 두 사람, 처음에는 미묘한 조합이라 생각했는데 구스다 씨는 계속해서 대단하다고 말해주면 잘할 사람이고, 하야시 씨는 어른스러워서 견실하게 지원해 줄 것 같은 느낌이라 그럭저럭 둘이 잘해 나갈 것 같아."

다카코에게는 음습한 험담이 되기 일보 직전에 화제를 돌리는 영리함이 있었다. 더구나 말투에서도 유머가 느껴지고 인물평은 하나같이 합당하다.

그런 다카코가 만들어내는 밝은 분위기 속에서 마도카는 물어보고 싶었던 말을 과감히 꺼냈다.

"사실 얼마 전에 미나미초등학교 이야기도…… 조금 놀랐어."

"아."

다카코가 나직이 끄덕인다.

"나, 정말 깜짝 놀랐잖아. 중학교 입시를 응시하는 이유가 미나미초등학교와 섞이고 싶지 않아서라는 게."

"그렇게 말했었지, 그 사람……. 아, 맞다. 그러고 보니까 말이야."

그러면서 다카코가 같은 조 여학생의 부모에게 전화가 걸려 왔다는 이야기를 시작했다. 쉬는 시간에 피구를 했는데 쇼타가 그 아이를 울렸다고 했다.

"쇼타는 '선 밖으로 나가'라고 두 번 말했을 뿐이래. 무슨 이유에선지 그 아이가 안 나가려고 해서 그렇게 말할 수밖에 없었대……. 근데 그걸 마치 쇼타가 걔를 괴롭힌 것처럼 '우리 애가 지금 너무 충격을 받았어요'라고 하는데, 어떻게 생각해?"

"음… 그 엄마, 상황을 전혀 모르는 게 아닐까……."

그렇게 맞장구는 쳤지만 마도카는 미나미초등학교 건에 관한 이야기를 계속 나누지 못해 소화가 안 되는 느낌이 들었다.

다카코는 그리 흥미를 못 느꼈는지 모르지만, 구스다의 말을 듣고 나니 마도카는 아이를 욘중학교에 보내는 게 불안해졌다. 화제에 올랐던 미나미초등학교의 문제아는 츠바사가 중학생이 될 무렵에는 욘중학교를 졸업했을 테고, 현재도 욘중학교가 난폭하다는 이야기는 별로 들은 적이 없다. 그렇지만 동급생에게 나쁜 영향을 받을 가능성을 조금이라도 줄이고 싶어 하는 구스다의 마음은 부모라면 당연하다.

하지만 마도카는 자신이 그렇게 생각하고 있음을 주위에 노골적으로 드러내고 싶지 않았다. 스스로 차별적인 생각을 하는 사람임을 쉽게 드러낸 구스다야말로 어떤 의미에선, 훨씬 자신감 있는 인물인 것 같았다.

그래서 다카코와 그 건에 대해 더 솔직하게 이야기를 나눠보고 싶었으나 그녀는 피구 이야기를 이어갔다.

"저기, 다카코 씨. 쇼타는 중학교 입시 볼 거야?"

때마침 그 화제가 끊긴 타이밍에 마도카는 솔직하게 물었다.

"응? 왜?"

다카코가 웃으며 물어왔다.

"며칠 전에 구스다 씨와 다이니치세미나 이야기를 하길래……."

"아, 그거." 다카코는 고개를 끄덕이며 약간 흥분한 말투로 이야기를 이어 나갔다. "있지, 쇼타, 다이니치세미나에서 시험 쳤어. 왜 그, TV에서 자주 광고하는 큰 시험 있잖아. 시험 삼아 쳐보라고 애 아빠가 그래서, 아직 이르다 싶었는데 미감 직전에 신청했지. 그래서 거기 학부모회 같은 모임이 있어 나가봤더니 고등학교 입시 예비 코스가 있다네. 설명회에서 으름장을 많이 놓더라고. 고등학교 입시를 준비하는 아이를 대상으로 초등학교 때부터 영어와 수학을 예습시켜준대."

그 시험이라면 얼마 전 츠바사가 본 것과 같은 시험이겠지. 츠바사도 역 앞의 다이니치세미나에서 시험을 쳤다면 다카코와 마주쳤으려나. 그랬다면 '마감 직전에 신청했지……'라면서 사전에 연락하지 않았음을 서로 변명하며 함께 학부모회에 앉아서 설명을 듣고 시험을 마친 아이들을 데리고 사이좋게 차를 마셨을지도 모른다. 그런 생각

을 하고 있는데,

"애초에 우리는 아이가 셋이니까 중학교부터 사립은 말도 안 되지. 그렇지만 츠 짱은 외동아들이니까 보내겠네."

다카코가 당연하다는 듯 단정을 지었다.

"아니야."

마도카는 순간적으로 부정했다. 왠지 모르는 오기가 생겨 '설마'라는 말까지 덧붙이고 말았다. 그 탓에 같은 전국연합 실력평가를 다른 장소에서 쳤다고 말할 타이밍을 놓쳤다.

"무슨 소리야, 무조건 보내야지. 츠 짱이 욘중학교에 간다는 건 말도 안 된다. 쇼타가 늘 말해, 츠 짱이 학교에서 머리가 제일 좋다고."

"그렇지 않아. 쇼타야말로 엄청 박식하다고 츠바사가 매일 감탄하는걸."

"우리 애는 전혀. 장수만 빠삭하지. 장수 노트가 3개째야."

"대단하지. 장수에 대해 해박한 건 장래 유망한 재능이야."

평소처럼 칭찬을 주고받고 있을 때 화려한 색감의 디저트가 나왔다. 작게 소리를 지르며 감상을 늘어놓았다. 달콤한 음식을 먹는 한때는 언제나 즐겁다.

"3학년 때 츠 짱과 같은 반이 되기를."

다 먹은 다카코가 소원을 빌 듯 말했다.

그녀의 얼굴엔 진심으로 츠바사와 같은 반을 원하는 다정함과 간절함이 있었다. 마도카의 가슴이 찡했다. 조금 전에도 다카코는 소녀 같은 표정으로 마도카에게 좋아한다고 말했다. 다카코와 있으면 어른이 되어서도, 엄마가 되어서도 좋은 친구를 사귈 수 있구나 싶었다. 그리고 동성 친구와 쌓을 수 있는 즐거움과 기쁨은 변함이 없었다. 분명 다카코는 어린 시절부터 친구들의 중심에 있었을 사람이었다. 만약 학창 시절 그녀와 같은 반이었다면 그녀와 친구가 될 수 없었을지 모른다. 어른이 되니 예전에는 안 보이던 것이 보이는 좋은 점이 있다. 마음에 드는 친구를 학부모로 만나게 되는 일도 생기고.

학교에 두 반뿐인데도 아쉽게 쇼타와 츠바사는 아직 같은 반이 된 적이 없었다.

"정말로. 쇼타와 같은 반이 되면 츠바사가 기뻐할 텐데."

마도카도 진심으로 말했다. 그리고 이렇게나 다카코를 좋아하고 신뢰하고 있으면서 왜 츠바사가 같은 시험을 봤다는 말을 끝끝내 못 꺼냈는지 스스로 의아했다.

에이치에서의 면담은 그로부터 며칠 뒤 오후에 진행되었다.

이미 학교는 봄 방학에 들어갔다. 츠바사가 수영 교실 버스에 타는 모습을 지켜본 뒤에 마도카는 에이치가 있는 하나오카데라로 향했다.

얼마 전 학부모회에서 멀리서 바라보았을 때보다 면담실에서 마주한 사토는 키가 작고 정수리가 헹했다. 학부모회에서는 말이 또랑또랑 거침이 없었는데, 지금 마도카의 눈앞에서 오늘 귀한 걸음 해주셔서를 운운하며 전형적인 인사를 늘어놓는 목소리는 낮고 가라앉아 있어 동일 인물로는 생각이 안 될 정도로 연약해 보였다.

그러나 한 박자 쉰 뒤 그는 연기 톤의 목소리를 내며 말했다.

"깜짝 놀랐습니다……."

"네? 무슨, 말씀이신지."

왠지 마음이 들떴으나 모르는 척 마도카는 아무렇지 않은 표정을 짓는다.

가토는 들고 온 봉투 속에서 용지 하나를 꺼내 들며 물었다.

"츠바사 군은, 여태 학원에 다닌 적이 '없다'라고 설문조사에 답했더라고요. 이 사실에 깜짝 놀랐습니다만, 사실인가요?"

"네. 아, 가쓰Q에는 다니고 있어요."

용지는 츠바사가 작성한 설문지였나 보다. 그 용지에 시선을 주며 작게 웃는다.

"아, 그렇네요. 가쓰Q라고 적혀 있네요."

가쓰Q는 학원으로 인정하지 않는 모양이다.

"그럼 현재 다니는 곳은 가쓰Q 한 곳인가요?"

"수영과 피아노도 배우고 있어요."

"교과목 관련 학원은 가쓰Q뿐이네요. 그러면 가쓰Q에서는 성적이 어떤가요? 꽤 앞서고 있나요?"

"아뇨, 그 정도는 아니에요."

"그럼 가정에서 따로 선행학습을 시키시나요……?"

"아뇨, 특별히 시키는 건 없어요."

그렇게 대답하면서 예감은 한층 더 부풀어간다.

그제야 가토는 봉투 속에서 컬러 용지를 꺼내어 책상 위에 펼쳤다. 츠바사의 성적표였다.

"수학 편차치가 57, 이건 아주 대단한 수치입니다."

가토가 말했다.

그러나 그 수치를 본 마도카의 기분은 스스로도 어이없을 만큼 땅에 곤두박질쳤다.

57.1.

뭐야, 겨우 그 정도였어?

"국어도 좋네요."

가토가 옆의 숫자를 가리켰다.

"국어 편차치 66.8. 남학생인데다 특별한 연습을 하는 것도 아닌데 처음부터 이 수치는 대단합니다. 책을 자주 읽나요?"

물으면서도 가토는 눈을 내리뜬 채 마도카를 똑바로 보려 하지 않는다. 흘끗 눈길을 주더니 곧장 성적표로 시선을 떨어뜨린다. 실은 낯을 가리는 사람일지도 몰랐다. 말투도 온화해서 츠바사를 진심으로 대단하게 여기는 것처럼 보였다. 필사적으로 영업하려는 분위기는 아니다.

"글쎄요…… 어릴 때부터 책 읽는 걸 아주 좋아하기는 했어요…….."

"분명 좋은 책을 많이 읽어왔겠네요. 어머님이 읽어주시고 전집도 보여주면서 애지중지 키워온 아드님이군요."

"그런데, 결승대회까지는 한참 부족하죠?"

마도카가 말했다.

"결승, 말입니까……."

가토가 작게 웃는 것 같았다.

이 시험에서는 학년별로 상위 50명이 한 번 더 시험을 치르게 된다. 상품도 받고 여행 초대권도 주어지며 TV나 인터넷 뉴스의 취재를 받기도 한다는 사실을 학부모회 때 배부받은 자료를 통해 알았다.

조금 전까지 그런 대회 같은 건 눈곱만큼도 생각 안 한다고 해놓고는 가토에게 '깜짝 놀랐습니다.', '대단합니다.' 소리를 듣고 나니 '뛰는 놈 위에 나는 놈'이라던 결승대회를 의식하게 된다. 종합 편차치 62.8. 16,387명 중에 1,873위. 결승대회까지는 1,800명 이상의 아이들이 츠바사 위에 있다. 모두 같은 학년이다. 이 정도 순위를 가지고 깜짝 놀랐다고 하다니, 역시 영업 상술의 립서비스였구나. 그런 생각에 이르자 순간이지만 들떴던 자신이 부끄러웠다.

"어머님, 그러니까 말이죠. 결승대회는, 이건 완전히 다른 세계입니다. 그런 건 생각 안 하셔도 됩니다."

속삭이듯 작은 목소리로 가토가 말했다.

위로하려는 말이겠지만 미소가 마치 비웃음으로도 보인다. 마도카는 순간 상처받았다. 생각을 안 해도 된다니. 츠바사와는 관련 없는 별세계라는 말인가.

"아뇨, 저도 그런…… 결승 같은 건 애초에 생각도 안 했어요. 우리 애한테는 도저히 닿을 수 없는 세계라는 걸 알아요. 다만 세상에는 뛰어난 아이들이 정말 많구나 싶어서……."

"아니, 어머님, 그런 말이 아닙니다."

가토는 정색하며 원래도 작았던 목소리를, 비밀을 털어놓듯 더욱 작은 목소리로 마도카에게 전한다.

"여기서만 말씀드리지만, 이 시험에서 결승까지 간다는 건 확실한 준비를 했다는 말입니다."

"준비요?"

"'연합평가'는 문제 형식이 정해져 있습니다. 수학은 계산 문제, 한 줄짜리 문제, 문장형 문제, 서술형 문제, 도형 문제, 사고력 응용문제의 6가지 심화 문제로 구성되어 있어요. 국어는 한자, 관용구, 지식 문제, 논설문, 이야기문. 매회 같은 패턴이라 사실 대책을 세우기는 쉽습니다."

"아, 잠시만요."

마도카는 황급히 메모장과 펜을 꺼냈다.

"괜찮아요, 어머님, 천천히 하세요. 이런 건 메모를 해두셔야죠. 다시 말씀드리면 어머님, 결승 경계선에서 분투하고 있는 아이들은 이미 같은 형식의 시험을 여러 번 경험하고, 시간 배분이며 푸는 순서를 다 익히고서 시험을 치러 온다는 말입니다. 결승 반이라고 있는데, 저학년 때부터 다니는 학생이 많아요. 미리 단련을 하고 있는 거죠, 그들은. 하지만 츠바사 군은 아마 아무런 대책 없이 마음 편하게 시험을 보러 왔을 겁니다. 분명 답안지의 마크 기재 방법도 시험 직전에 설명을 듣고서야 알았을 텐데요?"

"맞아요, 아무것도 몰랐어요, 정말로 우리 애는 이런 학원이 처음이라."

"그런 아드님이 이만한 점수를 받았다는 건 제가 보기에는 작은 기적에 가깝달지, 지극히 머리 회전이 좋은 아이라는 인상입니다. 차근차근 학습해나가면 후에 사천왕을 노릴 만한 유형이에요."

"사천왕요?"

처음 늘은 낱저넘 중일거리며 그제야 제대로 된 자랑스러움이 마음속에 번지는 것을 느꼈다.

"죄송해요, 제가 잘 몰라서요. 그, 사천왕이란 게……."

인터넷으로 몇 번이나 알아봤으면서, 왠지 모르게 무지한 척하며 마도카는 가토에게 물었다.

"사천왕이란 4개의 최고 중학교를 말합니다. 남자 사천왕은 호시나미중학교, 아카사카중학교, 히카리가오카중학교, 겐요중학교. 여자 사천왕은 도유여자중학교, 세이크레아여자중학교, 슈비여자중학교, 하루노히카리여자중학교입니다."

슈비여자중학교의 이름이 나오자 마도카는 기억 하나가 떠올랐다. 며칠 전에 점심을 같이했던 하야시의 장녀가 다니는 학교다. 그때도 구스다와 다카코가 학교 이름을 듣자마자 저마다 '사천왕'이라고 격찬하지 않았던가.

그 후 마도카는 그녀들의 대화에 낄 수 있도록 중학교 입시 학교인 사천왕을 검색해보았다. 그랬더니 끝도 없이 검색 결과가 나왔는데, 학원 홍보부터 수험생 학부모 블로그 등 곳곳에서 '사천왕'은 당연하게 쓰이는 용어였다. 그러고 보니 에이치의 학부모회에서 받은 합격 실적표에도 '사천왕 ○명 합격!', 이런 식으로 홍보하고 있었던 기억이 난다.

"그런 대단한 학교를 우리 애가 갈 수 있을까요?"

머뭇대며 마도카가 말을 꺼내 본다.

"충분합니다, 갈 수 있어요."

원하는 대답을 너무도 산뜻하게 가토가 해준다.

"정말요?"

"하기에 따라서는 니시아사권입니다."

니시아사권. 막힘없이 나온 수수께끼 같은 단어도 중학교 입시 용어 중 하나다. 학원 홈페이지나 교육 관계자 블로그 같은 데서 뛰어난 아이의 우수함을 나타내기 위해 당연하게 사용되고 있었다.

"니시아사권이라면······."

그래도 마도카는 초심자의 얼굴로 다시 확인받고 싶다. 애당초 인터넷 검색을 하기 전에는 들은 적도 없는 말이었다.

"아, 죄송합니다. 사천왕 중 톱인 호시나미중학교에서 제일 가까운 역이 니시아사가야 역이어서 그곳을 목표로 하는 아이들을 니시아사권이라고 말하는 경우가 있습니다. 나카키타자와 역이 제일 가까운 히카리가오카중학교를 지망하는 아이들을 나카키타클럽이라고도 부르고요. 뭐, 좁은 세계의 업계 용어입니다."

"와, 흥미롭네요."

"니시아사는 중학교 입시의 성지로 불리는 곳이죠. 수도권 내에서 톱인 학교로 일본 제일이라고도 하는 중학교이니까요. 아드님이 머지않아 그곳의 교복을 입을지도 모릅니다."

"어머." 마도카는 그만 큰 소리를 냈다. "선생님도 참 힘드시겠어요. 많은 학부모에게 이런 아첨을 떨며 영업을 해야 하다니!"

말하고 나서 마도카 스스로 깜짝 놀랐다. 이런 말을 하다니.

가토의 눈이 언짢은 듯 가늘어졌다. 그러나 가토는 곧바로 미소를 지었다.

"저희는 실적 1위 학원이라 덕분에 아첨하면서까지 영업할 필요는 없습니다. 저로서는 츠바사 군의 성적을 보고 국어를 잘하는 남학생은 정신 연령이 높은 경우가 많아서 사립중학교에 가는 편이 같은 레벨의 또래와 자극을 주고받으며 크게 성장할 수 있다고 추천하고 싶었을 뿐입니다. 저는 그런 얘기를 모두에게 하는 게 아니라 특별한 아이에게만 전하고 있습니다만, 가정의 방침도 있을 텐데 주제넘은 짓을 해서 죄송합니다. 중학교 입시 응시 여부를 포함해 가족과 의논해 주시면 감사하겠습니다. 그럼 이 성적표 돌려드리겠습니다."

가토는 말이 끝나자 성적표를 봉투에 넣어 마도카에게 건넨 후 일어섰다.

너무나도 담담하게 맺는 말투에 마도카는 조금 전 말을 후회했다. 학원 영업에 낚이지 말라던 신지의 말 때문에 학원은 무조건 영업을 하는 곳이라고 생각했다. 그러나 따져보면 에이치에는 결승에 갈 실력이 되는 아이를 포함해 츠바사보다 잘하는 아이들이 수두룩하다. 이 학원에서 '니시아사권'에만 올해 15명이나 합격했다. 그런 아이들을 바로 곁에서 지켜보는 가토가 기껏 츠바사의 가능성을 인정해줬는데 '아첨'이라는 소리를 했으니. 큰 실례를 저지르고 말았다.

"저기, 선생님, 기분 나쁘셨다면 죄송해요."

받아든 봉투를 품에 껴안으며 마도카가 사과하자 이미 일어나 면담실 문을 열고 있던 가토가 고개를 돌려 바라보았다. 그의 온화한 표정에는 마도카가 걱정하는 분노도 짜증도 일절 보이지 않았다. 대체 무슨 사과를 하는 건가 싶은 얼굴로 이쪽을 쳐다본다.

"아니, 그, 제가 조금 전에 무례한 말을 한 것 같아서……."

기어들어 가는 목소리로 마도카가 말했다. 가토는 '하하' 하고 건조하게 웃더니 얼마간 끈적한 시선을 던졌다. 그러나 그 또한 눈을 깜박이자 이내 사라져버린다. 금세 온화한 학원 이사의 얼굴로 돌아와 있었다.

"아뇨, 아닙니다. 무례하다뇨, 뭐, 그건, 네…. 그럼 이만."

선량한 표정으로 우물거리는 듯하더니 아까부터 벽 스위치에 대고 있던 굵은 손가락을 움직여 결국 면담실의 불을 탁 꺼버렸다. 넓게 열린 문 너머로 나가 줄 것을 권하는 듯하다. 안 나갈 수가 없다.

"저기, 저……."

"가족끼리 천천히 이야기를 나누세요. 아드님 의견도 잘 들어보시고 혹시 중학교 입시를 보겠다고 하면 그때는 부디 저희 학원도 검토해주시면 감사하겠습니다."

부드러운 표정으로 가토는 정중하게 고개를 숙였고, 들어 올린 얼굴은 이미 다음 수업으로 향하는 프로 강사였다.

성적표가 든 가방을 어깨에 메고 마도카는 하나오카데라 역에서 동네 역까지 간 뒤, 평소와는 다른 방향의 버스를 탔다. 츠바사를 데리러 수영 교실에 가기로 한 것이다.
봄 방학 집중 강습 중 정확히 중간 날이라 기록 측정이 예정되어 있었다. 평소 츠바사는 수영 교실의 왕복 셔틀버스를 이용하지만, 오늘은 직접 데리러 가겠다고 말했다. 츠바사의 최신 기록을 빨리 알고 싶었다.
오후 시간대 버스에는 빈자리가 많아 창가 자리에 마음 편히 앉을 수 있었다. 주변에 사람이 없어서 마도카는 가토에게 받은 봉투를 꺼냈다. 괜스레 분위기가 어색해져 버린 조금 전 면담은 일단 머리 한구석으로 밀어두기로 하고, 성적표와 함께 건네받은 에이치의 이모저모를 살펴보기로 했다. 팸플릿, 신청서와 함께 합격 수기집이 있었다.

· 운을 실력으로 바꾸는 천일의 여정
· 호시나미 열차로 전승 돌파!
· 중학교 입시에서 내가 얻은 것
· 호시나미를 응시할 후배들에게 전하는 말
· 무조건 호시나미! 라고 결심한 날부터

마음을 휘어잡는 제목이 눈에 가득 들어찬다. 페이지 앞부분을 장식하는 사람들은 대부분이 호시나미중학교 합격자들이다. 이곳에 합격한다는 건 역시 중학교 입시 세계에서 빛나는 훈장인 모양이다. 도쿄의 사립학교에 무지했던 마도카도 호시나미중학교의 이름만큼은 언제부턴가 알고 있었다.

페이지를 넘기자 뒤쪽에는 합격 발표날의 모습을 찍은 사진들이 나열되어있었다. 기쁨으로 넘친 미소와 활기찬 승리 포즈를 보니 모르는 아이들인데도 이상하게 가슴이 찡해진다. 그리고 동시에 게시판 앞에서 브이자 포즈를 취하는 츠바사를 상상하게 된다.

마지막 페이지엔 '호시나미 합격자 설문조사'라는 코너가 있었는데 중학교 지망 이유 베스트3가 발표되어 있었다.

1위 운동회와 축제가 좋아 보여서.

2위 동아리 활동이 즐거워 보여서.

3위 부모의 권유로.

운동회와 축제, 동아리 활동……. 싱그러운 청춘이 떠오르는 단어에 마도카는 미소를 지었다. 츠바사가 중학생이 된다는 게 지금은 상상조차 안 되지만 내 아이에게 분명 멋지고 활기찬 미래가 기다리고 있을 거라는 확신이 들었다.

'일단 해보고 힘들면 관두면 되지.'

에이치의 수업료는 주 2회에 월 12,000엔. 이 금액이 비싼 건지 싼 건지 마도카는 알 수 없었지만 못 낼 것도 없다고 여겼다. 신지는 초등학교 2학년 말부터 입시 학원에 보낸다는 건 너무 이르다고 했지만, 지금 이 순간에도 결승대회를 향해 '훈련'을 하고 있는 아이들이 널렸다. 내가 망설이거나 주저하고 있는 이 순간에도 그들은 착실하게 전진하고 있다.

마도카는 가만히 합격 수기집을 봉투 속에 집어넣었다.

수영 교실을 내려다볼 수 있는 참관석에 들어가자 모모미 엄마와 눈이 마주쳤다. 그녀가 가볍게 인사를 건네는 바람에 왠지 옆자리에 앉아야 할 것 같았다.

"츠바사, 열심히 하더라고요. 백 자세 좋아지지 않았어요?"

모모미 엄마는 환한 미소를 보인다. 햇볕에 그을린 피부에 주근깨가 많이 올라와 있지만 신경 쓰지 않는 모양인지, 립스틱 외에는 화장기가 전혀 없고 색이 빠진 금발을 아무렇게나 묶고 있다. 과거 운동선수였던 편린이 그런 담박한 모습에 드러나는 듯했다.

"모모미, A반은 어때요?"

마도카가 물었다.

"즐겁대요. 오빠나 언니들과 함께 수영하니까 막내라 이쁨을 받는 모양이에요."

마도카에게 말을 하면서도 모모미 엄마의 눈길은 유리 너머 수영장 수면을 인어처럼 거침없이 헤엄쳐가는 딸의 모습에 가 있다.

육성 A와 육성 B는 레벨에 큰 차이가 있다. 확실히 A반에 키가 큰 아이들이 많았다. 중학생뿐 아니라 고등학생도 있었기 때문이다. 츠바사가 있는 B반 아이들은 오후 수업이지만, A반 아이들은 봄 방학 기간에 매일 도시락을 싸 들고 와 오전부터 종일 수영을 한다. 연습량도 기합도 다르다. 그런 A반 아이 중에서 최연소 모모미는 체구는 작지만 헤엄치기 시작하면 자세도 속도도 손색없었다.

"대단하네요, 모모미. 볼 때마다 빨라져 있네……."

"아직 멀었어요."

유아 때는 이렇게 차이가 안 났다. 츠바사가 빠를 때도 있었다. 정확하게 말하자면 접영에서는 늘 츠바사가 이겼었다. 두 달 전, 모모미가 A반으로 올라갔을 때 마도카는 한동안 연습을 보러 가고 싶지 않았다. 마이페이스대로 하자고 아무리 마음을 먹어도 꼭 비교하게 되곤 했다. 끈적끈적한 질투심이 들러붙어 떨어지지 않았다. 츠바사가 지다니. 결국 그렇게 생각하게 되고 마는 것이다.

"그러고 보니 모모미, 프로틴 마신다면서요?"

다카코에게 들은 이야기를 떠올리고서 마도카가 물었다.

"네."

모모미 엄마가 끄덕이며 말했다.

"다마다 코치가 마시게 하라더라고요. 근육량이 올라야 한다고."

"와, 대단하네요."

다마다 코치라면 전 올림픽 메달리스트로, 이 수영 교실의 간판 코치다. 가끔 A반을 점검하러 나타나지만 보통 때는 선수반에 붙어 있다. 지금껏 이 교실에서도 몇 명의 선수가 다마다 코치의 지도하에 올림픽을 비롯한 유명한 국제대회에 출전했다.

"너무 달아서 맛은 없지만 수영 속도가 빨라진다고 하니까 모모미도 참고 마시고 있어요."

얼굴을 찌푸리고 말하는 데 비해 그녀의 음성에는 어딘가 우쭐대는 느낌이 있었다. 육성 A반은 선수반과 거의 같은 내용의 근력 운동이 부과되고 식사 관리도 하는 듯하다. 선수반 바로 직전에 있는 모모미는 이미 여느 아이와는 다른 생활을 하는 단계에 이르렀다는 말이겠지. 그 사실이 프로틴에 집약되어 있다고 본다.

"대단하다. 모모미, 나중에 올림픽 나갈 것 같아요."

마도카가 말했다. 말하고 나서 오히려 실례를 범했나 싶었는데 모모미 엄마는 침착한 목소리로 대답했다.

"글쎄요. 소네 선수 초등학교 2학년 때 기록은 이미 넘었다고 하는데 말이죠."

"어머, 그래요……?"

소네 선수는 바로 얼마 전 열린 아시아 대회에 일본 대표로 출전한 선수로, 차기 올림픽 선수 후보로 거론되고 있었다. 다마다 코치의 애제자다.

다마다 코치나 소네 선수의 이름이 술술 나오는 걸 듣고 있자니, 츠바사는 완전히 이 경쟁에서 제외됐음이 새삼 느껴졌다. 육성 B에 합격했을 때만 해도 수영 선수로 성장해가는 츠바사를 상상하곤 했는데, 이렇게 눈앞에서 A반과 B반 아이들의 수영을 비교해서 보니 확실히 알겠다. A반 아이들은 유연하게 팔을 돌리며 인어처럼 물을 가르고 나간다. 모모미도 그렇다. 원래도 빨랐지만 무슨 비결을 터득했는지 최근의 모모미에겐 힘이 느껴진다.

"아. 시작됐어요."

모모미 엄마가 몸을 앞으로 내밀었다. 육성반 학생들이 전원 풀사이드로 올라가 차례로 50미터 기록을 재기 시작한다. 잘하는 아이들뿐이라 그들이 의욕 넘치게 수영하는 모습을 보는 것은 즐겁고 매번 매료되는 일이었다.

학년순인지, 재적 기간순인지 모르겠지만, 자연스레 키가 큰 아이들부터 차례로 측정을 하고 마지막이 모모미와 츠바사를 포함한 4명의 몸집 작은 아이들이었다. 앞서 기록을 잰 아이들에 비하면 불안해 보이는 나이 어린 아이들이지만, 다이빙대에서의 자세만큼은 모두 제대로 잡혀 있었다.

유리 너머로 희미한 호각 소리가 들리고 4명이 동시에 뛰어들었다.

"2라인이 4학년이고 3라인이 5학년이에요."

물어보지도 않았는데 모모미 엄마가 알려준다. 모모미가 4라인, 츠바사가 5라인이었다. 4명 모두 매끄럽게 헤엄쳐간다. 각자 자기 최고 기록과 싸우는 기록 경기지만 아무래도 경쟁처럼 보여 숨죽이고 지켜보게 된다.

접전이었던 것은 첫 15미터까지였고, 그 뒤로는 모모미의 독주였다. 한동안 못 본 사이에 이 정도로 빨라졌나 싶어 마도카는 깜짝 놀랐다. 회전도 막힘이 없었고 거기서 단숨에 가속이 붙었다. 25미터 반환점에서도 전혀 지친 기색 없이 오히려 점점 속도가 붙는 것처럼 보인다.

"치고 나가!"

마지막 10미터, 모모미 엄마가 짧게 외쳤다.

"치고 나가!"

옆에 마도카가 있는 것도 잊었는지 주먹을 불끈 쥐고 목소리가 높아진다. 대회도 아니고 단순한 기록 경기에서 저렇게까지 열을 올리는 부모는 없다 보니 조용한 참관석에 모모미 엄마의 목소리만 기이하게 울렸다. 그런데도 본인은 전혀 개의치 않는 모양이다.

모모미가 결승점에 도착한 순간, 모모미 엄마는 재빨리 풀사이드의 기록판을 본다.

"아슬아슬하려나……."

그녀가 중얼거린다. 무엇에 대한 '아슬아슬'일까, 무엇을 목표로 삼고 있는 걸까. 츠바사는 아직 헤엄치고 있었다. 지친 모습이 역력해 마지막에는 자세가 다 무너졌다. 초등학교 5학년과 초등학교 4학년이 거의 동시에 결승점에 도달하고 뒤늦게 겨우 츠바사도 결승점을 통과했다.

츠바사는 멀리서 봐도 녹초가 됐는지 어깨를 늘어뜨린 채 헉헉대는데 모모미는 기운찬 모습으로 풀사이드에서 엄마에게 신호를 보내고 있다. 어떤 숫자를 작은 손가락으로 표시한다. 지금 막 측정된 기록을 엄마에게 전하고 싶은 것이다.

"빠르네요…… 모모미. 깜짝 놀랐어요."

제 아이의 기록은 안중에도 없는 것처럼 마도카는 쾌활하게 모모미를 칭찬했다. 진심에서 우러나온 칭찬이었다. 정말로 감탄했다.

"아직 멀었어요."

모모미가 보내온 숫자는 상당히 좋았을 거다. 겸손해하는 모모미 엄마의 표정은 밝았다. 접수처 옆에 기록 경기의 최신 기록이 게시되는데 모모미는 거의 매주 자기 베스트를 경신하고 있다. 틀림없이 오늘도 기록을 줄였을 것이다.

한편 츠바사는…….

마도카는 작게 한숨을 쉰다. 전력을 다해 물을 차기만 하니, 언뜻 다이내믹하게 보여도 사실 그리 빠르지 않은 것은 쓸데없는 움직임이 많아서일까. 이선에는 모모미와 비슷한 속도였는데 언제 이렇게 차이가 나버렸을까.

불현듯 수영장 가장자리에 있던 츠바사가 흘끗 고개를 들어 이쪽을 쳐다본다. 그러나 이내 시선을 돌린다. 체조 시간이 되자 츠바사는 자연스레 큰 아이들 뒤로 이동해 마도카의 시선을 막았다. 그러곤 그대로 도망치듯 샤워를 하러 가버렸다.

기록이 전보다 떨어졌다…….

마도카는 기분이 가라앉았다. 어딘지 모르게 들떠 보이는 모모미 엄마의 얼굴을 더는 보고 싶지 않았다. 아직 2학년이야, 스스로 타이른다. 복근이 선명한 중고생들 사이에서 츠바사는 확실히 차이가 났다. 체조 때 보니 큰아이들 틈에서 통통하고 앳된 볼록한 배의 츠바사는 꼬마가 잘못 섞여든 것처럼 보였다.

육성 B에 올라간 건 정말로 대단한 일이었다. 마도카는 알고 있다. 함께 시작한 쇼타도, 훨씬 오래 다닌 다른 아이들도 여기까지는 올라오지 못했으니. 그런 아들이 엄마의 시선을 피해 숨고 싶어 하는 것처럼 보인 건 오늘 아침 엄마에게 "오늘은 무조건 자기 베스트 경신할 수 있지?"라는 압박을 받은 탓이다. 그런 말은 하지 말 걸, 마도카는 후회한다. 가여워라.

가여운 마음은 마도카의 가슴에 분명 존재했다. 자신이 던진 말이 독이 되었다는 자각도 있었다. 잘 알고 있는데도 결과가 안 나오니 낙담하게 된다. 왜 빨라지지 않는 걸까.

"우리 애는 스트레칭과 분석 시간이 남아 있어서요. 먼저 가요."

모모미 엄마가 말했다.

"그럼 먼저 갈게요."

마도카는 일어나 참관실을 나왔다.

육성 B에는 스트레칭도 분석 시간도 없다. 수강료도 별 차이 없으면서 말이다. 생각하고 싶지 않은데 생각하게 된다. 육성반에 모모미만 없었으면 이런 기분이 들지 않았을 텐데.

평소처럼 접수처 앞의 벤치에 앉아 츠바사가 나오기를 기다렸다.

츠바사는 마도카를 발견하자 밝은 얼굴로 "피곤해"라고 말했다.

"고생했어."

마도카가 대답했다.

촐랑대는 척하는 건 아들 나름의 마지막 자존심이자 방어다. 기록이 줄지 않았을 때 츠바사는 항상 밝은 척을 한다. 마도카의 가슴에 애처로움과 분노가 동시에 생겨난다.

"기록은 어땠니?"

안 묻고는 못 배기는 걸까.

"그게, 수영 전에, 배가 조금 아파서……."

"몇 초였어?"

재차 묻자 그제야 머뭇대며 숫자를 댄다.

마도카는 말문이 막혔다. 지난번 기록을 밑도는 건 물론이고 최근 몇 개월 사이에 가장 느리다.

"그렇구나."

"다음엔 잘할게."

"그래. 다음에는 열심히 해보자."

엄마의 기분이 가라앉으니 츠바사도 더는 촐랑대는 척을 할 수 없었다. 말없이 버스로 향한다. 역으로 향하는 버스는 혼잡했다. 나란히 서서 스쳐 지나가는 해 질 녘 동네의 풍경을 기만히 바라본다.

"다음에는 무조건, 무조건 잘할게."

츠바사가 다음 목표 기록을 말하며 진짜 무조건 깰 거라고 한다. 기록의 충격이 희미해지면서 이제야 아이가 애처로워진 마도카는 겨우 미소를 지을 수 있었다.

"츠바사, 엄마가 오늘, 여기 오기 전에 에이치에 들렀었어."

"에이치면 얼마 전에 시험 쳤던 곳?"

"응. 성적표 받았어."

"성적 어때?"

여덟 살 75

츠바사는 즉각 물어온다. 주변에 사람이 많아서 마도카는 나중에 알려주겠다고 말했다. 츠바사는 엄마의 표정을 읽으려고 물끄러미 쳐다본다. 기대에 찬 것 같기도 불안한 것 같기도 한 얼굴이다.

집에 돌아와 TV를 켜자 오싹한 배경음에 노숙자 같은 취약계층을 밀착 취재한 다큐멘터리를 방영하고 있었다. 정액제 숙박시설업자가 취약계층으로부터 생활 보호비를 무단으로 떼고 있었다는 이야기인 모양이다. 그 숙박시설 입주민이 인터뷰를 하고 있었다. …… 그렇다고 해도 여기서 쫓겨나면 나 같은 사람은 갈 데가 없으니까……. 채널을 돌리려고 했으나 츠바사가 집중해서 보고 있어 가만히 두었다.

저녁을 다 먹고 TV 소리를 줄인 다음 마도카는 츠바사에게 에이치에서 받아온 성적표를 보여주었다. 순위라던가 편차치라는 것을 처음 본 츠바사는 그저 멍한 표정으로 멍한 소리를 냈다.

"헤에."

눈앞의 그래프와 숫자를 어떻게 해석해야 할지, 어떻게 반응해야 좋을지 모르는 눈치였다.

이쪽을 쳐다보는 츠바사에게,

"결승대회에는 못 나가게 됐어."

마도카가 말했다.

"응……."

츠바사는 고개를 숙이며 순간적으로 입술을 깨물었다. 마치 그 사실을 바로 깨닫지 못한 자신을 후회하는 듯한 날렵함이었다.

"그래도 앞으로 35점 정도 더 맞으면 결승에 갈 수 있을 거야."

마도카가 말했다.

"35점……."

츠바사가 반복했다.

"국어는 한 문제만 더 맞혔으면 됐었고, 수학도 계산 실수만 안 했으면 갈 수 있었을 거래. 아깝다."

"그랬어? 하아."

츠바사는 크게 한숨을 쉬었다.

"속상해?"

마도카가 묻자,

"속상해! 결승대회에 못 나가서!"

화가 난 듯 츠바사가 말했다.

"많이 속상하지."

"응! 속상해! 속상해!"

수영 기록 경기의 속상함도 담았는지, 츠바사는 평소답지 않게 크게 소리를 질렀다. 마도카는 츠바사의 등에 손을 얹어 아이를 끌어안았다. 머리카락에 코를 묻자 희미하게 석회 냄새가 났다.

"츠바사. 오늘 학원에 가서 선생님께 이야기를 들었는데, 학원 선생님이 츠바사가 대단한 아이라고 했어. 봐봐, 결승대회에 나갈 만한 아이는 초등학교 1학년 때부터 학원에 다니면서 매일 엄청나게 공부하기 때문에 비슷한 시험을 여러 번 풀어서 이런 시험에 익숙하대. 그런데 츠바사는 처음 본 시험에서 이 정도의 점수를 받았으니까, 학원 선생님이 너 정말 대단하다고 칭찬했었어."

"안 대단해! 결승대회에 못 나가잖아!"

'결승대회'라는 말 자체를 분명 몇 초 전에 처음 들었고 결승대회가 있는지조차 몰랐으면서 아이는 마치 처음부터 바라던 것인 양 스스로 착각하며 엄마의 희망에 맞춰 기억마저 쉽게 바꾸는 것 같았다.

"그래. 결승대회에 나가면 상장도 받고 전자사전도 받고, 메달 수상자는 싱가포르에도 갈 수 있대."

"싱가포르?"

"츠바사도 가고 싶어?"

"음……."

웬일로 츠바사는 거기서 생각에 잠긴다. 고개를 갸웃거리는 모습이 사랑스럽다. 싱가포르가 어디에 있는지도 모르는 아이이다.

"50등에 못 들어가면 결승대회에는 못 나가. 츠바사는 대단한 아이니까 열심히 공부하면 언젠가는 나갈 수도 있겠지만 지금 성적으로는 절대 못 나가니까, 고민 안 해도 돼."

일부러 놀리듯 말해 보았다. 츠바사의 얼굴이 살짝 일그러진다.

"아니야!"

츠바사가 말한다.

"나도 하면 갈 수 있어! 결승대회 정도는."

아이의 풋풋한 오기가 엄마의 마음을 환하게 밝힌다. 결승대회에 한참 못 미쳤다는 현실에 낙담하던 마도카의 속마음을 츠바사가 어루만져주었다.

"학원에 가서 열심히 공부하면 나갈 수 있을 거야. 에이치의 이사 선생님이 머리 좋다고 하셨어. 어때? 츠바사, 학원에 가서 공부하고 싶어?"

"그럼 수영하고 가쓰Q는 어떡해?"

이야기 흐름으로 미루어 봤을 때 당장 덤벼들 줄 알았더니 츠바사는 의외로 신중한 태도다.

"응? 수영은 화요일과 목요일이니까 그대로 하면 되지. 가쓰Q는,

계속하고 싶어?"

"응. 쇼타도 있고."

"에이치의 3학년 코스는 수요일이 수학이고 토요일은 국어니까, 가쓰Q도 그대로 다닐 수 있겠네."

"피아노는?"

"피아노는 토요일 3시부터니까 지금처럼 계속해도 돼. 학원은 5시부터니까 피아노 마치고 가면 되고."

"그래도……. 그럼 노는 날이 없어지는데."

"결승대회에 나가고 싶다며?"

"그건 나가고 싶어."

"그럼 가쓰Q 마치고 놀면 되고, 수영을 한 번씩 일요일로 바꿔서 노는 날을 만들면 되잖아?"

말은 그렇게 했지만 마도카 역시 무리가 있음을 느꼈다.

수영과 가쓰Q 수업만으로도 정신이 없어 츠바사가 방과 후 친구와 통으로 놀 수 있는 날은 지금도 수요일뿐이다. 그런 수요일을 츠바사는 진심으로 아끼고 있어, 약속이 없더라도 반드시 집 밖으로 나가 하교 옆 놀이터에서 만난 누군가와 논다.

외동이라 외로워서인지 츠바사는 사람을 좋아하고 붙임성도 좋았다. 그래서 모르는 아이와도 금방 허물없이 친해진다. 어릴 때부터 그런 모습은 변함이 없어서, 옆에서 쭉 지켜본 다카코의 입에서 저건 재능이라는 소리가 저절로 나올 정도다.

그런 츠바사라 가쓰Q를 마치면 어김없이 친구들과 놀다가 들어왔다. 가쓰Q에는 쇼타, 리키, 소타로와 같은 친구들이 요일을 맞춰 함께 다니고 있는데, 논다고 해봤자 집에 오는 길에 근처 인공 개울이 흐르

여덟 살

는 공원 부근을 뛰어다니는 게 전부지만, 그 순간을 위해 가쓰Q에 다니는 게 아닐까 싶을 만큼 꽃의 꿀을 빨아 먹고 그림자밟기를 하고 개울에서 소금쟁이 잡기를 하는 등 '집에 오는 길의 모험'이 너무나도 즐거운 모양이었다. 행복했던 순간을 엄마에게 전하기 위해 적당한 말을 찾는 아이의 맑은 눈은 언제나 열심이었고 이마에는 땀방울이 송골송골 맺혀 있었다.

이 동네는 5시가 되면 어딘가 옛 향수를 불러일으키는 음악 방송이 흐른다. 학교에서 트는 건지 지자체가 트는 건지, 애초에 매일같이 듣고 있는 이 음악이 무슨 곡인지조차도 마도카는 깊게 생각한 적 없으나, 아무튼 매일 5시면 어김없이 흘러나오는 이 곡은 동네에서 '5시의 음악'으로 불리고 있어 마도카는 늘 츠바사에게 "5시의 음악까지만 놀다 와"라고 말한다. 그리고 츠바사는 지금껏 그 약속을 어긴 적이 없었다.

"일요일 수업은 사람이 많아서 수영을 많이 못 한단 말이야."

츠바사는 수영 요일을 바꿀지를 고민하고 있다.

"수영이 그렇게 계속하고 싶어?"

마도카의 말에 무슨 소리냐는 얼굴로 츠바사가 쳐다보았다.

"수영 수업 힘들게 계속 안 해도 돼."

모모미처럼 되지도 못할 건데, 하는 소리는 삼킨다.

"계속할 거야."

츠바사는 작은 소리로 말했다.

"오늘은 배가 아파서 수영을 제대로 못 한 거야……."

"세상에는 한참 전에 학원에 들어가서 결승대회를 목표로 열심히 공부하고 있는 아이들이 많아. 그런 아이들은 더는 친구와 놀지도 않고 다른 걸 배우러 다니지도 않는대."

"수영 수업 이제 적응했는데, 지금 그만두는 건 조금."

"다 하고 싶어?"

"다 하고 싶어."

"그럼 쇼타나 소타로나 리키와 노는 시간이 적어질 텐데, 그래도 괜찮아?"

"음. 음….."

츠바사는 깊은 생각에 잠긴다. 머리를 좌우로 흔들어댄다.

"학원 안 가도 돼."

떠보려고 마도카가 말했다.

그러자 츠바사가 묻는다.

"엄마는 어느 쪽이 좋아?"

"그건 엄마가 정할 수 없는 문제야. 츠바사의 인생이니까."

여덟 살짜리 아이에게 '인생'이라는 말까지 썼다. 아들은 어찌할 바를 모른다.

"나만 미래를 위해 열심히 공부하는 건 중요하다고 생각해. 많은 인생이 있겠지만 열심히 공부해서 좋은 학교에 들어가고 좋은 직업을 가져서 아빠 엄마 없이도 혼자서 잘 살아갈 수 있었으면 좋겠어. 그래서 일찍 준비하는 게 중요하다고 생각해. 학원에서 공부할 수 있다면, 엄마라면 할 거야."

"응, 알겠어."

"학원은 돈이 들기 때문에 가고 싶어 해도 못 가는 아이가 많아. 지금 TV에 나오는 것처럼 세상에는 가난한 사람들도 많단다. 하지만 우리는 감사하게도 학원에 보낼 수 있는 형편이 되니까."

"그렇구나."

이해한 듯 고개를 끄덕이면서도 츠바사는 여전히 불안해 보이는 눈을 굴리고 있다. 그러더니 필사적인 신중함으로 엄마에게 확인한다.

"노는 시간이 줄어들어도 조금은 놀 수 있는 거지?"

"그럼. 시간을 잘 활용해서 놀기도 하고 수영 수업도 열심히 들으면서 우리 결승대회 준비해 볼까?"

"그럼, 그 학원 갈래!"

결의를 다진 듯 츠바사가 말했다.

"정말 가고 싶어?"

"응! 가고 싶어!"

"그럼 오늘 밤 아빠한테 학원에 보내줄 수 있는지 물어볼게."

"응, 엄마 고마워!"

츠바사는 엄마에게 고맙다고 말했다.

스카이프 화면 너머로 평소의 전자음이 울리고 신지가 나타났다. 아직 목욕 전인가 보다. 이제 막 퇴근한 모습으로 숙소에 도착하자마자 전화를 걸어주었다. 이왕이면 30분, 아니 1시간만 더 일찍 전화해 줬으면 츠바사와 통화할 수 있었을 텐데. 츠바사가 했던 말을 신지에게 직접 들려주고 싶었다.

신지는 아까부터 중국인 관료가 베트남 기업으로 이직한 이야기를 하고 있다. 쌓은 신뢰도, 정도 없다. 제시된 금액만으로 미련 없이 경쟁사로 옮겨버린다……. 그리고 지난번 시찰 주간 뒤에 마스지마가 드러누워 버렸다는 이야기. 마스지마는 위장이 쉽게 탈이 나는 체질이라 일이 빡빡해지면 늘 다운된다고 했다. 전에도 비슷한 일이 있었다나 뭐라나.

"듣고 있어?"

도중에 신지가 물었다. 마도카는 사실 건성으로 듣고 있었다.

"아, 미안. 차가 많이 막혔다고?"

"그 이야기는 끝난 지가 언젠데. 당신 피곤해?"

"아니, 아냐. 생각할 일이 조금 있어서."

"무슨 일?"

"저기 말이야. 얼마 전에 시험 봤잖아. 츠바사가."

"아아, 전국연합 실력평가 말이지? 완전히 까먹고 있었네. 왜, 결과 나왔어?"

"그게 말이지, 학원 선생님이 사천왕도 노려볼 만하대. 그리고 츠바사도 시험이 즐거웠던 모양인지 가능하면 학원에 들어가서 공부하고 싶다네."

마도카는 단숨에 말했다.

"이거 봐, 이럴 줄 알았지."

신지가 재밌다는 투로 말한다.

"시험 치고 왔을 때부터 이렇게 될 줄 알았대도. 학원이라는 곳은 영업에 도가 텄으니까. 이미 들었겠네. '댁의 아드님은 매우 우수합니다. 자, 저희와 함께 올라가 봅시다'라고. 저출산 시대다 보니 이제는 학년도 안 따지고 손을 뻗어대는군. 초등학교 2학년부터 학원에 다닌다는 건 과거에는 생각할 수도 없었는데 말이야. 특히나 당신은 휩쓸리기 쉬운 사람이라. 마도카 당신도 참……"

"초등학교 2학년이 아니고, 입시 세계로 치면 예비 3학년이야. 거기다 옛날과 지금은 달라. 요즘 중학교 입시는 이 시기에 학원을 보내

여덟 살 83

는 게 일반적이래.”

"이거 봐, 벌써 학원에 세뇌당했네.”

"학원 선생님이 한 말이 아니라니까. 다들 그렇게 얘기해. 그리고 당신이 생각하는 것만큼 에이치 선생님은 영업 같은 거 안 했어. 생각해봐, 에이치에는 머리 좋은 애들이 널렸어. 츠바사도 처음치고야 잘했지만, 결승대회는 꿈도 못 꿀 성적이었고…….”

"결승대회?”

"선택받은 아이만 나갈 수 있어. 입상하면 전자사전 준대. 3위 안에 들면 싱가포르 여행권을 주고.”

"나 때만 해도 초등학교 2학년을 대상으로 하는 전국연합 실력평가 자체가 없었어. 5학년은 돼야 쳤지.”

"아무튼, 그 결승대회는 남 얘기인 거야?”

"뭐야, 그런 거야?”

그 말에 신지는 다소 낙담한 듯 보였다.

"뛰는 놈 위에 나는 놈 수두룩하대도.”

마도카가 말했다.

"성적표 받았지? 보여줘 봐.”

신지의 얼굴이 화면 앞으로 쓱 다가왔다.

"아, 응.”

마도카는 가토에게 받은 전국연합 실력평가의 성적표를 봉투에서 꺼내어 성적이 표시된 부분을 펼쳐 카메라에 비췄다.

신지는 눈을 가늘게 뜨고 그것을 쳐다봤다.

"수학 편차치가 57이네. 이거 심한데.”

"응. 근데 있잖아, 다른 아이들은 이미 출제 형식을 알고 있대. 게다가 답안지 작성 자체를 츠바사는 처음 해봤으니까…….”

"국어는 잘했네. 그래도 편차치 57은, 역시 이 녀석은 문과인가.”

"계산 실수를 많이 해서 맞힐 수 있는 문제들을 놓친 것 같아. 그래도 아무 준비나 대책도 없이 이 정도 점수를 받은 건 잘한 거라고 선생님도 그러더라고.”

"계산 실수도 다 실력이야.”

"그렇지만, 에이치의 이사 선생님이 말하기로는 국어가 이 정도 나온 건 기적적이라던데.”

"국어는 나도 잘했으니까.”

마도카는 하려던 말을 지금 꺼내기로 한다.

"결과를 본 츠바사가 속상하다고 하더라.”

"흠.”

"츠바사 말이야, 더 위로 올라가고 싶대. 국어는 세 문제밖에 안 틀렸어. 그리고 수학도 계산 실수만 안 했으면 훨씬 점수가 좋았을 거야. 정말로 아까운 실수뿐이라 애가 엄청나게 속상해했어.”

"진심으로 속상해했어?”

"츠바사, 결승대회에 나가고 싶었대. 결승대회에 나가려면 학원에 들어가서 착실히 공부해서 문제 대책을 세워야 한다고 얘기했더니 츠바사가 그럼 얼른 학원에 들어가겠대.”

필사적으로 말하면서 마도카는 그제야 자신이 상처받았음을 깨달았다.

조금 전 신지는 수학 시험 결과를 보고 '심하다'라고 말했다. 듣고서도 별말 하지 않고 그냥 지나친 건 정면으로 받아들이고 싶지 않았기 때문이다. 마도카의 기분은 아랑곳하지 않고 신지가 말한다.

"그런 학원 홍보용 시험을 치고 성적 조금 좋다는 걸로 꼬드김에 넘어가 바로 학원 등록시키는 게, 이걸 간편하다고 해야 하나, 입시 산업 쳇바퀴에 걸려들었다고 해야 하나. 츠바사 고작 2학년이야. 입시 공부는 마라톤과 같아서 일찍 학원에 보내봤자 오래 못 가. 나 봐, 그 나이 땐 뛰놀기 바빴다니까."

"근데 당신, 중학교 입시 실패했잖아?"

마도카의 말에 화면 너머의 신지 얼굴이 순식간에 굳었다.

그러나 그는 곧장 웃는 얼굴로 말했다.

"1지망에는 떨어졌지만, 뭐, 별로 실패라고 하기에는."

"그렇구나. 준비가 늦은 탓에…"

"그럴지도 모르지. 어릴 땐 나가 놀기 바빴으니까."

신지는 빠르게 말했다. 하지만 확실히 마도카의 지적에 크게 동요하는 모습이었다.

결혼 전 시어머니에게 얼핏 들은 이야기다. 자기 아들은 중학교 입시에서 실패했지만 대학 입시로 수지타산을 맞췄다고 시어머니가 말했다.

남편의 예상치 못한 동요에 마도카는 미안했지만 신지가 말한 '심한데'도 심하다고 생각했다. 뛰놀면 된다느니 어쩌니 할 거면 아들 성적에 트집 잡지 말았어야 했다. 자신이 '실패'에 아직도 연연해하고 있으면 아들은 하루빨리 준비시킬 생각을 했어야 했다.

"그보다도 만일 녀석이 꼭 학원에 다니겠다고 하면 한 가지 조건이 있어."

신지가 말했다.

"조건?"

"수영 열심히 할 것. 학교 결석하지 않을 것."

"두 가지잖아."

"그러네, 두 개네. 어쨌든 지금은 공부보다도 몸만들기와 학교생활이 제일 중요한 시기니까. 아, 한 가지 더. 중요한 조건을 잊고 있었네. 일찍 자고 일찍 일어나기. 학원에 다니더라도 9시에는 무조건 재워."

"9시는 조금 힘들어. 오늘도 조금 전에 잠들었는데."

"너무 늦지 않아? 뭘 하는데."

"이것저것 많아. 목욕도 해야 하고 책도 읽고 게임도 조금 하고……."

"게임은 시간제한 두고 있어?"

"당연하지."

"그런 건 금방 중독돼. 그리고 9시가 힘들더라도 가능한 한 일찍 재워. 그게 학원 보내는 조건이야. 지금은 몸만들기가 가장 중요하니까. 그 조건을 제대로 지킬 수 있으면 학원에 보내."

"……고마워."

아무래도 신지가 허락할 모양새라 츠바사는 에이지를 나닐 수 있겠다. 그렇게 되면 역시 호시나미중학교를 목표로 삼게 될까. 합격 수기집 속 아이들의 환한 얼굴이 떠오르며 달콤한 기분이 드는 한편 불안함이 생긴다. 내릴 수 없는 버스에 올라타는 듯한, 돌이킬 수 없는 짓을 시작하는 듯한 느낌.

남편과의 영상 통화를 끊고 나서 마도카는 작게 고개를 내었었다. 이전에는 남편과 셋이서 잤지만 지금은 츠바사와 둘이서 사용하고 있는 침실로 향한다. 침대 위에서 아들은 이미 깊은 잠에 빠져 있다. 이마에는 땀이 살짝 맺혀 있고 입을 작게 우물거리며 완전히 꿈나라에

가 있었다. 빠져나와 있는 어깨에 이불을 덮어주고 잠시 잠자는 얼굴을 들여다보는 동안 마도카의 마음은 보드라워졌다.

나는 이 아이의 가능성을 넓혀주고 싶다. 이건 희망이 아니라 의무 같은 것이다. 만일 이 아이가 고학년이 되어 중학교 입시를 응시하고 싶다고 했을 때 더 이상 버스에 올라탈 수 없다면 어떻게 될까. 나는 이 아이의 선택지를 늘려주고 싶다. 그래, 중학교 입시를 볼지 말지는 아직 먼 얘기다. 니시아사권이라고 했지만, 호시나미중학교가 어느 정도인지 아직은 아무것도 모르니까. 어떤 학교를 응시할지는 한참 이후의 이야기이니 지금은 그저 츠바사의 미래를 위한 선택지를 늘려주고 싶을 뿐이다.

이렇게 생각하자, 조금 전까지 느꼈던 불안함은 녹아 없어지고 '내 아이를 위해서'라는 새로운 명분에는 타당성만 보여 마도카의 뺨에는 미소가 가득 찬다.

내일 에이치에 전화를 걸어야지. 등록해야지.

작게 고개를 끄덕이며 아들 이마에 입을 맞추는 마도카의 머릿속에 '실패'라는 말에 순간적으로 내보이던 남편의 동요하는 표정은 이미 사라지고 없었다.

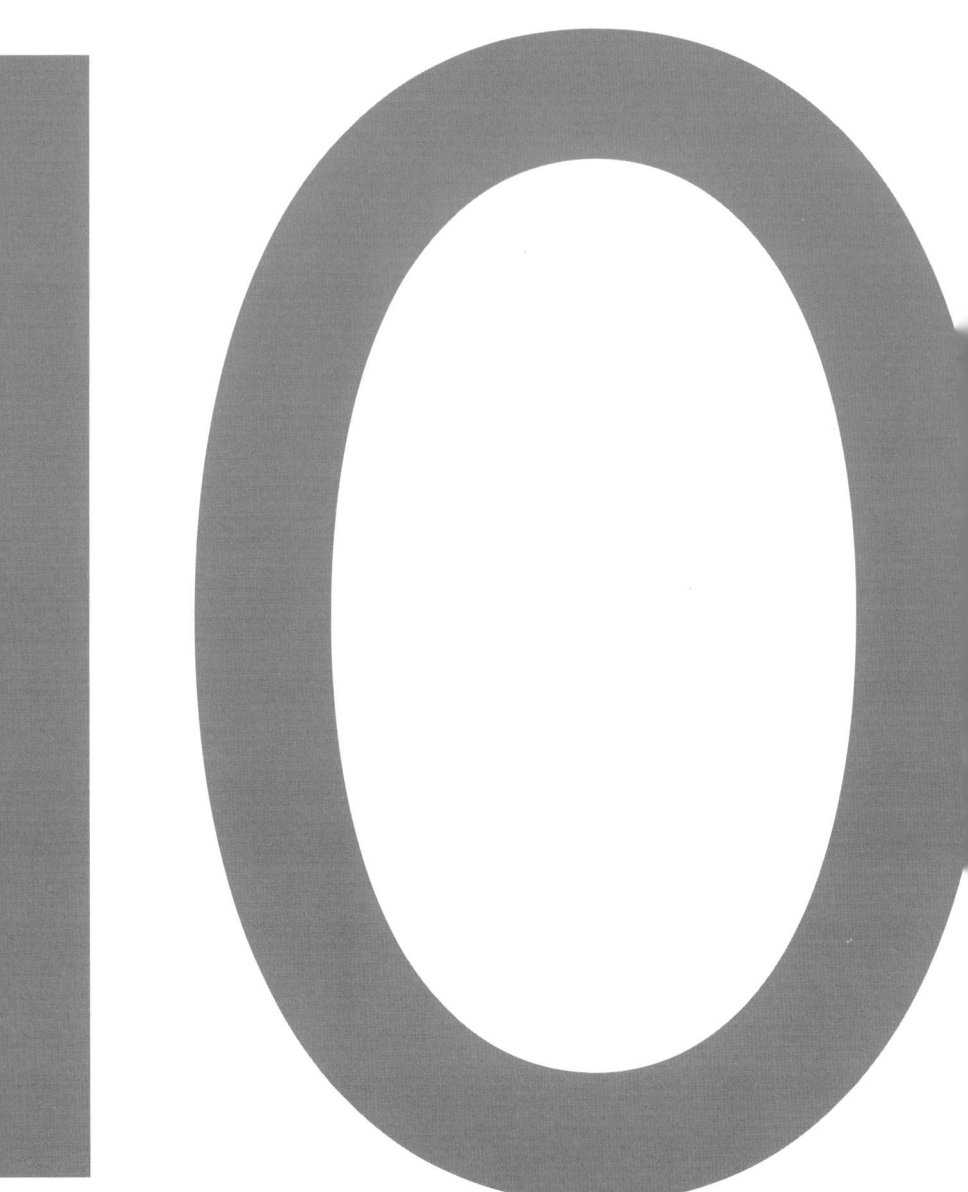

제2장

•

열 살

"어서 들어와요."

부드러운 목소리로 마도카 일행을 맞이한 하야시 미호는 장미 무늬가 수 놓인 연분홍빛 앞치마를 두르고 있었다. 그녀의 풍성한 갈색 머리칼과 그 따뜻한 색이 잘 어울려 마스크를 쓰고 있어도 화려함이 드러났다.

"잘 부탁합니다."

먼저 들어선 다카코가 하야시에게 밝게 인사한 뒤 슬리퍼로 갈아 신는다. 하얗고 밝은 현관이다. 어디선가 시원한 허브 향이 난다.

"우리 오늘 빈손으로 왔어요."

"아이, 당연히 그래야죠."

하야시가 모두에게 웃어 보였다. 다카코를 따라 마도카도 신발을 벗고 퀼팅 천으로 된 부드러운 슬리퍼로 갈아신고서 오하시 지나츠, 나카무라 유키와 함께 안으로 들어섰다.

하야시가 거주하는 기다란 단독주택에는 정원이 없어 외관은 아담해 보였으나 복도가 깔끔하게 정리되어 있고 천장이 높아서 그런지 안으로 들어서자 꽤 넓게 느껴졌다. 최근 비가 계속 왔는데 오늘은 날씨가 쾌청했다. 천창을 통해 들어오는 햇빛이 부딪혀 하얀 벽이 빛난다.

"이쪽이 아틀리에. 좁고 지저분해서 미안해요. 와서 마음에 드는 곳에 앉으세요."

현관에서 조금 떨어진 곳에 있는 문을 열자 숲속 향기가 났다.

"우와 근사하다."

마도카는 그만 소리를 높였다. 4평 정도 되는 공간의 정면에 큰 창이 나 있고 그 양쪽 벽면은 모두 붙박이식 오픈 선반이 설치되어 있었다. 반짝반짝 코팅된 조개껍데기와 순백의 깃털, 황홀할 정도로 섬세한 무늬의 리본들이 종류별로 정갈하게 놓여 있다. 눈앞의 하얀 벽에는 리스가 빼곡하게 걸려 있어 하나하나 넋을 잃고 바라보았다. 리스는 이렇게 많이 진열해도 예쁘다는 사실을 미처 몰랐다. 천장에는 물방울 형태의 유리로 만든 샹들리에가 눈부시게 드리워져 있어 다카코도 지나츠도 유키도 이곳저곳에 눈길을 주며 멋지다, 예쁘다는 감탄사를 끊임없이 주고받았다. 뭐랄까, 어디를 봐도 그림 같았다.

이 공간을 완성했을 하야시는 부드러운 미소로 말했다.

"다들 원하는 자리에 앉아요. 지금부터 테라스에 내놨던 소재를 들고 와야 하는데, 전부 살아 있는 식물이에요. 요새 계속 비가 와서 좀처럼 바깥에 장시간 내놓을 수가 없어서 아직 조금 습한 상태지만 향은 제법 좋아요. 다만 코가 간지러울 테니까 괜찮으면 이걸 써주세요."

그러면서 나일론 마스크를 모두에게 나누어주었다. 네 사람은 고맙다는 인사를 하며 건네받은 마스크를 쓰고서 중앙 테이블에 각자 자리를 선택해 앉았다. 이때 테라스로 이어지는 정면의 창이 드르륵 열리며 하야시와 똑같은 마스크와 앞치마에, 붉은 반다나를 두른 온화한 분위기의 여성이 들어왔다. 양팔 가득 불룩하게 신문지 뭉치를 안고 있다.

"이쪽은 어시스턴트인 데즈카 에츠코 씨. 큰애 친구 엄마예요."

하야시가 소개한다.

"잘 부탁합니다."

소개받은 데즈카 씨가 모두에게 웃으며 인사한 뒤 하야시에게 물었다.

"선생님, 일단 기본 가지를 들고 왔는데 이쪽에 펼칠까요?"

두 사람의 대화를 듣고 있던 마도카는 왠지 감동스러웠다. 학부모회에서는 평범한 주부로 보였던 여성이 다른 장소에서는 '선생님' 소리를 듣고 있다. 하야시의 옆모습이 전보다 또렷해 보였다.

데즈카가 신문지를 펼치자 대량의 나뭇잎과 나뭇가지가 숨을 쉬듯 나풀거리며 나왔다. 우와, 모두가 소리를 지른다. 이게 바로 '살아 있는 나무'인가 보다. 지금은 마스크를 쓰고 있어 느껴지지 않지만, 조금 전 집 안에 들어왔을 때 났던 숲속의 아로마는 이렇게 살아 있는 나무로 만든 리스들이 뿜어내고 있던 것일지도 모르겠다.

"자, 그럼 다시 한번, 오늘 저의 리스 공방에 와주셔서 감사합니다. 작업에 들어가기 전에 간단하게 설명할게요."

하야시가 찬장에서 미니 칠판을 꺼내며 말한다. 그 모습은 2년 전 학부모회 업무를 인수인계 받을 때의 소극적인 모습과는 달랐다. '선생님'으로서의 자신감이 가득 차 보인다.

"리스라고 하면 크리스마스가 유명하지만 해외에서는 계절에 상관없이 다양한 시기에 다양한 리스를 만들어 장식해요. 부적의 기원이 담겨 있다는 설도 있어요. 현관문에 장식해두면 액운을 막고 집을 지켜준다는 전설이죠."

네 명의 주부는 일제히 고개를 끄덕이며 설명을 듣는다.

미니 칠판에 정갈한 글씨체로 리스 일러스트와 설명이 이미 적혀 있었는데 하야시가 이런 리스 만들기 공방을 주기적으로 운영하고 있음을 엿볼 수 있었다.

"요즘엔 플라스틱으로 된 리스도 많이 판매되고 있지만, 저희는 기본적으로 1년 내내 잎이 떨어지지 않는 상록수를 가지고서 프리저브드 플라워나 드라이 처리를 하여 산뜻하게 만들고 있어요. 1년 내내 잎이 떨어지지 않는 것도 리스의 부적 차원에서는 중요하므로 겨울철에는 특히 상록수를 고집하고 있고요. 오늘은 지금 계절에 어울리는 식물을 시장에서 가져와 봤어요."

하야시가 조금 전 데즈카가 펼친 다양한 종류의 상록수를 한 다발 한 다발 손에 들고 설명한다.

"이게 올리브, 이쪽은 로즈메리, 이건 유칼립투스고요……. 저마다 상쾌하고 독특한 향이 나니까 작업이 끝나면 마스크를 벗고 맡아보세요."

대략적인 설명 후 각자의 취향대로 리본과 토대를 골라 리스 만들기에 들어갔다.

생각 외로 복잡하면서도 즐거운 작업이었다. 모두가 왁자지껄하게 대화를 즐기면서 대충대충 만들 거로 생각했는데 의외로 다들 정숙한 분위기 속에서 진지하게 작업을 진행한다. 도움을 요청하면 하야시와 데즈카가 와이어 사용법이나 사용할 가지 조합에 대해 조언해주고 중간중간 균형을 맞춰 보며 가지를 자르거나 리본을 예쁘게 묶어주었는데, 그사이 사사로운 대화는 거의 없었다. 마도카는 여리여리한 고사릿과의 아디안툼을 주축으로 군데군데 올리브를 꽂아 넣는 스타일을 택하고서 묵묵히 작업을 진행했다.

"이런 걸 서너 개 더해보면 분위기가 달라져요."

도중에 데즈카가 은빛 장식으로 코팅된 조개껍데기를 추천해주었다. 시험 삼아 리스 곳곳에 그것들을 박아 넣어보니 아디안툼의 청초함에 세련미가 더해져 깔끔하게 정돈되는 느낌이다.

"근사하네요. 슈가펄도 어울리겠어요."

하야시의 말에 설탕을 묻힌 듯 까슬까슬함이 느껴지는 크고 동그란 장식을 대본다. 이건 하야시가 직접 만든 핸드메이드 작품으로 하나에 300엔의 옵션 가격이 붙어 있었다.

"둘 다 근사해서 못 고르겠어요."

"고민되네요. 저도 리본을 어느 길로 해야 힐지."

옆에서 유키도 물빛 리본과 은회색 리본 사이에서 사뭇 고민 중이다.

"이렇게 고심해서 만들어 걸어 놓아도 남편이고 아들이고 알아보지도 못할 텐데."

지나츠의 말에 다들 큰소리로 웃었다. 함께 웃으면서 마도카는 최근 가슴 한구석에 끈덕지게 들러붙어 있던 짙은 안개가 조금은 옅어지는 것 같았다.

다카코가 하야시의 공방에 가자고 한 것은 지난달 열린 운동회 때였다. 그날 마도카는 이루 말할 수 없이 침울했다. 전날에 너무나도 큰 충격을 받아 미처 회복을 못 한 상태였다. 츠바사는 달리기에서 1위를 하고 발을 크게 들어 올리며 민요에 맞춰 춤추고 줄다리기에서도 목청을 높이며 열심히 했다. 하지만 마도카는 산뜻한 기분으로 응원하지 못했다. 그때 응원석에서 얼굴을 마주한 다카코가 밝은 목소리로 말했다.

"미호 짱 공방에 가 보지 않을래?"

황금연휴에 가족끼리 오키나와에 갔다 왔다는 그녀는 피부가 살짝 그을린 모습이었는데, 그날은 평소보다 더 쾌활했다.

"미호 짱 공방?"

"왜 그 학부모회 때 서기 이어받은 하야시 씨 말이야. 전에 공예 공방한다고 했었잖아."

"아…."

까맣게 잊고 있었다. 하야시와 다카코가 관계를 유지하고 있는 건 알았지만 '미호 짱'이라고 부를 만큼 사이가 가까워졌는지는 몰랐다. 물어보니 수강료는 4,000엔. 그게 비싼 건지 싼 건지 모르지만, 그보다 충격으로 내내 마음이 굳어 있던 마도카는 한동안 대답을 미뤘다. 일주일 후 다카코가 다시 얘기를 꺼냈다. 그녀는 이미 유키와 지나츠에게도 권유해 일정까지 정해놨다고 했다. 그 무렵에는 예의 '충격'에서 회복이 된 마도카도 참여하기로 결심했다. 기분 전환을 하고 싶었고, 그러고 보니 하야시의 아이가 현재 초등학교 6학년으로 에이치에 다닌다고 했던 게 생각났다. 어쩌면 중학교 입시 관련 정보를 들을 수 있을지도 모른다.

운동회 전날에 받았던 그 충격이란, 츠바사의 에이치 학원 반의 대폭 하락이었다.

에이치의 반 편성은 최상위가 사천왕 1반, 다음이 사천왕2, 사천왕3, 사천왕4, 그다음이 난관반1, 난관반2, 난관반3, 이렇게 해서 난관반11까지 수준별 순서대로 나뉘어 있다. 사천왕 1반에는 첫 글자 'S'를 따서 'S1'이라고 줄여 부른다. 이어서 S2, S3, S4, 그 밑의 난관반도 첫 글자 'N'을 따서 N1, N2, N3, N4 ……, 최하위반이 N11이다.

츠바사는 3학년 무렵부터 줄곧 사천왕1, 이른바 'S1'에 소속되어 있었다. 그런데 이번에 믿을 수 없는 통보를 받았다. 4학년 1학기 말 편성된 새 반은 'N2'. 5계단이나 떨어졌다.

학교에서 돌아와 그 사실을 알린 츠바사는 쿠션에 이마를 파묻은 채 얼굴을 가리고서 으으 신음하며 울었다. 마도카도 꽉 깨문 입술이 아플 정도로 슬프고 속상했다.

"힘내자, 츠바사. 다음에는 무조건 올라가도록 하자."

마도카의 말에 고개를 든 츠바사는 엄마의 굳은 얼굴을 보며,

"……부조건, 부소선, 나 S1으로 돌아갈 거야!"

마치 드라마 아역 배우처럼 강렬한 눈빛이었다.

"그럼, 그럼. 열심히 해보자. 엄마가 뭐든 도와줄 테니까."

마도카도 엄마 역할의 배우처럼 다정함을 가득 담아 대답했다.

그러자 츠바사가 말했다.

"나 가을 연합평가 때 결승대회에 엄마 데리고 갈게."

"정말?……."

생각지 못한 말에 마도카의 가슴이 스르륵 녹아내리며 눈물이 차올랐다.

"츠바사, 엄마 결승대회에 데려가 줄 거야?"

"당연하지, 엄마 가고 싶잖아?"

"그럼. 가고 싶지!"

만일 결승대회에 참가하게 된다면 꿈만 같겠다고 생각했다. 학교 전체에 소문이 나겠지. 츠바사는 역시 대단해. 특별한 아이야, 그런 소리를 더 많이 듣게 되겠지. 충혈된 붉은 눈의 아들을 보며 다음에는 꼭 갈 수 있을지도 모른다고 마도카는 생각했다.

작년 가을 전국연합 실력평가에서 츠바사는 무려 3만 명이나 되는 수험생 중에서 3백 번 대라는 쾌거를 이루었다. 편차치도 70을 크게 넘어 성적 분포도에서 오른쪽 끄트머리에 있는 성적표를 영상 통화 너머로 신지에게 보여주었다.

"녀석 잘했네. 당신 전략 덕분에 성공했네. 츠바사는 조기 교육에 맞는 천재형이었군."

몹시 기분이 좋아진 신지는 이런 소리까지 했다. 그러나 상위 50명이 나갈 수 있는 결승대회에는 오르지 못했다. 가토 이사는 학원 수업을 마치고 집에 갈 채비를 하는 츠바사를 불러세워 두 문제만 더 풀었으면 결승까지 갈 수 있었다고 귀띔해준 모양이었다. 단 두 문제. 그 정도까지 따라잡았나 싶어 그 말을 들은 마도카도 놀랐다. "가토 선생님이 다음에는 결승에 나가라고 하셨어." 웃으며 말하는 츠바사에게 "츠바사, 다음 결승대회 땐 엄마 꼭 데려가 줘! 부탁이야." 그때 그렇게 먼저 말한 건 마도카다.

그런데 지금에 와서 먼저 데려가달라고 부탁했던 자기 말은 까맣게 잊고 아들의 다짐에 흠뻑 취해있다.

"응. 무조건 데려갈게!"

아이의 용감한 표정에 사로잡힌 마도카는 사랑에 빠진 소녀의 눈빛으로 다시 아들을 바라보았다. 지난 3학년 말의 전국연합 실력평가에서 무려 7백 번 대까지 등수가 떨어졌을 때의 낙담은 매우 컸다. 그때 마도카와 츠바사는 함께 눈물을 흘리며 힘내자, 다음번엔 반드시라며 서로를 토닥였다. 다음 시험에 이대로여서는 안 된다.

공방의 리스 만들기는 별 탈 없이 진행돼 시간은 어느새 오후를 가리키고 있었다.

3시간 가까이 걸려 전원 손수 만든 리스가 겨우 완성되었다. 각자 고른 나뭇가지와 덧붙인 소품이 전혀 달라 저마다 다른 표정이다. 하야시가 그것들을 비어 있는 하얀색 벽에 하나씩 걸어 놓고 조명을 비춰 사진을 찍었다. 조명으로 데즈카가 갖고 있던 독서등을 이용했는데 느낌이 괜찮은지, 리스가 하얀 벽에 은은한 음영을 내며 분위기를 자아냈다. 마치 특별한 작품처럼 보였다. 하야시는 이 사진을 SNS에 올린단다.

그런데 태블릿 화면 속 마도카의 리스 사진을 바라보며 모두가 한숨을 내쉬었다.

"뭔가 달라."

"진짜 근사하다."

지나츠와 유키가 넋을 잃은 채 말한다.

"역시 마도카 짱은 감각이 좋아. 세련됐어."

말을 가로채듯 다카코가 확신에 찬 얼굴로 덧붙인다.

마도카는 아니라며 겸손을 차렸지만, 확실히 완성된 4개의 리스 중에서 현관에 장식하고 싶은 하나를 고르라고 한다면 단연코 자신의 리스였다.

"나무를 두 종류만 사용해서 만든 건 마도카 씨가 처음인 것 같아요."

하야시도 거들었다.

"그런가요?"

"네. 아디안툼이 좋았어요. 보통은 드라이플라워를 더 넣고 싶어지는데, 이렇게 보니 마도카 씨의 리스는 정말로 세련됐네요."

"와, 전문가가 인정."

다카코가 기쁜 듯 목청을 돋운다.

"무슨……, 이걸 붙인 덕분이야."

마도카는 쑥스러워하며 은빛 조개껍데기를 가리켰다.

"리본을 회색으로 쓴 것도 끝내주는데요? 단순하면서도 화려해서 유럽의 벽돌집에 어울리겠어요."

데즈카도 가세한다.

"사진 조금 더 찍어도 될까요?"

하야시의 말에 그러라고 하자 마도카의 리스만 추가로 몇 장을 찍었다. 그 모습을 보고 나머지 세 사람도 각자의 스마트폰으로 마도카의 리스를 찰칵찰칵 찍었다.

사진 촬영을 끝내고 테이블 위의 남은 것들을 일단 신문지에 싸서 둥그렇게 말아 정리했다. 하야시가 어디서 연보라색의 고운 식탁보를 가져와 펼치자 조금 전까지 식물에 둘러싸여 정신없이 작업하던 곳이 단숨에 호텔의 티룸 분위기가 났다.

"시간이 괜찮은 분은 차 한잔하고 가요."

집중해서 손을 놀리며 만들기를 잘한 듯하다. 왠지 모르게 속이 후

련하고 오랜만에 즐거운 기분이 들었다. 손가락을 움직이는 동안만큼은 츠바사의 반이 떨어졌다는 현실을 잊을 수 있었다. 티백을 담은 종이컵에 주전자로 끓인 물을 붓는 간단한 다과회. 거기에 시판용 쿠키와 전병이 놓였다. 고운 찻잔이나 수제 쿠키가 아니라서 마도카는 오히려 호감을 느꼈다.

6명의 주부는 그로부터 한참 동안 각자의 리스를 칭찬하거나 하야시가 공방을 시작한 경위나 1년간 어떤 리스를 만드는지와 같은 이야기를 나눴는데, 지나츠가 크리스마스에도 리스를 만들고 싶다고 말하다가 느닷없이 중학교 입시로 화제가 바뀐다.

"미안해요, 작은애가 수험생이라 올해 크리스마스 교실은 운영 안 해요."

하야시가 그렇게 말했기 때문이다.

"어머, 아이 입시 때문에 일을 쉬세요?"

마도카 입에서 무심결에 말이 튀어나왔다.

"네. 뭘 하나를 쉬지 않으면 한도 끝도 없어서요. 작년에는 마루하시 백화점에서 크리스마스 리스 줄품 의뢰노 받는 바람에 너무 바빠서 집안일은 엉망이었죠. 올해 겨울은 이제 굵직한 일은 안 받으려고요, 클래스도 초가을부터 조금씩 횟수를 줄여볼까 해요."

"역시 바빠지죠……."

"그렇죠…… 뭐. 그래도 이것저것 안정되면 봄꽃을 이용한 리스도 내보고 싶어서, 그때 다시 인스타에 정보를 올릴게요."

"우와 기대할게요. 우리 그때 또 와요."

"인스타 계정 알려줘요."

"저도 보고 싶어요."

다들 한마디씩 보태는데 이대로 중학교 입시 이야기가 묻힐까 봐 마도카는 이야기를 되돌렸다.

"수험생 부모는 모두 겨울쯤부터 일을 줄이나요?"

"모두가 그러는 건 아니에요, 사람마다 다르죠."

하야시의 말에 마도카는 그야 그렇겠지 싶었다. 하지만 사천왕에 장녀를 들여보낸 하야시라서, 6학년 학부모의 심경을 듣고 싶었고 어떤 식으로 수험생을 지원해야 할지 그 방법도 알고 싶었다. 그래서 마도카는 이야기를 이어갔다.

"그래도 하야시 씨는 일찍부터 착실히 자녀 입시를 준비하시고, 대단하세요."

"대단하긴요. 직장 생활을 하는 게 아니다 보니 제 형편에 따라 쉴 수 있었을 뿐이죠……."

"6학년 자녀를 둔 부모는 어떤 심경일지 상상도 안 가서요. 아무래도 가을쯤부터 일을 줄이는 부모가 많을까요?"

"흥미진진하네요."

옆에서 지나츠가 약간은 냉소적으로 말해왔다.

"아, 미안해요."

너무 물어댔나. 마도카는 황급히 사과했다. 그러나 하야시는 여유로운 미소로 대답해주었다.

"아무래도 그렇죠. 저도 큰애 입시 때 1년간 일을 쉬었어요."

"1년이나요?!"

자신도 모르게 마도카의 목소리가 커졌다.

"네. 입시가 처음이라 지나치게 심각하게 받아들였던 것도 있지만, 큰애는 스스로 공부하는 애가 아니어서 옆에 딱 달라붙어 가르쳐줘야 했거든요."

"와……."

'옆에 딱 달라붙어'서라, 대체 어떤 과목을 어떻게 가르쳤을까. 어디서부터 어디까지 가르쳤을까. 가능하면 4학년 이 시기 땐 에이치에서 어느 반에 있었는지, 전국연합 실력평가에서는 순위가 어땠는지도 알고 싶다. 그 정도로 구체적으로 묻기는 어렵겠지만 당시의 학습 일정표를 모두 알려달라고 조르고 싶은 심정이었다.

그런데 별안간 지나츠가 끼어들었다.

"우리 애도 얼마 전부터 학원에 보내고 있는데 공부를 전혀 안 해요. 정말이지, 어떻게 해야 좋을지 모르겠어요."

그러면서 흥분한 목소리로 자신의 이야기를 줄줄 늘어놓는다.

"요전 날 학원 계산 시험에서 0점을 받았지 뭐예요. 0점, 믿어지세요? 진짜 돌겠어요."

"학원에 다니는 것만으로도 대단하네요. 우리 애는 놀아주는 친구가 없어져서 매일 이것만 하잖아요."

유키가 게임기를 잡고 노는 시늉을 해 보인다.

겨우 기회가 찾아온 건 지나츠와 유키의 만담 같은 자식 얘기가 끝난 뒤였다.

"마도카 짱네는 미호 짱 딸들과 같은 에이치잖아."

다카코가 그렇게 말해준 덕분이다.

"아, 네. 일단은 다니고 있어요."

대답하면서 하야시를 쳐다봤다. 딱히 놀란 기색도 없이 고개를 끄덕이는 모습을 보니 어쩌면 다카코가 이미 이야기했는지도 모르겠다. 마도카는 과감히 말을 꺼내 본다.

"우리 애도 하야시 씨 딸처럼 되면 좋겠어요. 얼마 전에 처음으로 반이 떨어져서 가토 선생님에게 못 배우게 됐다고 아들이 축 처져 있어요."

"4학년인데 가토 선생님께 배웠다니 공부를 잘하나 보네요."

하야시의 말에 역시 이 사람은 알고 있구나 싶어 마도카는 만족한다. 가토는 주로 수험생인 6학년을 맡고 있어서 4학년은 최상위 반인 S1밖에 안 봐준다. '가토 선생님'이라고 부를 수 있는 4학년은 선택받은 자라는 증거인 것이다. 그래서 츠바사가 '오늘 가토 선생님이' 하면서 말을 꺼낼 때마다 마도카는 기쁘고 자랑스러웠다.

"아뇨, 그렇지 않아요. 지금까지는 운이 좋았을 뿐이라. 앞으로 어떻게 될지, 눈사태처럼 확 떨어질지도 모르고요. 하야시 씨는 반 떨어진 적 한 번도 없죠?"

"네? 왜 없겠어요."

하야시가 재밌다는 듯이 웃는다.

"어머? 그러세요? 반 떨어졌을 때 어떻게 극복했어요?"

"극복이고 뭐고…… 다음에 더 열심히 하는 수밖에 없죠."

"…… 그런가요……."

"너무 걱정 마요."

하야시가 웃었다.

"아직 4학년이잖아요. 반은 관계없어요. 그렇죠?"

하야시가 데즈카에게 동의를 구하자 고개를 크게 끄덕인다.

"혹시 데즈카 씨도 에이치였어요?"

마도카의 물음에 데즈카가 작게 대답한다.

"우리 애는 끝에 아주 잠시."

"'아주 잠시'라면?"

"6학년 중반부터 들어갔어요."

"와, 대단하네요. 그럼 하야시 씨 딸과 같은 학교예요?"

이렇게 묻고 나서 바로 후회했다. 데즈카가 분명 경계하는 듯한 표정을 지었기 때문이다.

"데즈카 씨네는 아들이에요."

하야시가 웃으며 말했다.

"아, 그렇구나……."

그렇다면 두 사람은 애들 중학교가 아닌 초등학교 때 친해진 사이일까. 6학년 중반부터 에이치에 들어가다니, 그럼 대체 그전까지는 어떻게 공부를 시켰을까. 그 어렵다는 학원 레벨 테스트를 그 시기에 잘도 통과했구나 싶었다.

"데즈카 씨 아들은 어느 학교에 다녀요?"

여러 궁금증이 드는 와중에 느닷없이 지나츠가 데즈카에게 돌직구 질문을 던졌다. 잘 물어봐 준 것도 같아 귀가 커진다.

데즈카는 가만히 눈을 깜박이더니,

"우리 애는 조금 먼 남학교에……."

그렇게만 말하고 학교 이름은 밝히지 않는다.

꼿꼿하던 지나츠도 묻지 말았어야 했음을 느꼈는지 입을 다물었다. 몇 초간 어색한 침묵이 흘렀다.

"그러고 보니 다카코 씨도 학원 옮기는 것 때문에 고민했었죠? 결국 어떻게 하기로 했어요?"

하야시가 화제를 바꿨다.

학원을 옮기려고 했었구나. 마도카는 다카코를 쳐다봤다. 최근 느

열 살 107

긋하게 이야기를 나눈 적이 없어 전혀 몰랐다.

"아뇨, 변함없이 여전히 다이니치온천에 몸을 담그고 있어요. 아, 5월부터 리키도 들어왔잖아요."

다카코가 말한다. 리키는 지나츠의 아들이다. 리키와 쇼타가 다이니치세미나에 함께 다니고 있다는 건 츠바사에게 들어 알고 있었다. 다이니치세미나를 다카코가 '온천'으로 표현하는 것을 듣고 다카코도 그 블로그를 보고 있을지도 모른다고 마도카는 생각했다.

【다이니치온천에서 편안하게 중학교 입시 블로그 ♪♨몸만 담갔는데 붙어버렸습니다♪】라는 인기 블로그. 워낙 인기가 많아 모르는 사람이 없을 정도로 인터넷 수험 게시판에서는 이제 '온천'이라고 하면 다이니치세미나라는 것이 상식이다.

사실 마도카는 이 블로그의 거의 모든 게시글을 읽고 있다. 응시한 학교 전부 떨어지고 공립중학교에서 열심히 해야겠다고 결심한 직후에 세 번 치러 가서 세 번 다 떨어진 1지망 학교에서 설마 했던 추가합격 통지서가 왔다는 드라마 같은 사연에 눈을 떼지 못했다.

거센 파도가 치는 듯한 불합격 기간에도 엄마 '온마마'는 재치 넘치는 말로 아들 '천타로'를 계속해서 격려했다. 중간중간 유행가 가사나 만담 구절, 게임 용어까지 곁들여가며 다양한 방식으로 아이의 마음을 다잡는 걸 보여주는 수기였는데 읽다 보면 보는 사람 마음마저 찡해지는 격려의 말도 많아서 온마마의 블로그가 왜 인기가 많은지 수긍이 갔다. 두 모자 곁을 떠나지 않는 다이니치세미나 원장의 말과 태도, 그의 생각 또한 눈물을 자아냈다. 상위 학교 진학률 실적은 별로지만 역시 다이니치는 좋은 학원임을 모두가 인정하게 된 건 이 블로그 덕이다. 사실대로 말하자면 마도카는 오늘 아침 이 공방에 오기 전에도 천타로의 중학교 생활에 관한 최신 글을 확인했을 정도였다.

"요즘 4학년은 상당히 열심이네요."

하야시의 말에 데즈카도 고개를 끄덕였다.

"그럴지도 몰라요. 에이치나 온천이 대부분이겠지만 SJ 같은 개인 학원에 다니는 아이들도 제법 많아 보여요."

다카코가 말한다.

"다들 굉장히 열성적이네요. 학원 안 다니는 건 우리 애뿐인가?"

유키가 농담처럼 말하며 어깨를 으쓱했다.

"우리 애도 다닌 지 얼마 안 됐어요, 다니려면 얼마든지 다닐 수 있어요. 소타로도 보내면 되죠."

지나츠의 말에 마도카도 한마디 거든다.

"그래요. 소타로는 집중력이 좋아서 공부 시작하면 단숨에 성적이 오를 거예요. 좋은 학교에 붙을 것 같은데요?"

작은 체구의 소타로가 초등학교 1학년 무렵 놀이터에서 혼자 묵묵히 해가 질 때까지 모래성을 쌓던 모습이 떠올랐다. "설마요……." 유키가 작게 웃는다.

"우리 애는 학원이라 봤자 '보충 코스'에만 보내고 있지, 입시는 생각도 안 해봤어요. 다만 애 아빠가 고등학교 입시라면 저런 녀석은 내신이 안 좋을 테니 하루빨리 뭐든 시키는 게 좋지 않겠냐고, 저러다 정말로 고등학교 떨어지겠다고 하더라고요."

지나츠의 말에 마도카는 비슷한 말을 하던 사람을 떠올렸다.

구스다 씨가 혹시 기억나는지 하야시에게 물어볼까 망설이는 사이 마도카 옆에서 유키가 지나츠에게 말한다.

"보충 코스는 한 달에 얼마나 해요?"

"그게, 1만 엔 조금 안 돼요. 우리는 과학이나 사회도 안 듣고 초절약 코스라서 같은 온천이라도 쇼타가 듣는 수업과는 전혀 달라요. 4과목이면 2만 엔 정도 할 거예요."

"한 달에 2만 엔이라……. 역시 비싸네요. 트램펄린을 관두지 않으면 못 보내겠네……."

"근데 소타로, 트램펄린 지금도 좋아하죠?"

마도카가 물었다.

"아뇨, 좋아하고 말 것도 없어요. 그냥 퐁퐁 뛰는 게 전부인데 본인이 뭘 하는지도 잘 모르는 느낌이에요."

유키의 말에 모두가 웃었다.

생각하면 지나츠와 유키를 만난 건 그 트램펄린 교실이 계기였다. 초등학교에 올라가기 직전 봄 방학 때 시립체육관에서 트램펄린 봄철 강습이 열렸는데 재밌어 보여 다카코와 참여해 봤다. 거기에 지나츠와 유키가 있었다. 지나츠는 '갈매기유치원'에, 유키는 근처 공립어린이집에 아이들을 보내고 있었다. 다카코의 타고난 친화력 덕분에 금방 가까워져 며칠 간의 강습이 끝날 무렵에는 아이들을 데리고 노래방을 전세 내는 사이가 되었다. 그 트램펄린 교실에 소타로만 남아 지금까지 다니고 있었다.

"다른 분들도 뭐 배우는 거 있어요?"

하야시의 물음에 쇼타와 리키가 같은 축구팀에 소속되어 있다고 이야기하자, 다들 바쁘네요, 역시 학업과 운동 둘 다 중요하죠, 아뇨, 우리 애는 그래서 시키는 게 아니고요, 어머, 우리 애는 할 줄도 모르면서 좋다고 난리라, 이런 대화가 계속 이어졌다. 그리고 다카코는 마무리로 다시 마도카 이야기를 꺼냈다.

"공부도 잘하고 운동도 잘하는 진짜 우등생은 츠 짱이죠."

곤란하기도 하고 낯간지럽다. 츠바사의 칭찬에 익숙해질 만도 하지만, 칭찬을 들을 때마다 어색함과 같이 솟아나는 이 낯간지러움은 당최 사라지지 않는다.

"츠 짱은 공부도 잘하는 데다가 수영 선수도 하고 있죠."

다카코가 하야시와 데즈카에게 설명한다.

"정말요? 대단하네요."

"어떻게 하면 그렇게 자랄 수 있어요?"

지나츠와 유키의 말은 마도카의 귓가를 감미롭게 간질였다. 이럴 때 대답은 정해져 있다.

"아유, 전혀 안 그래요. 둘 다 어중간해서 걱정인걸요."

쓴웃음을 지으며 그렇게 말하면 다들 더욱 칭찬을 아끼지 않아 마도카는 조금 부끄러웠다.

"에이치에 다니긴 해도 수영 중심으로 생활하고 있어서 도통 공부할 시간이 없어요. 그렇다고 올림픽을 노릴 만큼 수영을 잘하는 것도 아니고 애매하냐고 해야 하나, 그냥 둘 다 언제까지 계속할 수 있을지 모르겠어요."

그렇다. 츠바사는 학업과 운동을 병행하고 있다.

난관반으로 떨어졌지만 수영 교실은 1년 전에 육성 A반으로 올라가 열심히 하고 있다. 이는 마도카의 자랑이다. 사천왕반 아이들이 확실히 학력은 좋을지 몰라도 츠바사처럼 본격적으로 운동과 병행하지는 않는다. 마도카는 츠바사가 압도적인 성장 가능성을 지녔음을 증명해 보였다고 생각한다.

"선수인 아이는 일주일에 며칠 정도 수영해요?"

하야시의 물음에 마도카는 가슴을 살짝 펴며 대답했다.

"연습일은 주 5일이에요."

"어마어마하네요!"

하야시는 정말로 놀란 것 같았다. 에이치에 다니면서 주 5일을 수영. 대체 어떻게 병행하고 있을까? 중학교 입시 경험자라면 누구나 생각하기 마련이다.

사실 4학년으로 올라가면서 코치에게 중학교 입시 준비를 해야 한다며 연습일을 주 3일로 변경했다. 시험 전주에는 쉬기로 했고 연습 전후로 트레이닝실에서 해야 하는 근력 운동과 스트레칭도 집에서 하게끔 바꿔 사회 과목 내용을 정리한 음원을 들으면서 연습을 병행하고 있었다. 선수 코스였다면 이렇게 맘대로 할 수 없었을 테지만 육성 A는 그렇게까지 엄격하게 구속하지 않는다.

그래도 코치가 연습일을 줄이는 건 5학년 올라가서 해도 되지 않겠냐고는 했었다. 6학년까지 풀타임으로 연습에 나와 주니어올림픽에 출전하면서 상위 학교에 합격한 아이도 있다고 했으나, 가만히 들어보면 그런 아이들은 다이니치온천이나 다른 개인 학원에 다니는 부류의 여유 있는 수험생이지 에이치에서 사천왕을 목표로 하는 진짜 수험생은 아니었다. 적어도 마도카는 그렇게 받아들였다. 어릴 때부터 계속해오던 피아노는 3학년 여름방학이 되기 전에 이미 그만두었다.

"수영도 그렇게 열심히 하고 있으면서 에이치와 병행할 수 있는 비법이 대체 뭐예요? 제가 배워야겠네요."

하야시가 말했다. 확실히 마도카를 쳐다보는 눈빛이 달라진 느낌이 든다. 이미 중학교 입시를 한차례 경험한 선배를 이 정도로 놀라게 했다는 사실에 마음이 들뜬다.

"츠 짱은 머리가 정말 좋아요. 그런데다가 착하기까지 하죠."

다카코가 마치 자기 아들이 칭찬받은 양 말하는 어깨에 힘이 들어간다.

"아이, 그만해. 안 그래. 병행하는 게 힘드니까 반도 탈락했지!"

난처한 표정을 지었다고 생각했으나 마도카의 목소리는 마치 소녀처럼 실내에 드높이 울렸다.

각자가 만든 리스를 종이봉투에 넣어 자전거 바구니에 담았다. 바스락거리는 소리를 들으면서 주택가를 벗어나 큰 거리로 나왔을 때 집으로 돌아가기 전에 넷이서 차 한잔하자는 말을 꺼낸 건 다카코였다. 이야기가 부족했다고 느꼈던 이들은 늘 가던 엔젤스에서 오후 햇살이 블라인드 너머로 따뜻하게 쏟아지는 창가 칸막이석에 자리를 잡고 음료를 무제한 이용 가능한 드링크 바를 주문했다.

자리에 앉자마자 화제에 오른 것은 리스 수업의 감상이 아닌 하야시 장녀의 개인 정보였다.

"미호 짱 큰애가 슈비 미술부잖아요."

좋은 이야기는 많이 퍼뜨릴수록 좋다고 여기는 다카코가 서둘러 누설한다.

"세상에, 실력이 좋은가 보네요."

지나츠가 곧바로 반응했으나 유키는 감이 안 오는 얼굴이다. 아마도 슈비여자중학교를 모르는 모양이다. 마도카도 예전에는 마찬가지였다. 지방 출신인 것도 있고, 츠바사가 에이치를 다니기 전에는 슈비여자중학교를 비롯해 상위 학교나 명문이라 불리는 수도권의 유명 학교를 거의 몰랐다. 지금은 물론 전부 알고 있다.

"근데 더 대단한 건 데즈카 씨에요. 아들이 '아카'잖아요."
다카코가 말했다.
"어머."
마도카가 작게 외쳤다.
"굉장하네요!"
슈비는 모르는 유키도 아카사카중학교를 줄여서 아카라고 한다는 건 알고 있는 모양이다. 요즘 퀴즈 방송에서 유명해진 젊은 연예인이 아카 출신임을 내세우고 있어서일까. 호시나미중학교 다음으로 상위 학교로 불리는 중고교 일관제 사립 남학교로, 독특한 잿빛 교복은 인터넷에 '교복 차림만으로도 여고생에게 인기가 있다'라는 글들이 올라와 있을 정도였다.

"데즈카 씨, 욘초등학교에 퍼진 나쁜 소문 때문에 학교 이름을 말하기 싫었을 거예요."
다카코가 말한다.
"나쁜 소문이요?"
"전에 미호 짱에게 들었는데, 데즈카 씨 줄곧 해외에서 살다가 아들이 5학년 때 귀국했대요. 그래서 처음에는 SJ에 들어갔고요."
SJ는 '스타디움 조너던'이라는 보충 학원의 약칭이다. 바닥에 앉아 공부하는 옛날 서당 형식에 수업료도 싸서 학교의 부록 같은 느낌으로 다니는 아이도 많다.

"그랬는데 성적이 점점 오르니까 SJ로는 감당이 안 돼 에이치로 옮겼잖아요. 그러고는 쭉쭉 올라가더니 최종적으로는 아카에 들어갔죠."
"엄청나네요……."

"그런 애가 실제로 있군요."

지나츠와 유키가 눈을 반짝인다.

"대단하긴 한데, 줄곧 에이치에 다녔는데도 아카에 못 들어간 애들 부모들은 좀 그랬나 봐요. 데즈카 씨의 아들은 수험기간에 건강이 안 좋아서 계속 학교에 안 나왔었대요. 그걸 용납 못 하는 사람도 있는 모양이더라고요. 데즈카 씨 아들이 맡은 일도 안 하고 불성실한 문제아였다고 험담하는 사람들이 있었나 봐요. 욘중학교에 '욘초등학교에서 아카에 간 아이는 문제아'라는 소문이 퍼졌어요."

"말도 안 돼. 어리석네."

지나츠가 흥미롭다는 듯이 웃자 마도카와 유키도 쓴웃음을 지었다.

"아무리 욘중학교에 소문이 퍼진다 한들 데즈카 씨 아들은 아카에서 즐겁게 생활하고 있을 텐데 상관있겠어요?. 그런 소문을 퍼뜨리는 사람들 허무하지 않을까요."

지나츠의 말에 마도카도 크게 수긍한다. 그리고 그 때문에 데즈카가 우리에게도 학교 이름을 밝히기 주저했구나 싶다. 아카사카중학교 진학이 그만큼 질투를 부르는 사태인가. 그렇다면 아카사카중학교보다 더욱 상위 학교라는 호시나미중학교에 진학하게 되면 대체 얼마나 많은 사람의 부러움을 사고 질투를 받게 될까. 그런 생각을 하고 있는데 조용한 목소리로 유키가 말을 꺼냈다.

"어쩌면 아이들이 소문을 퍼뜨린 걸지도 모르겠네요."

"아뇨. 아이가 아니라 학부모들 사이에서 퍼져나간 모양이던데요."

다카코의 대답에도 유키는 작게 고개를 갸웃거리며 "그런데" 하면서 말을 이어 나간다.

"학교 내에서의 일을 부모가 어떻게 다 알겠어요? 제가 보기에는

열 살 115

아이들이 평소에 그런 말을 부모에게 일렀다고 봐요. 저 녀석은 문제다, 맡은 일도 안 하고 농땡이 치는 놈이라고 말이죠. 그런 이미지를 만들어놓으면 학원에서 성적이 낮아도 부모에게 '데즈카처럼 공부 좀 잘해봐'라는 소리를 안 듣게 되겠죠. 오히려 '아무리 공부를 잘해도 저러면 안 돼'라는 방향으로 끌고 갈 수 있고요……."

"그럴지도 모르겠네요. 부모에게 받는 중압감 때문에 그런 짓을 하는 아이들 참 가여워요."

다카코가 동의를 한다.

"중학교 입시 준비하다 보면 아이의 성격이 비뚤어질 수밖에 없죠."

지나츠도 얼굴을 찌푸린다.

"미호 짱 작은애도 초등학교에서 불편함을 겪는 모양이에요. 언니가 슈비에 간 게 유명하니까. 근데 작은애는 에이치에서 반이 그렇게 좋은 건 아니래요. 우리 애랑은 학원이 달라서 자세히는 모르지만, 에이치는 반이 많잖아요? 반 편성 직후에는 누가 어느 반인지 살핀다고 난리래요."

다카코가 그렇게 말하고는 마도카를 흘끗 쳐다보았다.

"반은 확실히 많지만……."

마도카는 얼버무려야 했다.

"와아, 무섭다."

지나츠의 반응은 생각보다 컸다.

"정작 미호 짱은 슈비중학교고 뭐고, 아이한테 맞는 학교에 가면 된다고 생각하고 있는데 함께 다니는 아이 친구들이 작은애에게 슈비 가야 하는데 그렇게 낮은 반에서 공부해도 되냐는 소리를 한다네요."

"세상에, 미쳤다. 오지랖도 정도껏 해야지."

지나츠가 표정을 구긴다. 그런 말을 하는 아이도 있나 싶어 마도카도 기분이 언짢다.

다행히 츠바사 학년에는 에이치에 다니는 학생 수가 적다. 학원 선택에도 학년별로 유행이 있는지 이번 학년은 다이니치세미나를 선택하는 학생이 많다고 들었다. 욘초등학교에서 에이치에 다니는 아이는 알고 있는 한 츠바사 외에 3명이 있는데 부모와 아이들 모두 접점이 없는 터라 학원 성적이 떨어졌을 때도 츠바사가 학교 친구의 눈을 신경 쓰는 일은 분명 없었을 테다.

"저기, 에이치에서는 내내 최상위 반에 있는 아이를 'SO'라고 부른다던데 정말이에요?"

느닷없이 지나츠가 마도카에게 물어왔다.

"……어머, 그래요?"

마도카는 정말 몰랐다는 얼굴로 대답하며 천천히 눈을 깜박였다.

"우리 애가 그러던데요. 츠 짱이 자신을 그렇게 말하더라고."

지나츠가 말했다.

"네?…… 우리 애가 그런 말을요? 누구한테 들었나? 모르겠네요. 더구나 우리 애는 이미 반 탈락이라 SO도 아니고요."

마도카는 당황스러움에 얼버무리듯 말했다.

"자꾸 반 탈락 반 탈락 그러는데, 마도카 씨 집착이 심하다. 큰일이네, 에이치."

지나츠가 웃는다.

"츠 짱 대단하죠. 수영도 열심히 하면서 에이치에 다니고 있는 것만으로도 굉장한걸요."

열 살 117

다카코의 위로하는 말에 잠자코 있던 유키도 맞장구치며 몇 번이고 수긍한다.

"아뇨, 전혀 그런……."

마도카는 건성으로 대답한다.

무엇보다 츠바사가 'SO'라는 말을 학교 아이들에게 했다는 사실에 충격을 받았다. 대체 어떤 맥락이었을까. 학원 얘기는 친구들한테 해도 모르니까 안 한다고 해놓고서는.

"그러고 보니 2반의 마노 모모미가 수영을 그렇게 잘한다면서요."

지나츠가 화제를 바꿨다.

"아, 그 얘기 저도 들었어요."

"전국대회잖아요."

유키와 다카코도 각각 말을 보탠다.

올봄에 모모미는 전국수영대회에 참가해 입상했다. 학교에서도 표창장을 받고 학교 잡지는 물론이고 시의 홍보지에까지 실렸다.

"츠 짱과 같은 수영 교실이죠?"

"맞아요!" 유키의 물음에 마도카는 필요 이상으로 밝게 대답한다.

"모모미는 여잔데도 우리 애보다 체구도 크고 아홉 살 이하 부에 나갈 수 있는 타이밍이 생일 직전이었어요."

거기까지 말하고 자신도 깜짝 놀랐다. 마치 생일 타이밍 덕분에 좋은 성적을 냈다는 말 같이 들렸다.

"그렇지만, 그뿐 아니라 정말로 노력파에 재능도 있고……."

변명하듯 덧붙이는 마도카의 목소리를 뒤덮듯 지나츠가 말했다.

"저는 아들한테 모모미와 사이좋게 지내라고 했잖아요."

"벌써 눈독 들인 거예요?"

다카코가 놀란다.

"설마요. 상대나 해주겠어요."

"어머, 그게 무슨 말이에요, 리키 잘생겼잖아요."

"그런 게 아니라, 나중에 그 아이 올림픽에 나갈지도 모르잖아요. 그러면 학교 체육관 같은 데서 다들 모여서 응원할 거 아니에요? 그때 '저는 모모미의 초등학교 친구입니다' 하고 인터뷰할 수도 있지 않겠어요."

"아, 그런 의미로……."

"너무 장대한 계획이네요."

두 사람의 대화에 유키가 끼어들었다.

"저는 그런 응원장에서 성원을 보내는 '이웃집 아줌마'가 되고 싶어요."

"저도요!"

흥분한 세 사람은 이미 'SO'에는 흥미를 잃은 듯 보여 마도카는 내심 안도했다. 안도감 끝에 운동을 잘하면 이렇게 주변 사람들의 온전한 응원을 받는구나 싶어, 어쩐지 부러운 기분이 들었다.

조금 전 마도카가 츠바사의 반 편성에 관해 말했을 땐 다들 집착이 심하다면서 쓴웃음을 지었다. 그리고 부모 때문에 중압감을 받아 가엾다느니 아이의 성격이 비뚤어질 수밖에 없다느니 하면서 중학교 입시에 죄다 부정적인 감정을 드러냈다. 하지만 그랬던 다카코와 지나츠가 모모미의 전국수영대회에 대해선 반짝반짝 순수한 눈으로 응원하고 싶어 하는 것이다.

한편 모모미 엄마는 작년 전국대회의 기준 기록에 살짝 못 미쳤을 때 상당히 우울해 보였다. 연습이 없을 때도 시민수영장에서 딸의 수영을 단련시키고 지상 훈련까지 모두 직접 시간표를 관리했다. 전국 수준에 오른 지금에만 그런 것이 아니고 저학년 때부터 늘 그랬다. 아직 어린 모모미에게 프로틴을 먹였고 참관석에서 주변의 시선 따윈 아랑곳하지 않은 채 "치고 나가! 치고 나가!" 하며 소리치던 기억이 난다. 그녀야말로 집요하게 딸의 수영에 집착하고 있지 않나.

그러나 당연히 마도카는 그런 말을 절대 입 밖에 내지 않았다. 일부러 더 밝은 얼굴로 모모미를 칭찬하면서 한편으로는 조금 전 지나츠가 말한 'SO'에 대해 생각한다. 엉겁결에 모르는 척을 하고 말았으나 실은 잘 알고 있는 말이었다.

따지고 보면 인터넷 익명 사이트의 【☆☆☆에이치에서 고생하는 4학년을 전력으로 응원하는 모임☆☆☆】이라는 게시판 내에서 알게 된 말이다. 각 학교의 사천왕 1반에서 절대로 떨어지는 일 없는 아이. 톱 중의 톱.

언젠가 한 번 마도카가 "'SO'라는 말 알아?" 하고 츠바사에게 물었더니 "알아. MM 콤비야"라고 대답했다. MM 콤비는 사천왕 1반에 상주하는 미즈노와 미츠야라는 학생을 말한다. 둘이서 어떤 어려운 문제도 막힘없이 풀어버리는 수학 천재 콤비라면서 예전부터 츠바사는 그들에 대해 신나게 이야기했다. 이 두 아이는 츠바사가 동경하는 전국연합 실력평가의 결승대회에 참가한 적이 있다고 했다. "진짜 엄청나." 들뜬 표정으로 그들을 칭찬하는 츠바사의 순수한 눈동자.

— 츠바사도 MM 콤비와 함께 입시 때까지 계속 SO에 있었으면 좋겠다. 그렇지?

농담 삼아 한 말에 츠바사는 지나치게 바른 얼굴로 대답했다.

— 나는 이미 안 돼.

─ 어째서?

─ 나는 학원에 들어올 때 S3였으니까. 애초에 SO 자격이 없어.

마치 자신의 분수를 안다는 듯이 말하는 모습이 순간 애처로워 보였다.

─ 에이, 절대로 그렇지 않아. 너 학원 들어올 때가 초등학교 2학년 말이었지? 그건 치면 안 돼. 준비 하나도 안 하고 처음부터 S3에 들어간 건 정말로 대단한 일이야. 그리고 원래는 4학년부터 학원에 보낼 예정이었어. 그러니까 츠바사는 계속 S1 반이었던 거야.

마도카는 살짝 정색한 얼굴로 구구절절 자잘한 내용을 츠바사에게 들려주었다.

─ 정말 그럴까.

─ 그럼!

─ 그럼 나는 SO의 덤인 거네.

─ 덤이라니⋯⋯. 어엿한 SO야. 츠바사라면 이대로 쭉 SO로 졸업까지 갈 수 있어.

─ 안 그럴 수도 있어.

츠바사는 냉정하게 대답한다. 그러나 엄마에게 인정받은 기쁨을 감출 순 없는지 뺨이 발갛게 달아올라 있었다.

─ MM 콤비 말고도 SO인 아이가 있어?

─ 있어. 오카노도 있고 아이자와도 있어. 그리고 여자 중에 항상 있는 애가 2명 정도 있어.

─ 여자한테 지면 안 되지.

'항상 있는 애'라는 말에 웃음이 터지면서도, 마치 남자가 학력이 높은 게 당연하다는 듯 말도 안 되는 소리를 아들에게 스스럼없이 하

열 살 121

다니. 하지만 마도카에게 SO 아이들을 시샘하는 마음은 전혀 없었다. 오히려 그들의 이야기를 듣자니 어쩐지 가슴이 설렜다.

오카노는 너무도 박식해 사회 선생님의 주목을 받으면서 '오카노 선생'이나 가끔 '오카노 장관', '오카노 박사' 등으로 불리고 있다고 한다. 아이자와 이야기도 들었다. 전국연합 실력평가 사회 과목에서 1위를 했다는 아이자와는 장기도 잘 두는 모양인지 늘 수업 시작 직전까지 장기를 둔다고 한다. 그는 선생님에게 '아이자와 4단', '아이자와 7단' 등으로 불린다면서 "부를 때마다 숫자가 달라. 선생님이 너무 대충 대충이야"라고 츠바사가 피식 웃으며 이야기해주었다.

최상위 반 아이들의 모습은 마도카가 여태 상상했던 '공붓벌레'와는 거리가 멀었다. 개성이 풍부하고 활동적이기까지 한 능력자들이었다. 선생님도 그들이 각자의 개성을 충분히 발휘할 수 있게끔 특성을 부각해 주고 이해 능력이 좋은 아이들이 더욱 성적을 올리고 자신감을 가질 수 있도록 하나하나 말을 거는 것처럼 보였다.

마도카는 이야기를 들으며 역시 이런 아이들이 모인 중학교에 보내고 싶다는 마음이 강해졌다. 즐거울 거야. 너무너무 즐거울 거야. 츠바사에게 좋은 자극을 주고 츠바사와 같이 학문을 갈고닦아 나갈 눈부신 재능의 소유자들. 사천왕 1반에서 그런 아이들과 나란히 공부하는 아들이 자랑스러웠으며 계속해서 그들과 어울리길 바랐다.

— 미즈노와 미츠야는 이과 쪽, 오카노와 아이자와는 문과 쪽이구나. 츠바사는 어느 쪽일까.

— 나는…… 잘 모르겠어.

— 츠바사는 국어를 잘하니까 문과 쪽이려나.

— 뭐, 굳이 나누면 그런 거 같긴 한데, 아이자와한테는 어림도 없고

오카노한테도 맨날 져.

겸손한 모습이 사랑스럽다. 아이가 천하의 에이치, 그것도 SO 집단의 일원으로서 최고봉의 두뇌들에게 인정받으려 필사적으로 애쓰는 모습이 기쁘고 자랑스러워서 마도카가 츠바사의 머리를 헝클이자, 츠바사는 하지 말라고 도망치며 웃었다.

집 현관문에 오늘 만든 리스를 걸자 현관 앞이 단숨에 화사해졌다. 리스 하나로 이렇게 분위기가 바뀌다니 역시 만든 보람이 있었다. 집에 오는 길에 장 본 음식 재료를 냉장고에 넣고 지저분한 주방 주변을 정리하고 나니 벌써 3시였다. 츠바사가 도착하기까지 30분 정도 남았을까.

마도카는 소파에 앉아 스마트폰을 켰다. 【다이니치온천에서 편안하게 중학교 입시 블로그 ♪♨몸만 담갔는데 붙어버렸습니다♪】에 새 글이 올라왔는지를 체크하기 위해서다. 정확히 2시간 전에 새로운 글이 올라와 있었다.

긴급 공지 : 온마마 블로그가 책으로 나왔습니다♪

대박. 마도카는 제목을 클릭해 본문을 읽기 시작했다.

화면 앞의 여러분, 안녕하세요. 온마마입니다.

이것 참 쑥스럽긴 하지만, 여러분에게 곧바로 알려드리고 싶은 소식이 있어요. 제목처럼 설마설마했던 일이 온마마에게 일어났습니다.

이번에 무려 이 블로그가 책으로 나옵니다!

와우, 짝짝짝.

계속 여러분께 말씀드리고 싶었는데,

꿈일지도 몰라서, 꿈이면 깨어났을 때 너무 부끄러우니까 아무에게도 말할 수 없었어요.

온마마는 온마마의 인생에서 이런 기적이 일어나리라고는 생각도 못 했습니다.

코난 워드 사의 편집자님에게서 연락받았을 때 너무 놀란 온마마가 격하게 소리를 지르는 바람에 옆방에서 도넛을 먹고 있던 천타로와 온파파를 놀라 자빠지게 했을 정도였어요.

소리치면서도 온마마는 머리 어딘가에서 이 메일 주소가 정말로 그 유명한 코난 워드 사의 것이 맞는지, 아니면 혹시 메일 주소를 도용해 심혈을 기울인 몰래카메라, 혹은 사기의 일종이 아닐까 하고 진심으로 의심했습니다.

그런데 현실이었죠.

코난 워드 사의 편집자님과 집 근처의 엔젤스에서 만나 명함을 받고 그 명함에 적힌 번호로 전화를 걸었더니 코난 워드 사의 편집부로 연결되었습니다(어디까지 의심할 거냐).

그리고 지금 이 온마마는 목이 터져라 외치고 싶어요.
여기까지 올 수 있었던 건 모두 여러분 덕택이라고요.
대체 그 여러분이 누구냐고 물어보실 것 같은데
바로 화면 앞의 당신입니다.
당신이 이 블로그를 클릭해주신 덕분입니다.
당신의 클릭 덕분에 온마마의 꿈이 이루어졌습니다.
다음 달 발매 예정이에요. 일정이 가까워지면 다시 알리겠습니다!
기대 많이 해주세요!

온마마.

"대박!"

다 읽고 나서 마도카는 저도 모르게 소리를 지르고 말았다.

최근에는 블로거의 책 출간이 그리 드문 이야기가 아닌 듯하나, 인기가 있기 전부터 매일 빠짐없이 지켜봐 온 블로거의 책 출간 결정을 실시간으로 알게 된 건 처음 겪는 일이다. 마도카는 어쩐지 마음이 들떠 '축하해요! 얼른 읽고 싶네요!' 하고 짧은 코멘트를 달았다.

실은 이 블로그에 특별한 애정을 품고 있었다. 한 가지 가설을 가지고 읽어왔기 때문이다.

천타로의 성적이 처음부터 끝까지 '저공비행'이었다는 점. 에이치의 레벨 테스트에서 세 번이나 떨어진 점. 돌아다니거나 시끄럽게 떠들어서 학원 자습실 출입이 금지된 전력이 있다는 점. 아무튼 맹랑하고 엉뚱한 수험생인데다 초등학교에서도 종종 말썽을 일으켰다는 점. 무엇보다 통제 불능이라는 옆 초등학교의 학생들과 같이 진학하게 된다는 근처 공립중학교의 험악한 실내 이야기까지.

'편견이라고 하겠지만 근묵자흑, 이 말은 진리. 우리 아이의 경우 완전히 물들 자신만 있어요.'

분명히 이 표현을 어디선가 들은 것 같은 기시감이 느껴졌다. 더구나!

'평판이 안 좋은데, 그래요, 탈출시키고 싶습니다.'

'탈출'이라는 단어. 순간 마도카의 뇌리에 스치는 것이 있었다. 이 블로거 구스다 씨 아냐?

어떤 증거도, 구체적으로 특정할 만한 것도 없지만 읽을수록 학부

열 살 125

모회 서기 인수인계를 할 때 무턱대고 우겨대던 그녀의 모습이 떠올랐다. 무엇보다 그녀가 쓴 글이라 생각하며 블로그를 읽으니 더 재미있었다.

그러나 진짜로 믿는 건 아니다. 자세히 읽어보면, 아니 자세히까지 읽지 않아도 온마마와 구스다 씨가 다른 인물임을 알 수 있다. 온마마는 자신을 프로필에 '요리와 청소가 서툰 전업주부'라고 소개했으나 구스다 씨는 콜센터에서 일한다. 천타로가 6학년 때의 담임은 '미인 선생님'이었지만 구스다 씨 아들의 담임은 남자 선생님이었다. 형제 이야기도 전혀 없고 책 출간이 결정되었을 때 절규했다는 모습은 아무리 생각해도 구스다 씨가 아니다. 자존심 센 그녀라면 이렇게 오버액션 하지 않고 '책을 출간하게 되었습니다'라고 담백하게 썼을 것 같다.

그나저나 책 출간이라……

그 순간 현관 초인종이 울렸다. 츠바사가 올 시간이었다. 마도카는 스마트폰을 끄고 일어선다.

"엄마! 문에 저거 뭐야?"

문을 열면서 가방을 멘 츠바사가 기운차게 물었다.

"어머. 바로 알아보네. 엄마가 만든 리스야. 츠바사, 손 씻어야지?"

"우와. 뭔가……"

"뭔가?"

"뭔가, 멋지다. 리스."

"정말?"

츠바사가 이런 반응을 보일 때면 마도카는 아이가 못 견디게 사랑스러웠다. '쇼타는 내가 머리카락을 분홍색으로 염색해도 아마 못 알아볼 거야'라고 다카코는 말했지만 츠바사는 마도카가 미용실에 간

날이면 어? 하는 얼굴로 쳐다봐주었다. 현관에 걸린 리스도 쇼타나 다른 남자애들은 알아차리지 못할지도 모른다. 남편조차 모를 거라고 지나츠는 말했다.

그러고 보니 츠바사는 우유 팩을 이어 붙인 기다란 물체를 손에 들고 있었다.

"그게 뭐야?"

"갈릴레오 망원경."

오늘 아침에 실험 때 사용해야 한다면서 잘 말려둔 우유 팩을 들고 갔던 것 같다.

"갈릴레오 망원경?"

손을 씻으러 가는 츠바사에게서 우유 팩을 받아든다. 안에 렌즈가 들어 있는지, 살짝 무게감이 느껴졌다.

"어떻게 사용하는 거야?"

마도카의 물음에 손을 다 씻은 츠바사가 대답했다.

"이렇게 보는 거야."

우유 팩 한쪽에 눈을 갖다 대며 시범을 보이고는 "엄마 줄게" 하면서 마도카에게 건넸다.

"엄마 줘도 괜찮겠어? 애써 만들었잖아."

"괜찮아."

츠바사는 망원경에 흥미가 없는 모양인지 테이블에 앉아 간식을 먹기 시작한다. 마도카는 츠바사가 시범을 보인 대로 팩 한쪽에 눈을 갖다 댄 다음 집 안의 먼 곳을 바라본다. 희미하지만 확실히 벽에 걸린 달력의 숫자가 살짝 볼록한 형태로 보였다.

"우와 굉장한데. 이 망원경 어떤 구조로 만들어진 거야?"

"렌즈가, 뭐 어떻게 되어 있다나 뭐라나."

츠바사는 라무네 사탕 2개를 집어 한꺼번에 입에 넣는다. 코끝에 땀방울이 송골송골 맺혀 있다. 학교에서 달려온 모양이다.

"무슨 설명이 그래?"

"……그냥 뭐 어떻게."

"그럼 이 안에 있는 건 무슨 렌즈야? 렌즈에 이름이 있을 텐데?"

애가 타는 마음으로 마도카가 물었다. 오목렌즈인가 볼록렌즈인가. 오래전 과학 시간에 배웠던 게 생각난다. 렌즈와 빛의 굴절 같은 건 중학교 입시에서도 중요한 부문이라서 이번 기회에 흥미를 느꼈으면 하는 약간의 욕심도 있었다. 4학년부터 클럽 활동으로 과학 실험부를 권한 것도 마도카였다. 츠바사는 무슨 까닭인지 갑자기 배드민턴을 해 보고 싶다고 하더니 막상 뚜껑을 열어보니 엄마가 권유한 실험부에 지원했었다.

"왜 갈릴레오 망원경이라고 부르는 거야?"

마도카는 화제를 바꿔본다.

"몰라."

전혀 흥미가 없다는 듯이 츠바사가 대답한다.

"그럼 갈릴레오가 어떤 사람인지 알고 있니?"

세계사는 중학교 입시 범위는 아니지만 위인전에 나올 만한 인물은 역사나 지리와 관련지어 출제되는 경우가 있다고 입시 전용 익명 게시판에서 '1등호시나미학부모'라는 인물이 말했었다.

"갈릴레오는 지구가 태양 주변을 돌고 있다는 사실을 발견한 사람이야. 지동설이라고 하는데……."

마도카는 과거의 지식을 끄집어내어 설명해본다.

"흐응."

츠바사는 이상한 콧소리를 내며 라무네 몇 알을 와그작와그작 씹어먹고 참깨 쿠키 3개도 오도독 베어 물었다. 모든 간식을 배 속에 넣은 다음에서야 마도카에게 물었다.

"몇 분 쉬면 돼?"

갈릴레오 이야기를 더 하려던 마도카는 입을 다물고 시계를 쳐다보았다.

"앞으로 12분."

4시 반부터 계산과 한자 시험이 예정되어 있다. 반 편성에서 떨어졌을 때 츠바사와 의논해 다음 시험 때까지는 수영을 일주일에 한 번만 가기로 정했다. 또한 가토가 권한 '집중력 유지 타임 설정'에 맞춰 학원과 수영 수업이 없는 날은 45분 공부하고 15분 쉬는 방식으로 총 5타임을 공부하기로 했었다.

"알았어."

츠바사는 소파에 벌렁 드러눕더니 학교 도서실에서 빌려온 책을 펼쳐 서둘러 책장을 넘기기 시작한다. 아까 봤던 코끝의 작은 땀이 떠올랐다. 집에서 쉬는 시간을 조금이라도 더 확보하기 위해 학교에서 달려왔나 보다.

"그냥 5시까지 쉬어."

생각보다 먼저 말이 나왔다. 애처로운 마음에 조금 더 쉬게 해주고 싶어졌다.

"정말? 그래도 돼? 오예."

세상 기쁜 얼굴을 보인다. 그 사랑스러운 환한 얼굴을 보자 마도카도 작게 웃고 말았다. 그래, 집에 오자마자 공부하려면 피곤하겠지. 츠

열 살

바사는 책을 읽고 싶어 하는 거니까. 책은 국어 공부도 될 테고, 게임을 하거나 밖에 나가 노는 것도 아닌데 아들의 이 소박하고 지적인 독서의 기쁨까지 빼앗고 싶지는 않았다.

"쉬어도 돼. 그러니까 천천히 읽어."

이번에는 진심을 담아 말하며 마도카 자신도 커피를 마시면서 잠시 쉬려고 주방으로 향했다.

물을 끓이는 동안 마도카는 스마트폰을 꺼냈다. 조금 전 뭔가를 보려고 했던 거 같은데 기억이 나지 않았다. 일단 즐겨찾기로 등록해 둔 교육 전문 게시판 사이트를 열었다. 그중 【☆☆☆에이치에서 고생하는 4학년을 전력으로 응원하는 모임☆☆☆】이라는 게시판에 달린 새 글을 모두 확인한다.

오늘도 마도카가 리스를 만드는 동안에만 벌써 10개가 넘는 댓글이 달려 있었다. 닉네임 '중학교입시초보자'의 [이번 시험에서 운 좋게 수학이 잘 나와서 난관반에서 사천왕반으로 올라가게 되었는데, 그 때문에 기분이 좋아진 아들이 호시나미를 가고 싶다고 해서 부모인 저는 당황스럽습니다. 어떻게 해야 좋을까요.]라는 질문을 가장한, 아닌 척 자기 자랑하는 글에 닉네임 '부모졸업'이니 '호시나미중2학부모'들의 조언인지 위협인지 모를 답글이 속속히 모여들어 있었다.

그중에서도 눈길을 끈 건 이 게시판의 단골인 '도쿄대대디'의 댓글이었다.

[4학년 수학은 아직 진짜 수학이 아니에요. 차츰 응용력이나 순발력이 없으면 풀지 못하는 어려운 문제가 늘어나요. 우리 애는 4학년 S1입니다. 사천왕 지망이면, 기 센 부모가 아이를 몰아세워 중압감 때문에 커닝으로 기우는 아이도 많다고 해요. 5학년부터가 진짜 승부.

조금씩 반 친구들도 바뀌기 시작하고 6학년이 되면 급격하게 변해요. 중학교 입시는 그야말로 제행무상.]

"뭐야 이 잘난 척은."

마도카는 작게 중얼댔다.

이 도쿄대대디의 댓글은 언제나 우쭐대며 심히 거만한 태도다. 다 읽고 나자 조바심과 왠지 모를 불안한 기분이 든다.

"츠바사."

마도카는 츠바사를 불렀다.

소파에서 책을 읽고 있던 츠바사가 고개도 들지 않고 "응?" 하고 대답한다.

"안 되겠다, 45분부터 계산 시험 시작하자."

마도카가 말했다.

"아 진짜, 왜?"

그제야 츠바사가 고개를 들어 불만스러운 표정으로 이쪽을 쳐다본다.

"왜는, 공부 열심히 해야지. 오늘 모처럼 수영 쉬고 시간 있는데……."

"아까 5시부터라고 했잖아."

마치 남이 해야 할 일을 강요받은 듯한 얼굴로 츠바사가 저항한다.

"그랬는데, 아무래도 그러면 시간이 아깝지 않을까?"

"5시부터라고 해놓고는."

"45분부터 하면 계산 시험을 하나 끝낼 수 있잖아?"

"그래도, 아까……."

"츠바사, 이대로 계속 난관반에 있어도 괜찮아? 수업들 전부 너무

열 살 131

쉽고 선생님도 지루하다고 했었잖아. 다음 시험 때 S1으로 못 돌아가면 어쩔래? 싫겠지?"

그제야 츠바사는 겨우 입을 다문다.

읽고 있던 책을 책상에 탁 소리 나게 덮어 놓고 그대로 거실을 벗어난다. 자신의 방에서 빈둥댈 생각이겠지. 남은 20분의 휴식 시간을 마도카와 떨어져 있고 싶은지도 모른다. 그런데 원래는 4시 반부터 공부를 시작할 예정이었으니까, 그래도 15분을 더 벌었으면서 저렇게 짜증을 내나 싶다. 무엇보다 마도카의 공부가 아니라 츠바사의 공부다. 저렇게 의욕이 없어서야. 마도카는 쓸데없이 늘린 15분이 아깝다. 모처럼 수영을 쉬는데 공부 시간을 확보하지 못하면 의미가 없다.

이 녀석 아직도 목표 의식이 부족하구나.

마도카는 애가 탔다.

츠바사의 반 하락의 패인은 수학이었다. 중학교 입시는 수학으로 결정된다는 사람도 많다. 츠바사는 국어에 비해 수학이 약하다. 그래도 지금까지는 수학 편차치가 그럭저럭 60을 넘었는데 이번엔 59.9였다. 0.1포인트라지만 60 밑으로 내려간 충격은 컸다. 츠바사는 위기감을 못 느끼는 걸까. 과학도 마찬가지였다. 어려워하는 물리 분야가 중점적으로 나온 시험이었음을 고려하더라도 편차치가 52.4로 크게 내려갔다. 사회만 간신히 64.2로 S1을 겨우겨우 턱걸이할 정도의 성적을 받았지만, 자신 있던 국어마저도 서술형에서 실수한 탓에 61.5로 시원찮아 전체적으로 학원에 들어온 이래 최악의 결과였다.

그동안에도 범위가 정해지지 않은 실력 테스트에서는 별로 좋은 점수를 못 받아서, 수업 후 치르는 확인시험의 편차치 포인트로 S1 기준점을 겨우 메꿔 온 츠바사였다. 본인이 자신을 SO의 덤이라고 말했듯 단골 멤버인 MM 콤비나 오카노박사와 아이자와7단들과는 이해력이나 사고력에 차이가 있을지도 모르겠다.

머리의 차이인 걸까…….

등이 오싹하게 식는 것 같았다.

새 반이 발표되었을 때의 충격은 지금도 잊히지 않는다.

아리이즈미 츠바사 학생의 새 코스는 '난관반2'입니다.

스마트폰으로 발표를 확인한 순간 마도카는 과장이 아니라, 정말로 눈이 핑핑 돌았다.

'난관반'…… 이건 반 편성 페이지에서 마도카가 처음 본 글자였다. 반이 4개나 되는 '사천왕반'을 뛰어넘어 그보다 더 아래까지 떨어진 것이다.

— 츠바사는 저력이 있는 아이니 분명 올라올 겁니다.

걱정이 되어 전화한 가토가 그렇게 말해주었을 때 마노카는 눈물을 흘렸다.

— 선생님. 제발 츠바사를 버리지 말아 주세요.

마도카는 매달리는 심정으로 말했다.

— 버리다니요. 제 소중한 학생입니다.

가토의 목소리는 부드럽고 한없이 따뜻했다.

— 이번에는 부주의로 인한 실수도 잦았고 본인도 힘을 못 냈다고…….

— 괜찮습니다, 누구나 그런 시기가 있고 또 거기서 성장해나가니

까요.

　누구나라면……. 'MM 콤비'나 다른 SO 아이들에게도 그런 시기가 있었나요. 그렇게 묻고 싶은 것을 꾹 참았다.

　― 가정 학습 말인데요…….

　그러면서 가토는 몇 가지 조언을 해주었다. 집중력을 잃지 않도록 1회 공부 시간을 40분으로 줄이고, 그만큼 자주 휴식을 취하라는 것도 조언 중 하나였다. 마도카는 욕심을 내어 45분으로 츠바사에게 전한 뒤 공부를 시키고 있긴 하지만. 수학은 난이도 C까지의 문제는 완벽하게 연습하고 D에는 도전하되 E는 버리기로. 과학과 사회는 수업 범위를 정확하게 파악해 복습을 확실하게. 국어는 하고 싶을 때 기분 전환으로.

　앞으로의 공부 방침들을 차분히 전한 뒤 전화를 끊으려는 가토에게 마도카가 말했다.

　― 우리 애 집에서는 정말 노력하고 있어요. 잘하지 못하는 수학도 가토 선생님에게 배우고 싶다면서 열심히 해요.

　또다시 눈물이 나오려 했다.

　가토가 모쪼록 알아주길 바랐다. 가토가 담당하는 반에서 떨어진 일이 츠바사에게는 정말로, 정말로 괴로운 일임을.

　― 알고 있습니다. 잘 알고 있어요. 츠바사 애쓰고 있죠.

　― 정말로 우리 애, 괜찮을까요…….

　눈물이 주르륵 뺨을 타고 흘러내렸다.

　― 이런 시기를 잘 극복해 나가야 힘이 붙습니다. 저는 츠바사가 올라오기를 기다리고 있고요.

　― 우리 애가 선생님께 못 배우게 돼서…… 어떡해야 좋을지 정말

로 모르겠어요.

— 걱정하지 마세요. 난관반 윗반을 담당하는 선생님도 베테랑이고 교육 방식에 정평이 난 분이세요.

— 그렇지만, 가토 선생님은 아니잖아요.

그렇게 말하며 마도카는 제 목소리에 한 줄기 교태가 묻어나는 것을 느꼈다.

— 저도 츠바사를 잘 살피겠습니다.

가토가 말했다.

S1에서의 가토 수업은 '엄청 재밌지만, 가끔 무섭다', '뚜껑이 열리면 문을 걷어차는 일도 있다'라고 했으나, 전화 너머의 가토에게서 그런 모습은 눈곱만큼도 찾아볼 수 없었다. 살랑살랑 천이 스치는 속삭임 같은 목소리로 걱정 마세요, 애쓰고 있죠, 같은 말을 반복해준다. 귓가를 간지럽히는 그 목소리가 다정하다. 이야기를 나눌수록 마도카의 마음은 따뜻한 물이 차듯 편안해졌다.

— 고맙습니다. 선생님, 제발 우리 아들 잘 부탁드려요.

전화를 끊고 저녁 준비를 할 때쯤엔 침착함을 되찾을 수 있었다.

그러나 그 효과는 채 몇 시간도 못 가, 그날 밤 잠잘 무렵이 되자 다시 조마조마해지고 불안이 되살아났다.

최근 한동안 신지와의 영상 통화 빈도가 줄어들어 그나마 다행이었다. 지난해 신지는 지사의 부책임자로 발령 났다. 마도카에게 이제 신지의 세계는 너무 멀게 느껴졌다. 큰 프로젝트도 진행하고 있고 직급도 올라가 최근에는 심야에 퇴근하는 일도 잦은 모양이었다. 정신 없이 바쁜 신지의 건강이 걱정되었으나 내심 신지와 츠바사가 직접 대화를 나눌 기회가 줄어든 것에 마음이 놓였다.

마도카는 아들의 성적이 이정도로 크게 하락한 사실을 신지에게 알리고 싶지 않았다. 인터넷으로 학원 사이트에 접속하면 '마이페이지'에서 언제든 성적을 확인할 수 있지만, 중국의 인터넷 환경은 일본과 달라 접속이 안 되는 사이트도 있다고 들은 터라 신지에게 방법을 상세히 알려주지 않기를 잘했다 싶었다.

신지는 종종 츠바사와 대화를 나누고 싶어 했다. 이른 시간에 전화를 거는 날은 공부를 살펴보고 싶어 하기도 했다. 에이치 수업은 어때? 열심히 하고 있어? 시험은 잘 봤어? 이것저것 아이에게 물어보았다. 마도카는 남편과 아들의 대화를 조금 떨어진 곳에서 약간의 긴장감과 함께 지켜보았다.

아빠한테는 반 떨어진 얘기를 하지 말자고 사전에 츠바사에게 일러두었다. 그래도 되냐고 하면서도 츠바사는 안도하는 표정이었다. 멀리서 열심히 일하는 아빠를 실망하게 하고 싶지 않지? 다음에 올라가면 원래 반 그대로니까. 마도카의 말에 츠바사는 몇 초간 침묵하더니 고개를 들어 그렇다고 대답했다. 그러더니 나 무조건 열심히 해서 다음에는 S1으로 돌아갈래, 라고 말했다. 그럼, 돌아가야지. 마도카도 말했다. 응. 돌아갈래. 돌아가자. 응. 돌아갈 거야. 많이 속상하지? 돌아가고 싶지? 응. 돌아갈 거야.

신지는 이제 부임 4년 차였다. 전임자가 5년 정도 있었으니 신지도 앞으로 1년 남았으려나. 지난달 신지는 뜬금없이 여름에 부모님을 모시고 와 달라고 했다. 부임한 해에도 다 같이 방문했었고 시부모와 가는 건 그때가 처음이자 마지막일 줄 알았는데 설마 싶었다. 여름 특강 일정을 신지에게 알리던 마도카의 얼굴이 더욱 굳어졌다. 모시고 와 달라는 말 한마디에 쉽게 갈 수 있는 장소도 아니지만, 시부모와의 여행이라는 부담감만큼이나 여름 특강반 편성에서 츠바사가 더 떨어지면 어쩌나 싶은 걱정에 속이 끓었다.

학력에 집착하는 시부모였다. 같이 여행을 하다 보면 중학교 입시나 학원에 대한 화제가 많아질 건 불 보듯 뻔하다. 손자가 에이치에서 최상위 반이라는 사실을 시부모는 알고 있다. 들뜬 기분에 시어머니에게 그 이야기를 해버린 건 통한의 실수였다. 분명 그들은 손자의 중학교 입시 준비 이야기를 듣고 싶어 할 거다. 신지도 츠바사에게 에이치에서의 공부에 관해 물을지도 모른다. 그 생각을 하니 한없이 우울했다.

시계가 45분을 가리켰다.

"츠바사."

마도카는 자기 방에 틀어박혀 있는 아들을 불렀다.

츠바사의 방이라 해봤자 거실에서 이어진 공간으로, 얇은 미닫이문으로 가로막은 게 고작이라 목소리는 다 들린다. 그런데도 안 나온다. 걸어가 문을 열었다.

츠바사는 침대에 엎드려 쿨쿨 잠을 자고 있었다. 토라져서는 그대로 잠들어버렸나 보다. 자는 척하는 건가 싶었지만 입가에 침이 번들거리고 있었다.

피곤한가.

순간 그대로 자게 놔둘까 하는 생각이 일었다. 그러나 바로 스마트폰 화면에 있던 '5학년부터가 진짜 승부'라는 글자가 떠올랐다.

"츠바사, 시간 됐어!"

흠칫 몸을 떨더니 츠바사가 웅얼대며 눈을 떴다. 눈은 깜박였으나 도저히 못 일어나겠는지 '으' 하고 앓는 소리를 내며 머리를 감추듯 몸을 둥글게 만다. 그리곤 침을 손등으로 닦는다.

마도카는 학원에 들어갈 때 수면 시간만큼은 확보하겠다던 신지와의 약속을 최대한 지키고 있었다. 과제를 다 못한 날에도 밤 11시에는 반드시 잠을 재웠고 8시간 전후의 수면은 철저히 확보하고 있는데, 그걸로는 부족한지 요즘 츠바사는 저녁에 자주 멍해진다.

"계산 시험 시간이야. 얼른 일어나."

마도카의 말에 츠바사도 알고 있다는 듯 말없이 몸을 일으킨다. 마도카가 차갑게 적신 수건으로 츠바사의 얼굴을 닦아주려고 하자 손을 치켜들며 거절했다.

"하지 마!"

생각지 못한 강한 힘에 마도카는 멈칫했다. 츠바사는 눈을 반쯤 감은 채로 마도카에게서 수건을 빼앗아 직접 제 얼굴을 쓱쓱 닦는다. 그런 다음 얼굴을 찰싹찰싹 두드렸다. 공부해야 한다는 사실을 본인이 제일 잘 알고 있었다.

마도카는 거실 테이블 위에 에이치에서 배부받은 '매일의 계산 박사', 줄여서 '매박사'와 연필과 지우개와 타이머를 준비했다. 수건으로 얼굴을 닦자 정신이 조금 든 모양인지 츠바사의 눈이 겨우 떠진다. 매박사의 모든 페이지에는 날짜가 적혀 있다. 하루 10분, 10문제.

"준비, 시작!"

마도카가 타이머 스위치를 누른다. 츠바사가 문제로 향한다. 뻗친 머리칼이 삐죽 튀어나와 있다. 마도카는 조금 떨어진 곳에서 저녁 준비를 하면서 지켜본다.

"다했어!"

타이머가 울리기 전에 츠바사는 연필을 내려놓았다.

"1분 20초 남았어. 검산 안 해도 돼?"

"했어."

"그렇구나. 빠르네."

지난번에는 9점, 그전에는 8점. 간단한 문제인데 좀처럼 만점이 안 나온다. 오늘은 나올 수 있으려나. 마도카는 오려내어 파일에 넣어두었던 해답지를 꺼냈다. 채점은 마도카의 몫이다. 츠바사가 옆에서 긴장한 얼굴로 보고 있다.

"아!"

마도카가 작게 소리쳤다. 한 문제를 틀렸다. 분수와 소수가 뒤섞인 복잡한 계산 문제다. 츠바사는 "어?!" 하고 짧게 소리를 내더니 "이상하네" 하면서 다시 풀었다. 이번에는 정답이었다. 아무래도 도중에 쓴 자신의 숫자를 잘못 읽고 계산을 이어간 모양이다.

"츠바사, 엄마가 늘 말하잖아. 조잡한 글자로 계산하면 도중에 틀린다고. 가토 선생님도 말씀하셨지?"

"네에, 네."

츠바사는 아무렇게나 선성으로 내답하며 매빅사 희습지를 테이블 끝에 던지듯 내려놓았다. 이 태도가 마도카의 속을 뒤집어 놓았다.

"너 그런 태도 때문에 항상 계산 실수를 하잖아! 대체 왜 더 신중하게 못 하니? 기억 안 나? 연합평가에서 너 두 문제 때문에 못 나갔었지? 두 문제야. 고작 두 문제! 속상하지도 않아?!"

"알고 있어."

"알긴 뭘 알아! 모르니까 같은 실수를 반복하잖아."

"알고 있는데……."

"정말 알고 있어? 정말 알고 있다고? 아는데 결승에 못 나갔어? 아니잖아. 몰랐으니까 못 나갔지. 그때 수학 실수 때문에 틀려서 속상했던 거 잊었어? 앞으로 절대 안 그러겠다고 해놓고서는, 거짓말이었어? 츠바사, 너 매번 말만 그러잖아. 아빠도 그러셨지? 부주의한 실수는 마음의 문제라고. 네 마음이 입시를 얕보고 있는 거야. 입시에서는 이런 실수를 하면 바로 떨어져. 1점이 얼마나 중요한지 모르니까 대충하게 되는 거라고. 그래서 네가 S0에 못 들어가는 거야!"

결국 끝에 가서는 마도카의 목소리가 울먹였다.

츠바사가 말없이 입술을 깨문다.

말이 너무 심했다 싶었지만, 자신의 말이 틀리진 않았다고 생각했다. 츠바사는 종종 이런 작은 실수를 하는데 고쳐지지 않는다. 일전에 신지가 부주의로 인한 실수는 마음의 문제라고 하는 소리를 듣고 마도카 역시 그 말에 동의했다. 츠바사는 S1으로 돌아가겠다, 결승에 데리고 가겠다는 듣기 좋은 소리만 할 뿐 사실상 공부를 얕보고 있어 꼼꼼히 들여다보지 않는다. 그래서 이런 실수를 계속 반복하는 것이다.

"벌로 오늘은 계산 마라톤이야."

마도카가 말했다.

"뭐어?!"

츠바사가 반항하는 소리를 낸다.

"전에 약속했지? 부주의로 실수하면 계산 마라톤이라고."

계산 마라톤은 마도카가 온마마의 블로그에서 알게 된 교재로, 복잡한 계산을 산더미처럼 풀어내는 고행 같은 학습이다. 천타로는 이걸 6학년 말 막판 스퍼트로 했었는데 4학년 츠바사라고 못 풀 것도 없다. 오늘은 이걸 하기 위해 가토가 설정해준 쉬는 시간을 좀 많이 줄여야 할 것 같다. 별수 없다. 부주의로 인한 실수를 자꾸만 하는 츠바사의 잘못이다. 계획표를 다시 세워 저녁 식사와 목욕 시간을 줄였지만 그래도 부족하다. 늘 부족하다. 해야 할 일은 산더미다. 해야 할 일이 사라지는 일은 분명 마지막까지 없을 것 같다. 매일 어딘가에 줄을 긋고 다음 날로 돌릴 뿐. 이런 상황에서도 츠바사는 하품을 하고 물 마시고 싶다는 소리나 한다. 화장실에 가고 싶어, 머리 아파, 발이 이상하게 가려워……. 집중력이 없는 츠바사를 달래어 가며 책상에 앉히는 건 조금도 즐겁지 않은 일이었다. 솔직히 말해 엄마에게도 이건 고행이다. 끝이 안 보이는 고행.

"너를 위해서야."

종일 피곤해하는 아들에게 마도카는 여러 번 같은 말을 반복할 수밖에 없었다. 매박사와 매한자를 끝내면 기초력 수학β와 응용력 수학α, 국어 단어 노트, 그런 다음 과학 계산 문제와 문장형 문제, 목욕 후에 사회. 기억이 정착하도록 잠들기 직전까지 사회 교재를 다시 암기한다. 다 끝낼 때까지 책상에서 도망치지 못하도록 막는 수밖에 없다.

밤이 되어 마도카는 스마트폰에 즐겨찾기를 등록해둔 중학교 입시 관련 정보 사이트를 열어 【☆☆☆에이치에서 고생하는 4학년을 전력으로 응원하는 모임☆☆☆】게시판에 들어갔다.

제목처럼 에이치에서 고생하는 4학년과 그 학부모를 격려하는 말을 건네거나 공부법 및 지망 학교 선택법 등 유익한 정보와 조언을 나누는 게시판이었다. 극소수적인 세계라서 보는 사람도 적고 글을 쓰는 사람은 더 적을 텐데 늘 묘하게 분위기가 들떠 있다. 마도카도 이곳의 '열성 회원' 중 한 명이었다.

새롭게 올라온 글을 확인했으나 모의고사도 없는 지금은 비교적 조용한 시기였다. '전력으로 응원한다'는 타이틀을 내걸었지만 입시는 만만한 게 아니라고 위협해대는 자칭 선배 학부모도 적지 않아, 그런 글을 읽게 될 때마다 마도카는 가토의 따뜻한 '걱정 마세요'를 머릿속에서 재생시키며 정신을 차려야 했다. 대체 왜 일부러 이런 걸 매일같이 들여다보고 있느냐고 묻는다면 가끔은 울고 싶어질 만큼 공감이 가는 글이나 따뜻한 격려도 있기 때문이었다. 그리고 무엇보다, 마도카에게 신나는 활약의 장을 열어주기 때문이기도 했다.

이를테면 지난번 반 편성 시험 직후에 다음과 같은 글이 있었다.

[누가 좀 도와주세요. 이번 시험 결과가 너무 안 좋아서 다음 시험이 불안해 밤에 잠을 못 자겠어요. 남편은 저보고 그렇게 일희일비해서 어쩌냐고 하는데, 계속 가슴이 터질 것 같은 상태예요. 아직 입시까지 2년 반이나 남았다고 생각하니 더욱 살 의욕이 나지 않습니다. 너무 괴로워요. 해바라기마마]

예상대로 '에이치졸업부모'며 '사천왕학부모'처럼 낯익은 닉네임의 인물들이 [엄마가 멘탈이 그렇게 약해서 어떡합니까!]나 [그럴 거면 중학교 입시 관두세요. 안 맞아요.] 등의 상투적인 질타를 마구 날렸다. 이제 마도카가 나설 차례다.

[해바라기마마 님의 글은 제가 썼나 싶을 만큼 정말이지 똑같은 심경이에요. 반 편성에 일희일비해봤자 별수 없다는 것을 머리로는 알고 있어도 지난번 S1 탈락의 충격으로 잠을 못 자는 일상을 보내고 있습니다. 다음 시험을 위해 선생님과 의논해 공부 계획을 세웠지만 다음 시험이 불안해요. 지금은 마음을 가라앉히고 아들을 지켜보려고 해요. 지금은 힘들지만 함께 노력해요.]

그러면 30분도 지나지 않아 해바라기마마에게서 장문의 답변이

왔다.

[벚꽃피는날까지 님, 글을 읽고 눈물이 핑 돌았습니다. 저는 현재 수면유도제를 안 먹으면 잘 수 없는 상태예요. 선배님들의 매서운 말을 듣고 엄마인 저의 나약함이 모든 요인은 아닐까 더욱 우울하던 차에 벚꽃피는날까지 님이 공감을 해주셔서 겨우 다시 일어설 수 있을 것 같아요. 벚꽃피는날까지 님은 선생님과 의논해 계획을 세웠다고 하셨는데, 역시 S1에 계셨던 어머님은 착실히 하고 계시는구나 싶어 감동했습니다. 선생님도 S1 학생에게는 공부 계획을 세워주시는군요. 상당히 기대를 받고 있나 봐요, 정말 부러워요. 우리 딸은 N 윗반이라 선생님이 그렇게까지 신경을 안 쓰는지도 모르지만, 일단은 에이치 선생님에게 상담 전화를 걸어보는 것부터 시작해야겠습니다. 벚꽃피는날까지 님, 따뜻한 말씀 고맙습니다.]

읽고 나니 마도카의 마음이 따끈해졌다. 자기 말이 누군가의 마음에 위로가 되었다. 자신이야말로 아이의 심각한 결과에 시달리고 있었는데 말이다. 해바라기마마를 기쁘게 만든 '벚꽃피는날까지'로서의 보람은 삼시시간 반 하딕의 충격에시 미도기를 도피시겨 주었다. 그러나 TV를 보고 있어도 마음 어딘가 늘 불안이 도사리고 있어서 초조한 마음이었다.

【☆☆☆에이치에서 고생하는 4학년을 전력으로 응원하는 모임☆☆☆】에 재밌는 글이 없을 때면 마도카는【화제의 블로그♪관찰】게시판으로 행선지를 이동했다. 이번엔 아니나 다를까, 모든 화제의 중심은 온마마 블로거의 책 출간이었다. 그러나 그 내용은 마도카의 예상과는 조금 달랐다.

[수요가 있나요?], [없을걸요. 완전히 출판사의 마케팅 미스.], [그러

열 살 143

게요. 안 팔릴걸요.], [온마마, 어찌나 나대는지. 출판사에 실리는 꼴 못 보겠어요.], [천타로 학교 어디예요?], [Z중인가 Q중일걸요.], [학교 이름 명확하게 안 밝히면 완전히 픽션으로 오해받겠네요.], [탈출 발언이 책에 나오면 공립 관계자 열받을 것 같은데요.], [지우개 사건도 책에 나오려나.], [천타로 P중이라는 말도 있어요.]…….

이전 온마마의 블로그에는 호의적인 댓글이 대부분이었는데 공립학교에서의 '탈출' 발언과 '지우개 사건' 이후로 악플이 쏟아졌다. 지우개 사건은 다이니치세미나 전에 다니던 지역 소규모 학원에서 천타로가 저지른 일로, 언젠가 블로그에 회상 형태로 올라왔다. 그 내용에 따르면 천타로가 시험 직전 화장실에 간 옆자리 아이의 책상에 있던 지우개를 접착제로 고정했다는 것이다. 시험 도중에 그 사실을 알게 된 아이가 지우개를 사용하지 못해 안절부절못하다가 패닉에 빠져 울어버린 모양이었다.

온마마는 '사실 기록! 천타로 반성의 말씀'이라는 다큐멘터리 형식의 글을 올리면서, 실제로 접착제를 사용해 지우개를 책상에 고정해놓고는 떨어지지 않는다는 재현 사진까지 찍어 소개했다. 본인은 웃어넘길 수 있었는지 몰라도 명백히 도가 지나친 행동이었다. 예상대로 그날의 댓글난은 난장판이 되었고 [당한 아이가 불쌍하다.], [민폐 행위입니다. 학원에서 쫓아내세요.], [이 글에 전혀 반성이 없네요.] 등등 호되게 쓴소리를 들었다. 그다음 날 온마마는 아이가 고개를 숙이고 무릎을 꿇은 모습을 사진으로 찍어 블로그에 올렸다. 클릭 수는 엄청났으나, 이번에는 이런 꼴을 당한 천타로가 가엾다며 자식을 망치는 부모라는 비판을 받았다. 마도카도 상황이 그렇게까지 되자 이 사람은 시선을 끌기 위해서라면 뭐든 하는 유형의 관종이라는 생각밖에 들지 않았다. 그리고 그 모습은 아무리 봐도 학부모회에서 '별난 사람'으로 유명했다는 구스다와 겹쳐 보였다.

며칠 후 무사히 항공권을 구했는지 신지가 항공권 정보를 메일로 보내왔다. 같은 메일을 받았는지 그 타이밍에 시어머니에게서 전화가 걸려 오는 바람에, 당황해서 공항으로 가는 모노레일 역 플랫폼이라는 희한한 장소에서 만나기로 결정이 되었다. 통화 목소리만큼은 상냥하게 하려고 노력했지만 거울에 비친 마도카의 얼굴은 굳어 있었다.

처음 신지는 일주일을 원했는데 여름방학 특강 일정이 분산된 덕분에 8월 초 3박 4일이라는 짧은 체류로 줄어든 게 그나마 다행이었다. 그 4일도 고될 것 같지만 말이다. 시부모와의 대화가 불안한 건지 아들의 성적이 떨어진 상태로 가는 게 싫은 건지 모르겠지만 아마도 둘 다겠지. 중국에 갈 날만 생각하면 짜증이 나서 츠바사에게 화풀이하게 될 것 같았다.

말로 표현한 적은 없지만 마도카는 시부모가 정말이지 어렵다. 타인으로 만나 잠깐 어울리는 사이였다면 별다른 생각이 없었을지도 모른다. 안과 의사인 시아버지와 다도를 즐기는 시어머니는 언뜻 보면 점잖고 사회성도 좋은 부부였다. 그러나 가족이라는 입장에서 가까이서 이야기를 나눠보면 그들이 조금 이상한 인물임을 깨달을 수밖에 없다.

츠바사의 백일잔치였었나? 시어머니는 마도카의 부모도 함께 있는 자리에서 이런 말을 했다.

"장남인 세이지는 지방대 의학부를 들어간 탓에 그쪽 집안에 빼앗

열 살 145

거버렸죠. 그래도 거긴 어차피 손녀들뿐이라 상관없어요. 저는 아리이즈미가의 직계는 츠바사라고 생각하니까. 애야, 츠바사는 일류 교육을 받게 해주렴.”

그러고서 시어머니는 아직 이도 안 난 작은 손자에게 “츠바사는 커서 뭐가 되려나. 의사 될래? 할아버지 병원 이을래?”라는 말을 해댔다. 마도카의 아버지는 무표정이었으나 엄마는 그 말에 표정이 눈에 띄게 굳었다. 마도카는 자신의 엄마가 이런 말을 굉장히 불쾌하게 여기는 사람임을 잘 알고 있었다.

엄마는 직장이었던 대야 공장이 문을 닫은 뒤에도 자격증 덕분에 순조롭게 지역 급식센터로 이직했다. 몇 년 후에는 부책임자로 승진까지 했으니 영양사로서 능력이 우수하다는 뜻일 것이다. 노력가에다 스스로 꾸준히 공부하는 엄마였지만 마도카에게 명문대에 갈 것을 강요하지는 않았다. 사치를 싫어해서 화려한 복장이나 명품을 즐기는 사람을 경멸하는 경향도 있었다. 그런 엄마에게 '일류 교육'이라는 단어가 어떻게 들렸을지…. 작년 여름휴가에 내려갔을 때, 학원 숙제를 하는 츠바사를 보면서 엄마는 너무 무리하게 시키는 거 아니냐고 걱정을 했다.

이에 반해, 시어머니는 손자의 교육 동향에 관심이 많았다. 마도카는 시어머니의 어떤 말에도 휘둘리지 않고 한 귀로 듣고 한 귀로 흘려보내며 '얕고 긴' 관계를 유지하기 위해 노력했으나, 무심코 츠바사의 어린이집이 몬테소리 교육으로 유명해 초등학교 입시를 치르는 아이가 많다는 소리를 해버린 게 문제였다. 대학부속초등학교 말고 중학교 입시를 준비하는 학생이 많은 사립초등학교에 보내 완전형 중고교 일관제의 남학교를 목표로 하는 게 어떻겠냐고 참견을 해왔다. 얼마나 대단한 교육을 츠바사에게 해줄 것인지를 은근히 묻는 것이다. 시어머니는 자신의 두 아들을 완전형 중고교 일관제 사립 남학교에 보냈다는 사실을 여전히 자랑으로 여기고 있었다.

그러나 신지는 1지망 학교에 떨어졌었다. 시어머니도 쓰라린 기억이라, 이 부분에 대해선 그다지 자세히 말하지 않는다. 다만 2지망이었던 학교의 교육이 좋았던 덕분에 신지가 좋은 대학에 들어갔다고 믿고 있는 눈치였다. 우리 아들은 중학교 입시에서 실패한 만큼 대학 입시로 수지타산을 맞췄다는 발언은 이때 시어머니 입에서 나온 것이다.

"와, 대단하네요."

그 당시에는 애매한 반응으로 넘겨 버리고 말았지만, 츠바사를 에이치에 보낸 뒤로 마도카가 매일 성적과 눈싸움으로 안달복달하는 지경에 이른 배경에는 츠바사가 어릴 적부터 시어머니에게 당한 일종의 세뇌 때문인지도 모르겠다. 시어머니도 시어머니 나름대로 아들 성적에 안달복달한 적이 있지 않았을까 싶어 경험담을 듣고 싶은 마음도 있었지만, 무슨 소리를 들을지 모른다는 두려움 때문에 웬만하면 파고들지 않는 게 낫겠다 싶었다.

다행히 시어머니는 챙겨야 할 사람이 많은지라 평소 반응 둔한 며느리를 크게 신경 쓰지 않았다. 그래도 명절이나 연말에는 어쩔 수 없이 얼굴을 마주해야 했다. 형 세이지네 의사 부부는 바쁘다는 핑계로 본가에 거의 내려오지 않았다. 내려오더라도 굳이 도심의 호텔을 잡고 시부모 집에서는 고작 몇 시간 머무르다 매정하게 떠나곤 했다.

지금까지 시부모와 함께 긴 시간을 보내면서 알게 된 것은 시아버지 역시 상당히 고집 있는 인물이라는 점이었다. 지금 다시 생각해도 씁쓸한 기억이 하나 있다. 어이없고 우스운데 솔직히 조금 무섭기까지 했다. 그날 시아버지는 츠바사에게 "커서 뭐가 되고 싶으냐?"라고 물었다. 츠바사는 오랜만에 보는 할아버지에게 갑작스러운 질문을 받자 머뭇거렸다. 그러자 시아버지는 "세이지 큰아빠처럼 의사냐, 네 아빠처럼 샐러리맨이냐, 어느 쪽이 되고 싶으냐?"라고 물었다. "둘 다 아니에요." 츠바사는 그렇게 말하고서는 동의를 구하는 눈빛으로 마도카를 쳐다봤다. 그리고는 대답했다. "수영 선수요."

"그러냐."

말없이 고개를 끄덕인 시아버지는 그 후 갑자기 신지의 형 세이지가 초등학생 때 얼마나 영특했는지 이야기하기 시작했다. 그 이야기는 왠지 연막 같아서 언제 츠바사의 이야기로 돌아올까 싶었는데 결국 끝까지 돌아오지 않았다. 츠바사뿐 아니라 곁에서 듣고 있던 마도카도 당혹스럽긴 마찬가지였다. 보통의 어른이라면 수영 선수가 되고 싶다는 아이의 말에 무슨 반응이라도 한다. 빈말이라도 "멋지구나." 정도는 하기 마련이고 조금이라도 아이에게 관심이 있다면 평소 훈련에 관해 물어보거나 자신 있는 종목이 무엇인지 물어볼 수도 있다.

마도카는 물끄러미 눈앞의 남자를 쳐다봤다. 때마침 그 때는 츠바사가 육성 B반에 오른 직후였다. 오랜 시간 꿈이었던 상급반에 합격한 츠바사는 너무도 기뻐서, 결과가 나왔을 때 풀사이드에서 승리 포즈를 취하며 좋아했다. 그러나 아이는 그 사실을 한마디도 할아버지에게 알리지 못했다. 할아버지에게 수영은 전혀 가치 없는 것임을 어린 마음에도 느꼈던 것이다.

이후 마도카는 시아버지가 운영하는 병원명을 인터넷 검색창에 입력해 찾아봤는데, [실력 좋은 선생님입니다.], [적절한 약을 처방해줘요.]와 같은 댓글 사이에, [아이에게 차갑다.]나 [질문을 하면 불쾌한 표정을 지어요.]와 같은 부정적인 의견이 드문드문 보였고 [무시하더라.] 하는 댓글에는 묘하게 공감이 갔다.

츠바사의 성적이 떨어진 지금 시부모와 함께 중국에 갈 생각을 하니 마도카의 마음은 무겁게 가라앉았다. 생각하면 정신없이 리스 장식을 고르던 그 짧은 시간은 정말로 귀중했다. 초록빛과 나뭇가지, 빛나는 조개껍데기를 만지던 그 시간만큼은 마음이 잔잔했다. 지금은 늘 머릿속에 에이치의 반만 생각하고 있었다. 스마트폰을 켜면 자동으로 입시 카페 게시판부터 들여다본다. 도쿄대대디는 여전히 매일 활기차게 비아냥대는 투고를 이어가고 있었다. 그리고 여전히 츠바사는 입으로만 공부하고 있다. 가만 보면 국어 학습은 즐거워하고 사회 자료집도 계속해서 보고 있는데, 수학 공부를 싫어한다. 게시판을 보면 수학은 좋아하는데 국어를 못 한다는 남자아이가 많은 듯한데 츠바사는 그 반대다. 문과 적성이다. 그러나 중학교 입시에서 점수를 획득하려면 수학보다 국어를 잘하는 아이는 손해로 보인다. 에이치의 반 편성 시험에서 수학을 잘하는 아이는 고득점을 받기 쉽다. 국어는 아무리 잘해도 서술 문제에서 만점을 받기가 어렵다. 그래서 츠바사가 공부 시간을 가장 많이 할애해야 하는 과목이 수학이다. 츠바사가 그걸 회피하려고 하니 자연히 마도카가 공부를 시킬 수밖에 없다.

오늘의 할당량은 미리 계획을 해 두었다. 50분 간격으로 5타임, 확실하게 가정 내 학습을 시키는 것이다. 본래라면 4타임일 예정이었으나, 10분의 휴식 시간을 7분으로 줄이고 저녁 식사와 목욕 시간도 줄여 간신히 5타임을 확보했다. 일단 수학. 계산력 타임과 사고력 타임. 그리고 과학이 2타임. 사회가 1타임. 5타임에 오늘은 한자 시험 준비도. 4시부터 시작해야 하는 일정표인데, 3시를 넘긴 지금까지도 아들은 아직 집에 안 왔다.

마도카는 남편에게 아들의 반 하락에 대해 말하지 않았다. 몇 번인가 말을 꺼내려고 했지만 이상하게 입이 떨어지지 않았다. 왜 그 말이 안 나오는 걸까. 실망하게 하고 싶지 않아서? 속상하게 만들고 싶지 않아서? 언짢은 표정을 보고 싶지 않아서? 엄마인 마도카는 실시간으로 결과를 확인하며 실망하고 있고 속상해하고 언짢은 얼굴을 하고 있는데 이 고통을 하나도 공유하지 못한다. 공유를 막고 있는 것도, 혼자 짊어지려고 하는 것도 자신이면서 마도카는 화가 치민다. 신지는 낯선 나라에서 아들이 난관반2까지 떨어진 사실도 모른 채 지내면서 태평하게 자기 부모를 초대하자는 소리나 하는 것이다.

마도카는 작게 머리를 흔든다. 지금은 못마땅한 생각만 하게 된다. 그런 시기인지도 모르겠다.

스마트폰으로 손가락을 뻗어 【다이니치온천에서 편안하게 중학교 입시 블로그 ♪♨몸만 담갔는데 붙어버렸습니다♪】로 들어간다. 업데이트 빈도가 높은 온마마인 만큼 새로운 글이 올라와 있었는데, '패밀리레스토랑에서 아들과 점심'이라는 평범한 제목에 조금 실망했다. 좀 더 자극적인 글을 읽고 싶었다.

자극적⋯⋯.

이를테면 얼마 전 천타로가 중학교 정기 고사에서 낙제점을 받았다는 이야기는 재밌었다. 천타로가 낙제점을 받아서 온마마는 중학교에 불려가 선생님과 상담을 해야 했다. 그 대화를 유쾌하게 그린 블로그는 큰 반향을 불러왔고, 안티사이트에서는 '학교가 어디지?' 하고 더더욱 치열한 예상전이 벌어졌다.

그런 글을 읽고 싶었는데⋯⋯.

"얘, 입 좀 닦아."
온마마의 말에 쓱쓱 쓱,
눈앞의 종이 냅킨으로 천타로가 입가를 닦는다.
그러나
어라? 얼룩이 안 지워졌다!!
조금도 안 지워졌다.
다시 먹기 시작하는 천타로, 잘 먹네.
그 얼굴을 가만히 쳐다보는 온마마.
"슈!"
도중에 알아차리고서 소리쳤다.
"수염이잖아! 너 그거 수염이야!"
어째서 지금껏 몰랐을까. 엄마라는 사람이!
중학교에 들어간 이후 천타로가 바빠져서
정면으로 얼굴을 꼼꼼히 쳐다볼 기회가 줄곧 없었어요.
"엥, 수염……?"
당황하는 천타로의 겁먹은 표정, 확실한 수염이다.
"수.염!"
온마마는 그만 몸을 내밀어 아이의 뺨을 두 손으로 움켜쥔다.
"하, 하지 마! 뭐 하는 거야!"
몸을 뒤로 물리는 천타로, 멀어지는 수염.
하지만 천타로는 마마의 손을 뿌리치지는 않았어요. 당황스러운 표정을 짓긴 했어도 뿌리치지 않았죠.
아, 두 손으로 나이프와 포크를 쥐고 있어서였나, 뭐야.

그 작고 작은 몸집과 통통한 볼에 귀여운 단발머리로 엄마하고 불러주던,
내가 내민 손을 항상 맞잡아주던
내 조그만 천타로.
그렇구나! 너는 점점 어른이 되어가는구나.

갑자기 화면이 번져 글자가 안 보인다.
속된 자극이 필요해서 읽었는데 그만 감동해버렸나 보다. 눈물이 눈동자를 뒤덮는다.
아이는 점점 성장해간다. 그런 당연한 기쁨과 쓸쓸함이 온마마의 익살스러운 문장 속에 담겨 있어 괜스레 눈물이 난다. 어쩌지.
갑자기 츠바사가 보고 싶어졌다. 시계를 본다. 곧 츠바사가 올 시간이다.
4시부터 공부를 시켜야 한다는 초조함이 거짓말처럼 희미해진다.
익숙한 츠바사의 매끈한 뺨도, 맞잡아주는 손도, "엄마" 하고 부르는 달콤한 목소리도, 생각해 보면 그 모든 게 열 살 츠바사의 지금 이 순간에만 볼 수 있는 장면. 이 얼마나 귀중하고 인생에서 얼마나 찰나인지를 문득 깨닫는다. 조금 전까지만 해도 전혀 다른 일로 애가 타고 어수선했던 마음이 지금은 츠바사에 대한 소중함으로 꽉 들어찬다. 저녁은 뭐로 할까. 아이가 좋아하는 미트볼을 만들까. 기뻐하는 얼굴을 보고 싶었다. 모두가 말하듯 공부보다 중요한 것이 세상엔 가득하고 수학을 못하더라도 츠바사는 츠바사다. 이 사실이 무엇보다 소중하다.
아들을 꼭 껴안아 주고 싶은 달콤한 기분이 가슴 가득 차오른다.

그러나 이 마음이 오래 가지 않으리라는 것도 이미 알고 있다.

여름방학 강습의 반 편성 시험은 7월 초에 치러졌다.

시험 범위가 정해져 있는 시험이어서 어쨌거나 착실하게 나올 부분을 완벽히 준비했다. 【☆☆☆에이치에서 고생하는 4학년을 전력으로 응원하는 모임☆☆☆】 게시판에서는 '도핑'으로 불리며 금기시되고 있으나, 이번만 특별 예외라고 자신을 타일러 마도카는 테스트 직전에 학교를 이틀 쉬게 했다. 물론 그 이틀간 아침부터 밤까지 마도카가 옆에 딱 붙어서 공부를 지켜봤다. 수면 확보 약속을 지키기 힘들었다. 수학 문제는 시험 범위의 문제를 모두 세 번씩 풀고 한자도 완벽, 숙어도 완벽, 과학과 사회도 문제지를 핥듯이 풀었다.

시험 당일 츠바사의 반응이 묘했다. 이후 가채점을 해보니 국과사는 그런대로 점수를 받았는데 수학 점수가 전보다 내려가 있었다. 마도카는 맥이 탁 풀리며 결국 심한 말을 아들에게 내뱉고 말았다.

그러나 며칠 후에 스마트폰에 뜬 결과를 본 그녀는 저도 모르게 눈이 휘둥그레졌다.

아리이즈미 츠바사 학생의 새 코스는 '사천왕1'입니다.

"대박!"

아무도 없는 방에서 마도카는 소리쳤다.

곧이어 성적표를 보며 "말도 안 돼!" 하고 다시 한번 소리쳤다.

츠바사가 여태 받은 것 중 최고의 등수를 받은 것이다. 6,000명이 넘는 수험생 중에서 전체 등수가 두 자리!!

"세상에?! 거짓말이지?! 말도 안 돼?!"

편차치도 학원에 들어온 이후 처음으로 호시나미의 기준을 웃돌았다.

성공의 요인은 과학과 사회였다. 들인 시간이 그대로 점수가 된 것이다. 가채점 때 수학 점수가 낮아서 츠바사에게 윽박지르고 말았던 마도카였는데, 이번에는 전체적으로 평균 점수가 매우 낮았다. 평소보다도 어려웠던 모양이다. 범위가 정해져 있는 시험인데 처음 보는 문제도 나왔다고 츠바사가 한 말은 진짜였다. 결과적으로 순위도 편차치도 전보다 크게 뛰어올라 S1으로 돌아온 것이다.

이 사실은 마도카의 마음을 밝아지게 만들었다. 시부모와의 중국행이라는 큰 스트레스마저 날려버린 듯했다.

츠바사, 고마워! 정말로 고마워!

마도카는 거의 눈물을 글썽이며 학교에서 츠바사가 돌아오기를 애타게 기다렸다. 츠바사에게 반이 올라간 사실을 얼른 알려주고 싶었다. 시부모에게도 신지에게도 모두에게 알리고 싶을 만큼, 마도카의 마음은 활짝 개었다. 일희일비하지 말라는 말을 수도 없이 듣지만, 이게 '일희'임을 알아도 오랫동안 '우울'의 시간이 이어졌으니 이 '기쁨'을 충분히 맛보고 싶었다. 그리고 성적표 숫자에 마도카가 기뻐할수록, 성적을 올려야 엄마가 자신을 좋아해 준다고 츠바사는 생각하게 된다.

1학기 종업식 다음 날부터 하계 강습이 시작되었다.

S1 복귀다. 오랜만에 들어간 최상위 반에서 츠바사가 따라갈 수 있을지 마도카는 조마조마한 심정으로 지켜봤는데 별다른 문제 없이 즐

겁게 다녀온 듯 보였다.

둘째 날 저녁 식사 때에는 새로운 정보도 알려주었다.

"S1 애들 모두 호시나미 본대."

"어머?! 벌써 그런 이야기를 나누니?"

"가토 선생님이 모두에게 물었어. MM 콤비도 오카노도 호시나미가 1지망이라고 대답했고, 7단도 자기 형이 다니고 있대."

"7단이면 아이자와였지?"

"응, 맞아."

가토는 S1 아이들에게는 벌써 지망 학교를 물어보는 걸까. 마도카는 놀랐다. 아이자와는 분명 장기를 잘 두는 아이다. 형도 호시나미라니, 완전 천재 형제네. 그런 자녀들을 둔 부모는 어떤 사람일까.

질투심이 전혀 생기지 않는 것에 마도카는 안도했다. S1 아이들은 차원이 다른 천재다. 그들에게 좋은 자극을 받고 있으니 질투는커녕 감사해야 한다.

"선생님이 츠바사한테도 물어봤어?"

된장국을 후루룩거리며 마도카가 물었다.

"응, 뭐."

좋아하는 참치회에 간장을 찍으며 츠바사가 점잖게 대답했다.

"그래서 츠바사는 어디라고 대답했어?"

마도카가 묻자 츠바사는 "그건……" 하고 얼버무리며 부끄러운지 눈을 내리 깐다. 그 얼굴이 견딜 수 없이 사랑스러워 마도카는 '엄마한테도 알려주라'라며 가볍게 뺨을 쿡 찔렀다.

"호시나미."

그러자 작은 목소리가 되돌아왔고 그 순간, 마도카의 마음이 활짝 펴지는 것 같았다.

"어머. 츠바사, 호시나미에 가고 싶어?!"

큰 소리로 묻자 츠바사가 황급히 대답한다.

"근데, 아직 아빠한테는 말하지 마."

"왜?"

"꼭이야, 꼭!"

사랑스러웠다.

"알았어. 쑥스럽구나. 그렇지만 엄마는 대찬성이야, 반드시 목표 이룰 수 있을 거야. 그리고 츠바사에게 그 교복 잘 어울릴 거야."

"호시나미 블루가 멋있긴 해."

츠바사의 말에 웃고 말았다. 교복 색이 약간 푸른빛을 띠고 있어 확실히 특이하다. 호시나미 블루라고들 하는데, 츠바사는 올봄 호시나미중학교 축제를 방문했을 때 교복을 입은 학생들을 보면서도 별말이 없었다. 아마 호시나미 블루가 멋있다는 생각도 다른 아이나 선생님이 한 말을 그대로 옮긴 걸 테다. 그래도 마도카는 기뻤다. 이렇게 주변 아이들에게 좋은 자극을 받아 간다. 그건 부모가 줄 수 있는 게 아니다. 그래서 아이에게는 환경 조성이 중요함을 실감한다. 가토는 역시 대단하다. 아직 5학년이 되기도 전부터 이렇게 아이들에게 일본의 최정상 수험생으로서의 자각을 촉구해나가다니.

"그래도 호시나미는 들어가기가 굉장히 힘들어. 일본 제일의 학교니까 당연하겠지. 츠바사, 괜찮겠어?"

"모르겠어."

떠보듯 묻는 말에 어쩐지 자신감을 잃은 대답이 돌아와 버려 마도카는 질문을 후회했다. 모처럼 아들이 희망하던 학교 이름을 꺼냈는데 전면적으로 응원은 못 해줄망정 대체 왜 자신은 쓸데없는 소리를 해버리고 말았을까.

"그렇지만 가고 싶지?"

"음…."

"왜, 왜 그러는데?"

"그냥, 조금 문제가 있어서……."

"문제?"

"음, 수영장이 없는 게 걸려."

츠바사가 말했다.

아, 역시 그거였구나. 호시나미에는 수영장이 없다. 대신에 해마다 몇 번, 인근 구에서 운영하는 수영장에서 수영 학습을 한다. 그리고 중학교 1학년과 고등학교 1학년을 대상으로 해변 숙소를 빌려 며칠간 수영 교실을 연다고 했으나, 역시 수영부는 없는 것 같아 마도카도 조금 신경이 쓰였다.

"수영장은 아빠 학교가 더 좋고 수영부도 왠지 멋졌던 거 같아."

츠바사의 말에 마노가는 살짝 성색한다.

"그래도 수영장 말고는 호시나미가 좋지?"

신중하게 확인하자 츠바사가 말한다.

"호시나미에는 바수가 있어서 그건 상당히 마음에 들어."

"바수?"

"바다 수영 교실. 아이자와가 말해줬어. 전원이 샅바만 차고 바다에서 수영하는 거래."

말하는 츠바사의 웃는 얼굴이 행복해 보인다.

"샅바?!"

마도카도 웃는다. 바다 수영 교실을 '바수'로 줄여 부르는 것도 재학생 형을 둔 특권처럼 느껴져 어쩐지 부러웠다.

"호시나미 지망하는 애들 전부가 바수 만큼은 싫다고 하는데 나는 오히려 그게 하고 싶어. 왜냐면 수영 잘하는 애들만 모아 특별팀을 짜서 먼바다까지 헤엄친다고 했어. 나는 무조건 특별팀이니까."

"그야 무조건 그렇지. 츠바사만큼 수영할 수 있는 애 없을걸."

"맞아, 나는 선수였으니까."

"그럼 호시나미를 목표로 더 열심히 해보자."

마도카는 안도의 한숨과 함께 마음이 벅차올랐다.

지난 1년간 마도카는 츠바사를 데리고 호시나미를 비롯한 이름난 학교 축제를 다녔다. 그리고 그때마다 마도카는 낙담해왔다. 중학교 입시 관련 잡지나 만화를 보면 초등학생들은 대체로 중학교 축제 때 눈빛을 반짝이며 '이 학교에 가고 싶어!', '이 동아리에 들고 싶어!' 하면서 그때부터 필사적으로 노력해나간다는 사연이었다. 그러나 츠바사에게는 그런 멋진 시나리오가 펼쳐지지 않았다. 초등학생 남자애들이 푹 빠져 둘러본다는 생물부나 정교한 전시가 되어 있는 역사부에도, 탈출 게임이나 즐거운 부스별 행사에도, 실험 체험 코너에도 관심을 보이지 않았다. "해볼래?" "됐어." "이거 볼까?" "됐어." …… 그런 흐름으로 내내 복도만 걷다가 2시간도 안 지나서 '피곤해, 집에 가자'라는 소리를 내는 결말.

츠바사가 눈을 빛내던 축제는 초등학교 3학년 때 처음 보러 간 세이토쿠 중학교의 아티스틱 스위밍 발표회뿐이었다. 수영 팬츠를 입은 소년들이 음악에 맞춰 물 위에서 힘차게 점프하거나 멋있는 자세를 취하면 객석에서는 큰 박수가 터져 나왔다. 손뼉을 치며 마도카가 옆을 쳐다보니 츠바사는 마치 눈을 깜박이는 것도 잊은 듯한 표정이었다. 관람석의 유리창에 이마를 붙이고는 눈을 동그랗게 뜨고서 넋을 잃은 채 바라보고 있었다.

그 얼굴을 본 순간, 마도카의 마음에 든 감정은 터무니없게도 약간의 후회였다. 아무리 아빠의 모교라지만 이 학교를 제일 먼저 보여준 게 잘한 일인가 싶었다. 이곳이 이 아이의 1지망이 돼버릴지도……. 더 좋은 학교를 노릴 수 있는데 여기서 만족해버리면 어쩌지 하는 마음이. 그러나 마도카는 천진난만하게 대박이라고 중얼대는 아들에게 아무렇지 않은 척 말했다.

"많은 학교가 있으니까…. 다 구경해보자."

그러나 첫 감동이 너무 컸던 탓일까, 그 이후 세이토쿠중학교보다도 편차치가 높은 좋은 학교를 여러 군데 돌아다녀 봤으나 츠바사의 반응은 미지근했다.

이 아이에게 열망하는 학교가 생기기는 할까……. 그러던 차에 마침내 나온 고유명사가 '호시나미'였다. 정말이지 흠잡을 데 없이 반짝반짝 빛나는 시망 학교나.

S1으로 돌아와서 다행이다. 새삼 그런 생각이 든다.

벌써 지망 학교를 정해놓은 의식 높은 아이들. 더구나 그 대부분이 호시나미를 지원하겠다고 한다. 그런 친구들이 아들을 이끌어준다. '바수' 이야기를 해준 아이자와에게는 특히 감사할 따름이다. 호시나미에 수영장이 없는 것은 마도카도 살짝 신경 쓰였지만 '바수'는 츠바사에게 멋진 어필 포인트가 된 듯하다.

마도카는 축제 때 본 호시나미 블루 교복들을 떠올린다. 옷깃에 호시나미의 상징인 별과 펜을 겹친 모양의 배지가 달려 있었는데 반짝

열 살 159

반짝 찬란하게 빛나는 모습이 끝내줬다. 지나가는 사람들이 츠바사의 교복 차림을 보면 '호시나미 학생'임을 단번에 알아보겠지. 학교가 지정한 하얀 크로스백에도 이 마크가 찍혀 있다. 얼마나 근사할까. 마도카의 머릿속에서 호시나미 학생이 된 아들이 니시아사가야 거리를 친구와 수다를 떨며 걸어가는 모습이 떠오른다.

'호시나미를 목표로 더 열심히 해보자.'

조금 전 츠바사에게 건넨 말을 다시 한번 되뇌었다.

중국행 비행기에서 최신 반 편성 시험 성적표를 본 시어머니는 순식간에 기분이 좋아졌다.

마구 들떠서는 주변 승객들에게 다 들릴 만큼 큰 소리로 '이 아이 세이지보다 똑똑한 거 아니니?', '겐요에 보내면 되겠구나', '커서 우리 병원을 이어받아야겠네' 하면서 한참을 그치지 않았다.

뒤늦게 저 사람에게 보여주지 말았어야 했는데 하고 몇 번을 후회하게 되지만, 당시에는 마도카도 제정신이 아니었다. 시어머니의 들뜬 상태가 불쾌하게 여겨지지 않았다. 여름방학 강습의 전반 타임을 무사히 끝낸 만족감으로 마도카의 마음 역시 들떠 있었다.

중국에 가는 건 세 번째다. 신지의 부임 후 처음 맞은 여름에 시부모님과 다녀온 후 다음해 우리끼리 대륙의 대도시를 둘러본 여행은 좋은 추억으로 남아 있다. 그 무렵 신지는 중국식 시티호텔에 묶고 있었다. 옷장이나 화장실 및 욕실을 아주 자기 집처럼 해놨고 밥도 해 먹는지 미니 주방에는 미림이나 요리용 술 등, 중국에서는 구하기 힘든 일본 조미료가 진열돼 있던 것을 기억한다. 기다란 방에 간이침대를 넣어 달라고 해 셋이서 나란히 잤다. 그 후 신지의 일이 바빠진 데다 중국 정치 정세가 불안정한 시기가 지속되어 마도카가 중국에 가는 일은 없었다.

이번 중국 방문은 2년 만이었다. 지난번에는 택시였는데 이날은 운전기사가 딸린 대형 리무진으로 마중을 나와주었다. 4년째 중국에 머무는 신지는 이제 완전히 이쪽 사람이 다 된 모습으로 운전기사와도 중국어로 즐겁게 대화를 나누면서 지시를 내리고 있었다. 불과 2년 사이에 도시는 한층 더 발전한 듯 아시아적인 번화함과 공상과학소설에 나올 법한 현대식 첨단 빌딩이 혼재한 모습에 츠바사는 유리창에 이마를 붙인 채 넋을 잃고 바라봤다.

얼추 시내를 둘러본 뒤 저녁을 먹기 전 신지는 자신이 현재 거주하는 타워형 호텔로 우리를 데리고 갔다. 승진하면서 주거지 등급도 올랐다고 했는데 설마 이렇게 좋은 방을 얻어줬을 줄이야. 거실과 침실이 나뉘어 있고 트레이닝실까지 딸린 방의 창으로는 도시가 훤히 내려다보였으며 둥근 형태의 욕실에는 거품 욕조에 조명까지 달려 있었다. 상하이나 베이징이 아니라 중국의 작은 내륙 도시에서 일하는 것 때문에 왠지 모를 불안함을 느끼던 시부모는 '여기라면 우리도 살 수 있겠네', '은퇴 후에는 이런 생활을 하고 싶구나' 하면서 감탄했고, 신지는 그 모습을 만족스럽게 지켜봤다. 이어서 신지는 가족들이 묵을 호텔로 우리를 데려갔다. 신지가 생활하고 있는 호텔은 방을 더 잡을 수 없어서 조금 떨어진 곳에 있는 다른 호텔을 잡아준 모양이었다.

첫날 저녁은 호텔 맨 꼭대기 층에 있는 레스토랑에서 중화요리를 풀코스로 먹었다.

아들과 손자가 각자의 자리에서 잘해 나가고 있다는 것에 뿌듯해진 시어머니는 둥근 테이블을 빙글빙글 돌리면서 왕성한 식욕을 보였다. 그리고 그 자리에서 재차 츠바사의 학원 이야기를 꺼냈다.
"신지야, 츠바사가 정말로 똑똑하구나. 어쩌면 세이지보다도 위로 올라가겠구나."
위로 올라간다. 참으로 시어머니다운 표현에 마도카는 쓰게 웃었으나 불쾌하지는 않았다.
"얘, 그거 신지에게도 보여주지 그러니? 아니면 이미 인터넷인가 뭔가로 보여줬니?"
그거라면 비행기 안에서 보여준 최신 성적표와 반 편성 통지서를 말하는 거였다. 이미 영상 통화로 신지에게 보여줬지만, 가방에서 다시 꺼내 건넸다.
신지의 손바닥에 펼쳐진 반 편성 통지서를 다시 보다가 새삼 놀라운 점을 발견했다. 이번 하계 강습부터 학생 수가 급증해 3반이나 늘어 총 18반이 되었는데, 성적순으로 나열되어있었다.
"넌 여기야?"
제일 위를 가리키며 신지가 활짝 웃는다.
"응."
츠바사가 태연한 얼굴로 대답한다.
"전부터 계속 여기네. 에이치의 최상위 반은 일본에서 톱 레벨이라고 오이시도 그러던데."
얼마 전 난관반2까지 떨어진 사실을 모르는 신지가 시부모 들으라는 듯이 말했다.
그러자 시어머니가 끼어든다.
"얘, 내가 츠바사에게 겐요는 어떠냐고 했다. 세이지 교복이 깨끗하게 남아 있으니 그걸 입어도 되니까. 어차피 그 집은 여자애들뿐이잖니."

"그런 낡은 옷을 입을 녀석이 요즘 있으려고."

타박하는 시아버지의 얼굴이 사오싱주로 붉다.

"모르는 소리 말아요, 그렇게 대대로 옷을 물려받아 입는 사람이 세이지 때도 몇 명 있었어요. 단추만 물려받았다는 사람도 있고요. 할아버지부터 대대로 겐요를 계승한다는 집도 있는걸요."

주변에 일본인이 없다는 안도감 때문인지 시어머니의 목소리는 한층 커진다.

"아뇨, 츠바사는 지망 학교 이미 정했어요."

신지가 모두에게 말했다.

마도카는 놀란 얼굴로 그를 쳐다봤다.

"어머, 그러니? 어느 학교니?"

시어머니가 묻는다.

"호시나미요."

시원스레 신지가 대답했다.

츠바사의 얼굴이 붉게 달아오른다.

마도카는 조금 초조했다. 최근의 영상 통화에서 츠바사의 말을 신지에게 전한 건 마도카였지만 그때 확실히 입막음했다고 생각했다.

"어머나! 츠바사! 호시나미에 가고 싶니?!"

시어머니의 목소리가 토끼처럼 껑충 뛰었다.

"그 학교 운동회는 지금도 유명하려나. 왜 그 장애물경주 있잖니. 다들 아주 기를 쓰고 하더라. 거기서 포복 전진하다가 배에 피를 흘린 아이가 있었는데, 그 학교는 희한하게 운동회를 상반신 탈의하고서 하잖니. 그걸 봐버렸으니 세이지가 어찌나 호시나미를 싫어하는지,

그래서 거긴 응시 안 했지. 겐요는 행사 때 외에는 사복도 허용할 정도로 호시나미보다 자유로워서…"

"지금 사천왕 중에서는 호시나미가 압권이에요." 신지가 가로막았다. "그리고 지금은 피 흘리는 그런 건 안 해요. 괜히 이상한 소리로 애 겁주지 마세요."

"그러게, 말이다. 당신은 항상 말이 너무 많아."

시아버지도 시어머니를 꾸짖는다. 그러나 그 정도로 기가 죽을 시어머니가 아니다.

"맞다! 그러고 보니 가즈네 작은애가 호시나미에 가서 도쿄대를 나와 농림수산부에 근무하고 있으니까 괜찮으면 다음에 가즈한테 물어봐 줄게."

"뭘요." 신지가 미간을 찌푸린다.

"뭘요라니, 그러니까 어떤 학교였는지 선생님은 어떤지 이것저것 말이야. 가즈한테는 뭐든 물어볼 수 있거든."

"관두세요. 무슨 의미가 있어요. 이미 10년도 더 전에 졸업한 사람한테 뭘 물어요."

신지가 고개를 절레절레 흔들고 시아버지도 작게 혀를 찬다. 그러나 시어머니는 조금의 흔들림도 없이 그 후에도 호시나미와 겐요를 비교하며 니시아사가야라면 자기 집에서 가까우니까 일찍 등교해야 하는 날에는 자러 오라느니, 친구 손자가 기껏 히카리가오카중학교에 합격해놓고 공립에 들어갔다느니, 하면서 기름으로 번들대는 입술로 계속해서 말했다.

츠바사는 조용히 요리만 먹고 있었다. 마도카는 대화 중간쯤부터 츠바사가 거의 말이 없어진 걸 알아차렸다. 마음이 딴 데 가 있는 듯 어딘가 멍한 얼굴로 음식을 먹고 있었다.
"뭐 이 성적을 유지하면 일본의 어느 학교든 골라잡을 수 있지."
신지의 말에 시어머니는 더 떴고 흡족한 얼굴로 잔을 거듭하는 시아버지 옆에서 마도카는 갑자기 가슴이 답답해졌다. 그러나 이 여행에 성적표며 반 편성 통지서를 들고 온 건 마도카였다. 신지에게 츠바사의 호시나미 지망을 알린 것도 마도카였다. 자신이 모든 빌미를 제공했다. 적어도 아들에게는 이런 대화를 들려주지 말았어야 했는데 싶었지만 이제 와 늦었다.

신지는 호텔 앞에서 택시를 타고 돌아갔고 시부모와는 엘리베이터를 타고 방 앞에서 헤어졌다. 츠바사와 둘만 남자마자 마도카는 온몸의 힘이 빠지는 것 같았다. 츠바사도 마찬가지인지 침대로 다이빙해 나뒹군다. 신지와 같은 방이 아니어서 다행일지도 모른다고 생각했다. 처음엔 시부모는 그렇다 쳐도 자신들까지 다른 호텔에 머무는 건 숙박비 낭비라 생각돼 전처럼 신지 방에 간이침대를 넣어달라고 했는데, 밤중에도 미국과 유럽 지사와 화상회의가 있는 데다가 시부모만 떨어진 곳에 묵게 하려니 걱정된다고 해 여기로 왔다. 지금은 그러길 잘한 것 같다. 오랜만에 신지를 만났는데 벌써 지쳤다. 아마도 시부모와 내내 함께 있던 탓이겠지만 신지와 떨어진 것에도 마음이 놓였다.
"츠바사."
마도카는 츠바사를 불렀다.
지망 학교 이야기⋯⋯ 비밀로 하기로 한 것을 멋대로 말해버렸으니 사과해야겠지.
미안해, 츠바사. 호시나미 가고 싶다는 네 말을 듣고 엄마가 너무 기뻐서 그만 깜박하고 말해버렸어. 그렇지만 할아버지와 할머니도 크게 기뻐하셨잖아. 이해하지? 다들 이렇게나 츠바사를 응원하고 있어.

그렇게 말하려다가 망설여진다. 의외로 츠바사는 신경 안 쓰고 있을지도 모른다. 그렇다면 괜히 다시 끄집어낼 필요가 없다.

"피곤해? 먼저 씻어."

다정하게 말하면서, 이런 목소리를 내는 자신이 살짝 비겁하게 느껴졌다. 사과를 하게 되면 자신의 죄책감이 츠바사에게 들킬까 봐 대수롭지 않은 일로 인식시키고자 밝게 행동한다. 만일 딴 사람이라면 이렇게 얕보고 함부로 대하진 않았을 텐데, 엄마가 제 아이에게 그러고 있다.

"어."

츠바사는 얼굴을 보여주지 않은 채 짧게 대답했다. 마도카는 욕실로 가 욕조에 물을 채우고 돌아와서 평소와 달리 엎드린 채 얼굴을 묻고 있는 츠바사에게 다시 한번 물었다.

"어머, 벌써 자려는 거야?"

"어."

또다시 츠바사가 짧게 말했다.

엎드린 채 일어나지 않는 츠바사를 보니 갑자기 불안해졌다. 울고 있나.

"아직 안 자."

츠바사가 고개를 들어 이쪽을 쳐다봤다. 이마를 대고 있어서인지 붉다. 울지는 않았다. 안도했다.

"오늘 식사 어땠어? 맛있었지?"

마도카가 밝게 물었다.

"배가 아플 정도로 배불러."

대답하는 츠바사의 얼굴이 의외로 밝아서 마도카는 마음이 조금 놓였다. 조금 전 왜 츠바사가 울고 있다고 생각했을까. 너무 많이 먹었다며 배에 손을 얹고 발을 동동거리는 츠바사는, 사랑스러운 평소의 츠바사였다. 마도카는 츠바사 옆에 누워 얼굴을 가까이 가져갔다.

"아, 그러고 보니."

마치 지금 생각난 것처럼,

"츠바사가 호시나미 가겠다는 말을 듣고 엄마가 너무 기뻐서 며칠 전에 아빠에게 말해버렸어. 정말로 엄마가 덜렁대서 미안해."

마도카는 경박한 말투로 말했다. 역시 아무 말도 하지 않고 지나가려니 못 배기겠다.

"아, 그랬구나!"

츠바사는 대수롭지 않게 대답했다.

"나는 내가 호시나미에 가고 싶어 하는 걸 아빠가 어떻게 알고 있지 했는데, 역시 엄마가 말했구나."

태평한 얼굴의 츠바사를 보니 마도카는 맥이 풀렸다. 왠지 모르게 시어머니의 기세나 신지의 압력 때문에 츠바사의 마음이 괴롭지 않을까 싶었는데, 아이는 생각만큼 나약하지 않은 모양이다. 마도카는 그제야 딱딱했던 표정을 풀었다. 동시에 아들에게 아까와는 다른 미안한 마음이 들었다. 눈앞에서 어른들이 자신을 이용해 상스러운 대화를 하고…… 그래, 천박했지. 그 대화는 천박했다. 이 순수한 아이 앞에서, 미안해.

생각해 보니 시어머니는 시종일관 남들과 비교하는 이야기만 했다. 신지도 츠바사의 성적 이야기뿐이었다. 그 누구도 츠바사에게 현재 학교생활이나 친구 이야기, 또는 츠바사가 공부 이외에 노력하고 있는 것이 무엇인지 물어보지 않았다. 츠바사의 미래를 가지고 이러쿵저러쿵 자기들 멋대로 기대했다.

"할머니가 호시나미에 친구 있다고 자랑했는데."

츠바사가 말했다.

'자랑이라……'

마도카는 쓰게 웃었다. 그 모습이 아이의 눈에도 자랑으로 보였구나 싶어 우스웠다.

"그래도 할머니는 겐요가 더 좋은가 봐."

츠바사가 말한다.

"그렇지 않아. 호시나미도……."

"큰아빠가 나온 학교라서 겐요에 나를 보내고 싶어 하는 거야."

"그런 마음이 있었을지도 모르지."

"그런데 아빠가 나온 세이토쿠는 한마디도 안 했어."

"……그랬나."

"응, 말 안 했어."

당연하다는 듯이 말하는 츠바사의 얼굴을 흘끗 쳐다봤다. 살짝 졸려 보이기도 하고 어딘가 어리둥절해 보이는, 별로 깊게 생각하지 않는 듯한 얼굴이었다. 그래서 마도카는 안도했다. 그리고 더 이상 시부모의 가치관에 휘둘리면 안 되겠다고 다짐했다.

"목욕하고 와."

화제를 바꾸고자 밝은 목소리로 말했다.

"세이토쿠의 편차치가 낮아서 그래."

츠바사가 말했다.

"뭐?"

뭔가 차가운 것이 등골을 타고 내려갔다.

"잠깐만. 츠바사, 세이토쿠 축제 엄청 마음에 들어했잖아. 그리고 아빠가 나온 학교를 그런 식으로 말하면 못써."

마도카는 일부러 성난 표정을 지으며 말했다.

생각해 보면 세이토쿠중학교의 축제야말로 츠바사가 진심으로 즐기던 유일한 축제가 아니었던가. 온수 수영장에서 남학생들이 펼치는 아티스틱 스위밍에 감탄하던 모습. 관람석의 유리창에 기댄 이마. 대박……, 자신도 모르게 중얼대며 토해내던 한숨. 그 후 둘러본 교내의 다양한 교실에서 프라모델부며 보드게임부 활동에 "전부 놀이잖아!" 하면서 천진난만한 얼굴을 빛냈었다.

"상대적인 거야."

지금 츠바사는 그렇게 말한다.

"상대적?"

"호시나미는 70이 넘잖아. 겐요는 63이고, 아카는 67이고, 그리고 할머니가 안선빵으로 넣으라고 했던 쇼오노 60은 되는데, 세이토쿠는 더 낮잖아."

마도카는 아들의 얼굴을 바라보았다. 츠바사의 눈은 해맑았다. 모든 학교에 숫자가 붙는 사실을 초등학교 4학년도 알고 있다. 학원 벽에 그 숫자가 붙어 있다.

"그 숫자들 다 기억하고 있구나."

"기본이지."

"츠바사." 부르는 목소리가 잠겼다. "그렇게 편차치로 학교를 평가하는 거 엄마는 별로인 것 같아."

"왜?"

"왜냐니…… 학교의 가치는 편차치로만 보면 안 되는 거야. 학교의 분위기나 친구, 동아리 활동 등. 저마다 다양한 장점이 있으니까 시야를 훨씬 넓게 봐야 해."

"응."

자신은 이 아이에게 무엇을 바라고 있는 걸까. 1점이라도 더 받으라고 강요하는 그 입으로 편차치를 보지 말라고 한다. 갑자기 자신이 여러모로 잘못한 기분이 들었다. 뭐가 어떻다고 정확하게 말할 수는 없지만, 정말로 많은 잘못을….

무슨 말이라도 해야지 싶어 마도카가 숨을 깊게 들이마시던 그때,

"확실히 세이토쿠의 수영장은 좋았어. 거긴 정말로 좋은 기록이 나올 것 같아!"

츠바사의 힘찬 목소리를 듣고 마도카는 어쩐지 눈물이 나올 것만 같았다.

"처음 보자마자 네 마음에 들어 했었지."

"그래서 편차치만 안 낮았으면."

"그게 무슨 소리야."

"편차치가 겨우 50대잖아. 너무 낮아. 3차는 60이지만."

"츠바사……. 편차치는 중간이 50이야. 그 중간은 중학교 입시를 보는 아이 중에, 에이치에 다니는 아이 중에서 중간이라는 뜻이야."

자신도 말하면서 깨달았다.

높은 산꼭대기에 이 아이들이 있었다. 사천왕 1반에서 세이토쿠를 지망하는 아이는 없다. 세이토쿠뿐 아니라 아카나 슈비 같은 다른 명문 학교 수험생조차 없다. 에이치의 학부모 회의에서 매년 반 아이들

의 진학 실적이 발표되는데, 작년 사천왕 1반 졸업생들의 행선지는 남녀 사천왕 학교 톱인 호시나미와 도유에 모두 몰려 있었다.

S1의 아이들이 이렇게까지 편차치표 최정상 학교만을 목표로 시험을 준비하고 있는지는 몰랐다. 그들이 얼마나 좁은 곳을 오르고 있는지. 높고 높은 정상의 희박한 공기에 숨이 막힌다. 그런데도 졸업생들의 실적을 알아버린 이상 제 아이도 S1에 걸맞은 학교를 목표로 삼았으면 하게 되는 것이다. 엄마의 소망은 숨기려고 해도 표정이나 말끝에서 배어 나와 아이에게 간파당한다.

"목욕하고 올게."

츠바사가 침대에서 내려와 욕실로 달려갔다. 집에서 가져온 샴푸와 린스를 먼저 욕실에 갖다 놓았다. 혹시 샤워기 사용법을 모르는 것 같으면 바로 달려가려고 기다렸는데 이내 물을 트는 소리가 들려왔다. 그대로 이불 위에 드러누워 작은 샹들리에 조명을 정면으로 올려다보면서 마도카는 잠시 멍하니 있었다.

남은 3일을 시부모와 어떻게 보낼지 생각을 했다. 내일과 모레는 그들이 원하는 대로 박물관과 세계유산에 등재되었다는 계곡, 그리고 공예품 제작 현장으로 관광을 갈 예정이었다. 아무렴 내내 중학교 입시 이야기만 하지는 않겠지. 혹시라도 그 이야기만 계속 꺼낸다면 신지를 통해 항의하고 확실하게 거리를 둬야지. 학교를 숫자로만 보는 허영심 가득한 사람들과 함께 있으면 츠바사는 편견에 더욱 물들고 말 거야…….

"세이토쿠의 편차치가 낮아서 그래."

마도카는 아들이 그 말을 내뱉은 순간 등줄기를 타고 내리던 서늘함이 아직도 마음속에서 사라지지 않았다. 아이가 그런 말을 꺼낸 것을 시부모 탓으로 여기고 싶었다. 그러나 계속해서 마음 한구석이 서늘한 이유는, 아이에게 누구보다 영향을 미치고 있는 사람은 다른 누구도 아닌 바로 자신임을 알고 있었기 때문이었다.

귀국 후 두 번째 여름방학 특강은 아예 연합평가 준비로 내내 이루어졌다.
선생님이 9월의 연합평가를 입시라 생각하고 치라고 했다면서 츠바사는 콧김을 거칠게 내쉬었다. 가토가 S1에만 배부한 '연합평가의 모든 것'이라는 집중 대비 문제집을 통째로 풀었다고 했다. 수험생들의 시험 준비를 위해 학원이 방학 기간 특별 학습용으로 배부하는 책자인데, 가토의 제안으로 S1에만 이 예비 5학년용 교재가 배부되었다고 한다. 말하자면 6개월 월반인 셈이다. 이 교재를 받기 위해서라도 여름방학 특강 때 S1으로 올라간 게 다행이라고 마도카는 생각했다.
여름방학 특강의 마지막 주는 연합평가 모의시험을 여러 번 풀며 시간 배분하는 법을 연습시켰다. 2학기가 시작되자 마도카는 츠바사와 상의해 학교 수업 시간이 많은 날을 골라서 며칠 학교를 쉬면서 '연합평가의 모든 것'에 집중하기로 했다. 그 대단한 에이치도 결석까지는 권장하지 않았지만 '입시'라고 생각하니 이 정도는 해야 하지 않나 싶었다. 호시나미도 겐요도 중학교에 초등학교 생활기록부를 제출하지 않는다. 설령 제출해야 하는 국공립이나 대학 부속 중학교를 응시하게 될 때도 결석일 수 확인은 5학년부터라서, 이 시기에 학교를 쉬어도 입시에는 영향을 주지 않는다. 쉽게 말해 학교를 쉬면 대신 공부 시간이 늘어난다. 지명과 강산의 이름을, 식물 지식을, 한자를 하나라도 더 외울 수 있다. 마도카는 착 달라붙어서 츠바사의 공부를 지켜봤다.

그리고 결전의 날을 맞이했다.

9월의 마지막 주 일요일. 마도카는 에이치 하나오카데라점의 정문 앞 도로에서 츠바사가 나오기를 기다리고 있다. 학교를 쉬면서까지 공부하며 '연합평가의 모든 것'을 다 풀었고 기출문제를 몇 권이나 풀면서 시간 배분도 확실하게 마쳤으며 어제는 수면도 충분히 취해 더없이 좋은 컨디션으로 보냈다. 이번 전국연합 실력평가는 후반기 반 편성에 참고가 된다고 한다.

반이 또 떨어지면 어쩌지?

상상만으로도 조마조마한 마도카의 마음이 괴롭다. 스마트폰 화면으로 '난관반'이라는 글자를 봤을 때의 충격은 아직도 마음 어딘가에 달라붙어 떨어지지 않는 것 같았다. 그래서인지 반 편성 시험을 생각할 때마다 심장이 내려앉는다. 이만큼 열심히 공부해도 MM 콤비와 SO 아이들과 비교하면 츠바사는 어딘가 안정감이 빠져 있다는 느낌을 지울 수가 없다. MM 콤비나 오카노 장관, 아이자와 7단 및 S1 붙박이 여자아이들은 매번은 아니어도 결승에 나간 경험이 있어 종종 그때의 추억담을 나눈다고 한다. 결승 진출 경험이 없는 아이들도 전국 수학대회의 메달리스트이거나 작문콩쿠르 입상 경험과 같은 화려한 실적을 가지고 있었다. S1에서 아무런 타이틀도 가지고 있지 않은 학생은 츠바사뿐이었다.

제발 츠바사가 S1에 남게 해주세요……! 그리고 만일 기회가 있다면 부디 결승대회에 출전시켜주세요.

기도하는 심정으로 마도카는 아들의 시험이 끝나기를 기다렸다.

어느새 학원 입구 근처에는 학부모들의 모습이 하나둘 늘어나 있었다. 야외의 뜨거운 공기 속에서 땀을 닦으며 저마다 빌딩 그늘을 찾거나 혹은 양산을 쓴 채 시험을 마치고 나올 제 아이를 기다리고 있다.

작년에도 여기서 기다렸었지. 마도카는 생각했다. 내년에도 같은 장소에서 같은 시험을 보고, 지금처럼 똑같이 자신은 아들을 기다리고 있을 것이다. 기다리는 시간이 무거워진다. 이 긴장감은 좀처럼 익숙해지질 않는다. 양산 밑에 있는데도 겨드랑이에 땀이 배어난다.

"마도카 짱."

갑작스러운 부름에 마도카는 순간 놀라서 "어머!" 하고 괴성을 질렀다. 자신이 긴장하고 있던 게 들킨 듯 부끄럽고 당황스러웠다.

눈앞에 있는 사람은 다카코였다. 하얀 블라우스에 데님을 매치한 경쾌한 차림으로, 처음 보는 챙이 넓은 하늘색 모자를 쓰고 있었다. 처음 보는 모자라고 느낀 건 리스 공방에 함께 간 이후 본격적인 여름에 접어든 뒤로 그녀를 처음 만났으니 당연하다.

"시험 쳤었어?"

다카코에게 묻고는 당연한 걸 물었다 싶었다. 그렇지 않고서야 이런 곳에 있을 리가 없는데.

"쳤지. 어떤가 싶어서."

다카코가 밝게 대답했다.

"마도카 짱도 있으려나 싶었는데, 역시 있었네."

그 말에 마도카는 어떻게 반응해야 좋을지 몰라 당혹스러웠다. 있으려나라니……. 당연히 있지. 이 학원에 다니고 있는 아이인데. 시험 치면 친다고 미리 얘기라도 해주지. 그런 생각이 들었지만 최근에는 별로 메시지를 주고받지 않아서 아마 말할 타이밍도 없었을 거다.

"대단하네, 마도카 짱. 마중까지 나오는구나. 우리는 이 장소가 처음이라 왔지만 츠바사는 매일 다니는 곳인데.”

"아. 평소에는 이렇게 데리러 안 와, 오늘은 집에 가는 길에 파르페 먹으러 가기로 약속을 해서…”

"어머, 파르페 좋지! 어디 갈 거야?”

"아…… 길 맞은편의 엔젤스.”

"그럼 우리도 같이 갈까?”

순간적으로 당황했지만 바로 미소를 지으며 말했다.

"그럼 좋지.”

일이 성가시게 되었다. 츠바사와 시험이 끝나고 엔젤스에 가기로 했지만, 단순히 한가롭게 파르페를 먹기 위해서가 아니다. 매번 이 시험을 치른 후에는 엔젤스에 가서 정답과 맞춰 보며 복습을 꼼꼼하게 마무리한 뒤 집에 가는 것이 루틴이었다. 초등학교 2학년 때 처음 이 시험을 친 뒤로 이번이 네 번째인데, 반년 간격의 '연합평가 후 엔젤스에서 복습'은 한 번도 빼먹은 적 없는 두 사람만의 루틴이라서 갑자기 나타난 다카코 모자에 방해받고 싶지 않다는 게 본심이다.

"뭐랄까, 역시 저쪽 온천과는 학부모들의 분위기가 완전히 다르네.”

다카코가 살짝 소리를 낮춰 말했다.

"그래?”

"타 학원생을 대상으로 하는 학부모회 같은 곳에 한 번 나가봤는데 모두 너무 진지해서 무서울 정도였어. 선생님 스피치도 논리정연한 데다 시간에 맞춰 딱 끝나고, 역시 온천과는 다르더라.”

"그래……? 다이니치도 좋은 학원이라고 들었는데.”

"거긴 늘 말만 장황해.”

열 살 175

다카코가 못난 아이를 가엾게 여기듯 웃는다.

"그렇구나."

"에이치 선생님 말씀으로는 학원 옮길 거면 5학년 올라가기 전인 이맘때가 제일 좋다고 하던데……."

그러면서 다카코가 뭔가 계속해서 말하려는데 주변에서 기다리던 학부모들의 몸이 일제히 들썩였다. 그 시선을 따라가자 입구에서 아이들이 차례로 나오는 참이었다.

"아, 끝났나 보다."

다카코가 발을 쑥 앞으로 내밀며 앞에 선 학부모의 어깨너머로 제 아이의 모습을 찾으려 들여다보았다. 그 재빠른 몸놀림에 마도카는 마음이 찡했다. 다카코가 어깨에 맨 큼지막한 가방 한쪽에 '타 학원생을 위한 학부모회' 자료 봉투가 엿보였다. '어떤가 싶어서' 또는 '그냥 한번 와봤다'라는 자세를 취하고 있지만 정말로 그뿐일까. 다카코는 잇따라 나오는 아이들을 가만히 지켜보고 있었다. 그 눈빛이 진지하다. 쇼타에게서 전화가 걸려 오면 바로 받을 수 있도록 다카코는 스마트폰을 한 손에 꽉 쥐고 있었는데 그 모습은 낯선 곳에 처음 와본 아이를 걱정하는 애정 어린 엄마이자, 시험 결과를 몸달아 기다리는 열성적인 엄마였다.

"쇼타!"

다카코가 손을 들어 큰 소리로 불렀다.

츠바사보다 먼저 쇼타가 나온 모양이다. 언제 저렇게 컸나 싶게 체격도 좋아졌고 한동안 못 본 새에 까무잡잡하게 탄 쇼타는 마도카를 보고 꾸벅 고개 숙여 인사한 뒤 다카코를 향해 얼굴을 찡그렸다.

"완전 어려워."

쇼타의 솔직한 한마디와 찡그린 표정 때문에 다카코와 마도카는 마주 보며 웃었다.

그리고 잠시 후 츠바사가 나타났다. 두리번거리며 엄마를 찾는 그의 손에는 해답지가 들려 있었다. 마도카의 기분이 좋아졌다.

엄마를 발견하고서 종종걸음으로 다가온 츠바사의 얼굴이 밝다. "쇼타도 시험 쳤구나." 쇼타를 보고선 쑥스러운 듯 말하더니, 함께 엔젤스에 파르페를 먹으러 간다고 하자 기뻐하는 얼굴이었다.

그러나 걸어가는 도중에 츠바사가 마도카를 잡아당겼다.

"있잖아, 엄마."

"왜?"

곁에서 다카코는 쇼타와 시험에 관해 이야기를 나누고 있다. 마도카는 자연스레 두 사람에게서 떨어지며 츠바사와의 대화가 들리지 않을 정도로 거리를 두었다.

"정답 맞춰봤는데······."

츠바사가 속삭이듯 말했다. 츠바사가 엄마의 귓가에 입을 가져간다. 아들이 시험 직후에 정답과 맞춰 보고 그 결과를 말하고 싶어 하는 건 느낌이 좋다는 증거다. 아닐 때는 정답 확인하기를 미룬다. 해답지를 손에 들고나오는 일도 없다.

"응. 어땠어···? 뭐? 말도 안 돼!"

츠바사의 귓속말에 마도카는 저도 모르게 큰 소리를 냈다.

"쉿! 조용!"

츠바사가 황급히 주의시킨다.

"무슨 일이야?"

다카코가 돌아보며 물었다.

열 살 177

"아냐. 아무것도."

당분간은 아무나 붙잡고 츠바사의 가채점 점수를 자랑하고 싶은 충동과 싸워야 할 것 같다.

다카코가 마도카에게 다가온다. 자꾸만 입꼬리가 올라가려 해서 얼굴에 잔뜩 힘을 주고서 마도카는 어깨를 움츠려 보인다.

다카코가 투덜거린다.

"우리 애 과학이랑 사회는 엉망진창이었대. 다이니치에서 아직 안 배운 것도 나온 모양이야. 역시 에이치 진도가 훨씬 빠르네."

마도카는 살며시 웃으며 부드럽게 친구를 타이른다.

"시험 치러 오는 것만으로도 대단하지. 열심히 했으니까 그런 말 하지 마."

"알아, 아는데."

"쇼타도 츠바사도 모두 고생했어. 시원한 데 가서 쉬자."

한숨을 내쉬는 다카코 옆에서 마도카가 두 아이에게 미소를 지으며 손을 이끈다. 조금 전만 해도 시험 이후의 시간을 다카코와 함께 보내야 한다고 귀찮게 느꼈던 게 거짓말 같다. 오히려 지금은 고생한 아이들에게 달콤한 것을 한껏 대접하고 싶은 마음이랄까.

여름 하늘은 눈부신 푸른색으로 빛나고 빛의 입자를 머금은 듯한 공기가 거리의 윤곽을 선명하게 밝히고 있다. 건널목을 건너 완만한 비탈길을 오르자 엔젤스의 붉은 간판이 보였다.

◊

태풍이 물러가고 맑은 가을 하늘이 펼쳐진 어느 날, 마도카의 스마트폰이 울렸다.

때마침 저녁 찬거리를 장보고 돌아오는 길에 그 번호를 본 순간 기분 좋은 예감이 들었다. 멈춰 서서 통화 버튼을 누르자 역시나 가토의 목소리였다

"무슨 전화일 것 같으세요?"

전에 없이 들뜬 어조의 난데없는 물음에 "네?" 하고 당황하면서도 마도카는 이미 예상하고 있었다. 아, 이제 나는 난생처음 이 기쁨을 맛보게 된다. 기다리던 소식을 귀에 새기려고 자세를 취했다.

"츠바사 군이 결승에 진출하게 되었습니다."

예상했음에도 숨이 안 쉬어진다.

"네에?! 정말인가요?"

"그럼요. 이야, 정말 대단해요."

"진짜로요?"

"진짜입니다, 진짜. 이렇게 성장할 줄은 정말이지……. 저도 솔직히 놀랐습니다만, 뭐, 츠바사 군이 요즘 굉장히 노력한 덕분에 해낸 겁니다."

짧게 숨을 돌리듯 말을 끊는 가토의 말투가 평소와 조금 달랐다. 가토도 흥분한 상태다! 그렇게 만든 게 아들의 성적임을 생각하니 마도카의 마음이 자랑스러움으로 가득 찼다.

"전부 선생님, 선생님 덕분이에요, 정말로 감사합니다."

"아유, 방심해서는 안 됩니다, 결승이 남아 있으니까요. 결승에서는 면접이나 토론도 있는데 츠바사 군은 처음이죠. 이번에 우리 학원과 옆의 고가네바시학원에서 결승 진출 학생을 총 5명 보내게 되었습니다. 그래서 결승 전 금요일에 그 5명을 데리고 결승 대비 수업과 결승

열 살 179

대회에서 진행되는 토론 연습회를 하려고 합니다만, 혹시 괜찮으시면 츠바사 군도 참가할 수 있을까요?"

"당연하죠! 꼭, 부탁드려요. 아, 그런데 그, 비용은······."

"당연히 무료입니다. 결승 진출자를 위한 특별수업이니까요."

"아, 그런 것도 해주시는군요. 정말 감사합니다!"

"알겠습니다. 자세한 사항은 츠바사 군에게 서면으로 전달하겠습니다. 이건 새로운 단계로 올라서는 시작점이니까요, 이 기세를 몰아 제일 유력한 니시아사를 향해 힘껏 달려보죠."

꿈을 꾸는 듯한 기분으로 통화를 끊었다. 지금까지 몰랐던 새 세상이 열린 느낌이다. 무료 대비 수업. 토론 연습회. 이런 특전이 있을 줄은 생각도 못 했다. 마도카는 몸이 가벼워지며 소녀 때처럼 달리고 싶은 기쁨에 휩싸였음을 깨닫는다. 지금껏 살면서 이렇게까지 기뻤던 적이 있었을까.

집에 오자마자 시부모에게 전화를 걸었다. 중국 여행 때는 거리를 두겠다 해놓고, 스스로 이기적이라고 생각하면서도 이 가치를 알아주는 건 누구보다도 그들이었다. 친정 부모에게도 전화를 했다. 말하고 싶은 기분을 누르지 못해 무료로 특별수업을 받을 수 있다는 말까지 전했다. 마도카의 엄마는 그 시험 자체에 통 감을 못 잡는 모양이라 예선을 통과하는 것이 얼마나 대단한 일인지를 처음부터 설명해야 했지만, 그 설명을 하는 것 자체가 행복했다. 다 듣고 나서도 '너무 무리하게 시키지는 말라'고 당부하는 엄마는 주변에 사립학교를 나온 사람이 한 명도 없는 시골 사람이라서 초등학생의 공부가 얼마나 힘든지, 결승대회가 얼마나 귀중한 기회인지 몰랐다.

반면 시어머니는 기뻐 어쩔 줄 몰라 했다. 네가 츠바사를 잘 키웠구나, 네 덕분이다, 하면서 칭찬해주었다. 그 말에 마도카는 울음을 터뜨릴뻔했다. 시어머니는 다음 날에도 전화를 걸어와 친구가 알려줬다고 하는 호시나미에 관한 이야기(대부분이 인터넷에 올라와 있을 법한 내용이었으나)를 의기양양하게 들려주었다. 그래도 본인 생각엔 겐요가 어울릴 것 같다며 일일이 참견해오는 시어머니의 시비에 이전 같으면 진절머리가 났을 테지만 그 순간의 마도카는 조금이라도 길게 그 이야기를 하고 싶을 정도여서 시종일관 붙임성 있게 맞장구를 쳤다.

결승대회는 연안 지구에 있는 홀마크 입시 학원 본사에서 열렸다. 아이들이 초등학생 전체를 대표하는 '선수'로서 결승대회에 출전하는 동안 학부모들은 근처에 있는 컨벤션센터에서 대기한다. 말이 '대기'이지 흡사 큰 파티 같았다. 행사장에는 둥근 테이블이 놓여 있고 화려한 꽃들로 장식되어 있었으며, 지정된 테이블에는 각자의 이름표와 함께 교육 잡지 및 최근 참고서나 문제집, 문구까지 다양한 사은품이 준비되어 있었다.

대회가 시작되기 전까지 마도카는 온마마가 갓 출산한 책 『온나나×천타로 중학교 입시는 즐겁다? - 여유로운 두 모자의 사랑과 청춘의 나날』을 읽고 있다가 덮었다. 도중에 TV에서 종종 보는 교육평론가와 결승대회 최다 진출자이자 재단의 기부를 받아 해외 유명 대학에 진학했다는 호시나미고교 출신의 아들을 둔 학부모, 그리고 홀마크 입시 학원 원장의 토크쇼가 시작됐기 때문이다. 테이블마다 케이크와 홍차가 제공돼 결승대회 진출자의 학부모들은 우아한 티타임과 유익한 정보 간담회를 동시에 맛볼 수 있다.

토크쇼가 끝나고 마도카는 무심코 옆에 앉은 주부의 이름표를 보고 혹시나 했다. 똑같은 성을 가진 다른 아이는 설마 아니겠지 싶어 과감히 물어보았더니, 역시나 에이치 사천왕 1반의 MM 콤비 중 한 명인 미츠야 히토시의 엄마였다. 자신보다 나이가 제법 많은 듯 보였고 수수한 색의 옷을 입은 부드러운 인상이었다. 대부분이 부부 동반으로 참가했는데 그녀도 혼자 참가한 터라 말을 걸기 쉬웠다.

마도카가 자신도 에이치에 다닌다고 말하자 미츠야가 마도카의 이름표를 흘끗 확인하는 것 같았다. 순간 마도카는 깨달았다. 츠바사는 항상 MM 콤비 이야기를 했지만 미츠야네 아들은 츠바사 이야기를 하지 않았을 것이다. 그는 학원에 들어온 이후 줄곧 사천왕 1반에 속해 있지만 츠바사는 들락날락했다. 존재를 인식조차 못 하는 게 당연하다.

이야기를 들어보니 미츠야는 결승대회 참가가 벌써 네 번째라고 한다. 1년에 두 번 연례행사처럼 컨벤션센터에서 사은품을 받고 이야기를 나누며 케이크를 먹는다. 세상에 이런 엄마도 있구나 싶어 마도카는 한껏 부러운 마음에 평소의 공부법이나 중학교 입시 설명회 및 축제에 어느 정도 참석했는지 등 이것저것을 미츠야에게 물었다. 미츠야는 온화한 미소를 지으면서 모든 질문에 정성껏 대답해주었다. 나긋한 말투에 딱히 잘난 체하는 느낌도 없었다.

마음이 편안해진 마도카가 물었.

"아드님은 SO죠?"

미츠야가 놀란 얼굴로 마도카를 쳐다보더니 엉뚱한 소리를 했다.

"우리 애가 학원에서 뭘 하나요?"

'SO'라는 말을 모르는구나 싶어 이번엔 마도카가 놀랐다. 지금 속해 있는 반이 너무도 당연한 자리라 이미 호칭 따위는 신경도 안 쓰는 걸까.

"SO는 사천왕 1반에서 한 번도 내려가지 않은 아이를 가리키는 말이에요. 아드님은 내려간 적이 없죠?"

"네. 아직은."

천재 아이의 엄마란 이런 사람인가, 마도카는 홀딱 반한 심정으로 그녀를 쳐다봤으나 곰곰이 생각해 보면 초등학교 4학년 여름까지 네 번이나 결승대회에 나갔다는 말은 초등학교 저학년부터 그에 상응하는 '훈련'을 해왔다는 말일지도 모른다. 타고난 천재이기도 하겠지만 내내 뛰어놀면서 그 자리에 있는 것은 아니겠지.

그 후엔 하나오카데라의 유명한 케이크 가게나 교육평론가가 나오는 TV 방송 등 별 볼 일 없는 이야기를 나눈 것 같은데, 결승대회를 마친 아이들이 행사장으로 돌아오자 미츠야와는 인사를 나누고 그대로 헤어졌다.

얼마 뒤 결승대회 결과가 나왔다. 에이치의 공식 홈페이지에 전국 상위 20명이 발표되었는데 미츠야는 7위에 위치해 있었다. 츠바사의 이름은 없었다.

"츠바사. 예선을 통과한 것만으로도 대단한 일이야. 만족해야지."

타이르듯 위로하면서도 마도카에게는 이 무렵이 즐거운 나날들이었다.

책장 선반 제일 위에 결승대회 진출 기념패를 장식해놓고 한동안은 그걸 볼 때마다 얼굴에 웃음꽃이 피었다. 초등학교 학부모회에선 소문을 들은 부모들이 자아내는 묘한 칭찬의 공기가 느껴질 정도였다. 다카코나 지나츠 무리, 지금껏 츠바사를 알고 지내던 부모들은 물론이고 눈인사 정도만 나누던 사람들도 난데없이 다가와 "우리 딸이

열 살 183

츠바사는 천재라고 하더라고요" 하기도 했다. 마도카는 손사래를 치며 곤란한 표정을 지으면서도 지금껏 자신의 인생에서 이렇게 눈에 보이는 존경을 받은 적이 있었던가 싶었다.

그 학부모회 후에 다카코의 초대로 오랜만에 그녀의 집을 방문했다. 그리고 보니 쇼타의 시험 결과는 어땠는지 호기심이 일었다. 같은 아파트라서 바닥 소재나 벽지는 모두 똑같고 내부 구조도 비슷하지만, 아이가 많은 다카코의 집은 알록달록 선명한 색깔의 아이들 물건들이 넘쳐나서인지 둘이서 지내고 있는 마도카의 집과 비교하면 북적이고 좁게 느껴졌다.

"츠 짱이 결승대회에 나가다니, 진짜 대단하다."

다카코는 커피를 내린 뒤 선물로 받았다는 마카롱을 함께 테이블에 내면서, 그 어느 때보다 반짝이는 눈빛으로 마도카에게 말했다.

"대단하긴."

"츠 짱 평소에 공부 얼마나 해?"

다카코가 진지한 얼굴로 물었다.

"글쎄……, 나는 잘 안 지켜봐서 모르겠네. 수영도 있고 학교생활도 바쁘니까 학원 공부에 시간 할애를 많이 못해."

마도카는 분 단위로 일정표를 세워 아들을 학교 결석까지 하게 하면서 공부시켰던 자신을 마치 새까맣게 잊은 듯 말했다. 우연히 영특한 아이를 낳아버린 순진한 엄마 같은 얼굴로 말이다. 놀랍게도 그런 말을 하면서 반쯤은 진심으로 그렇게 믿고 있었다.

"역시 머리 좋은 아이는 다르네……. 아주 친했었는데, 뭐랄까, 츠 짱이 아주 멀리 가버린 느낌이라 조금 외로워. 앞으로도 쇼타와 사이 좋게 지내줘."

다카코는 차분한 말투로 감성적인 말까지 더한다.

아이들이 어릴 땐 늘 드나들던 집이었는데 학년이 올라가면서 서로 아이를 데리고 방문하는 일이 사라졌다. 츠바사는 바빠서 학교 친구와 놀 시간이 거의 없다. 마도카도 이렇게 느긋하게 이야기를 나누는 건 오랜만이었다. 아이 셋을 둔 다카코의 집은 변함없이 적당히 어질러져 있었는데 여기저기에 장난감이 뒹굴고 글자 공부, 지도 포스터가 거실 곳곳에 붙어 있었다. 거실 탁자 한쪽에는 다이니치세미나의 교재가 수북이 쌓여 있어 평소 쇼타가 그곳에서 공부하고 있음을 엿볼 수 있었다.

"쇼타도 에이치에 보내. 학부모회 때 선생님 말씀 좋았다며. 츠바사는 그 가토 선생님에게 계속 배우고 있어. 정말로 잘 가르쳐서 수업이 굉장히 재밌대."

마도카가 우아하게 권했다.

"그게 말이야, 마도카 짱." 다카코가 얼굴을 찡그리며 고백했다. "쇼타, 그때 전국연합 실력평가 점수가 에이치에 들어갈 기준에 못 미쳤어."

"어머."

"단 2점이었지만, 점수가 부족했어."

아깝다는 듯 다카코는 말했지만 애초에 4학년 레벨 테스트 기준은 그렇게 높지 않다.

마도카는 웃음이 터져 나올 뻔했다. 결코 다카코와 쇼타를 바보 취급해서가 아니었다. 처음으로 자신의 마음 어딘가에 숨어 있던 시커먼 감정을 인정할 수밖에 없어서 나오는 웃음이었다. 언젠가 쇼타가 경쟁자가 되면 어쩌지, 그렇게 되면 성가신데, 하는 두려움이 오랜 시간 자신의 마음속에 도사리고 있었음을 마도카는 인정하지 않을 수 없었다.

어쨌거나 쇼타는 학교 공개 수업 때 발표도 잘하고 역사에 박식하다는 평판에다가 학급 위원도 맡고 있었다. 총명한 아이는 말과 행동이 빛나는 법이다. 쇼타는 확실히 그런 아이였다. 그러나 초등학교 생활과 학교 시험만으로 중학교 입시 세계에서의 학력을 가늠할 수는 없다. 그 사실을 잘 알게 되었다. 쇼타가 레벨 테스트 기준 미달의 실력밖에 안 될 줄이야.

웃음을 참고 있는 마도카 앞에서 다카코는 어두운 표정으로 말한다.

"만일 제일 아랫반에라도 붙으면 학원 옮길까 싶어 애 아빠와도 얘기를 나눠봤지만, 그런 성적으로는 어림도 없는 거였어. 그런데 최근 갑자기 중학교 입시를 보겠다고 난리를 피우는 거야. 좋은 학교는 거의 중고교 일관제뿐이어서 고교 입시는 선택지도 적은 데다가 입시 문제에 영어도 나오니까 힘들다는 얘기를 츠 짱에게 들은 모양이야."

"어머. 우리 애가 그런 소리를 했어?"

마도카는 깜짝 놀랐다. 츠바사가 그런 생각을 하는 줄은 꿈에도 몰랐다.

"그런가 봐. 정말로 츠 짱은 어른 뺨치게 말을 잘해."

"아니, 분명 에이치의 다른 학생이나 누군가 한 말을 따라 한 걸 거야."

이게 칭찬받아도 되는 일일까. 입시에 관한 세상 물정이 너무 밝은 아이를 어떻게 받아들여야 할지 모르겠다.

"아냐. 츠 짱은 정신 연령이 높아. 유치원 때부터 머리가 좋았잖아."

다카코의 과한 칭찬에 마도카는 작게 고개를 가로저었으나 마음

한구석에서는 그래서일지 모르겠다고 생각했다.

"그보다……."

그러나 뒤이어 다카코의 입에서 나온 말은 너무나도 의외였다.

"소타로가 에이치에 붙을 줄은…."

커피를 두 잔째 내리면서 다카코가 한숨 섞인 말을 했다.

"뭐?"

"오해하지 마, 이거 험담 아냐. 나 유키 짱 좋아해. 그렇지만 역시 조금 충격이었어. 계속 트램펄린만 했었잖아, 안 그래?"

"소타로, 에이치에 들어오는구나?"

마도카는 고개를 갸웃하며 천천히 물었다.

"어머, 얘기 못 들었어? 유키 짱이 아슬아슬하다고 그랬는데 기준에 달한 모양이야. 학원 등록시킨 것 같으니까 곧 유키 짱이 에이치에 관해서 이것저것 물어볼걸?"

다카코가 유키 짱이라고 부르는 사람은 함께 리스 공방에 간 유키를 말한다. 그때는 입시 학원 같은 건 먼 세계라는 듯이 멍한 얼굴을 하고 있지 않았나. 일주일에 한 번 하는 트램펄린 교실로는 보사라 시 역구의 트램펄린 클럽에 들어가 대회에도 나간 소타로가, 왜 갑자기 에이치에 들어오는 걸까. 그리고 마도카는 그 사실을 유키에게서 한마디도 듣지 못했다.

"소타로가 머리가 좋은가 봐."

다카코의 말에 마도카는 손가락으로 마카롱을 나누며 '머리 좋다'는 말을 너무 남용하는 거 아닌가 생각했다.

그나저나 다이니치세미나에서 열심히 노력해오던 쇼타가 '단 2점'이라고는 해도 불합격하고, 중학교 입시 같은 건 관심도 없어 보였던 소타로가 '아슬아슬'했다지만 합격을 했다니, 대체 무슨 일이지. 마카롱을 혀에 올리자 모카 맛 마카롱이 달콤한 눈가루처럼 사르르 녹아 금방 사라진다.

겨울이 다가오고 온 세상이 입시 모드가 되자 【☆☆☆에이치에서 고생하는 4학년을 전력으로 응원하는 모임☆☆☆】은 한층 더 열기를 띠었다. 연말부터 입시를 시작하는 학교도 있어 해가 바뀌자 TV 뉴스와 신문에서도 고사장으로 향하는 6학년의 모습이 보도되었다.

마도카는 【☆☆☆에이치에서 고생하는 4학년을 전력으로 응원하는 모임☆☆☆】 외에 【호시나미 응시 괜찮을까요】나 【이대로 가다가는 전멸할지도 모르겠어요!! 누가 우리 아이 좀 살려주세요!!】의 게시판도 챙겨 보게 되면서 바빠졌다. 【올해 중학교 입시 정보에 관해 냉정하게 말해봅시다】도 즐겨 찾는 게시판이다. 여기저기에서 새로운 글들이 속속 올라오는 탓에 다 챙겨 보다 보면 시간이 훌쩍 지나갔다.

그러는 사이 순식간에 선배 수험생들의 결전의 시간이 찾아왔고 마도카는 【입시 대기실에서 실황 중계】에서 잠시도 눈을 뗄 수 없게 되었다. 시험을 앞둔 6학년 학부모의 불안하고 초조한 댓글에는 다급함과 절박함마저 느껴져 마음이 아팠다.

[어제는 한숨도 못 잤어요……], [식욕이 없어요……], [죽을 것 같아요……]

끊임없이 올라오는 불안한 글들을 보니 정상적인 어른들이 이렇게 변하나 싶어 공포심이 밀려왔다. 출산의 고통을 거쳐 아이를 낳고 젖먹이를 키워 두 발로 세상에 서게 하고, 가르치고 시험을 응시하기까지 잘 키워왔으면서 한 가정의 기둥이자 사회에서는 제 역할을 척척

해내고 있을 어른들이 이렇게나 냉정을 못 찾다니.

[4학년 엄마입니다. 선배 학부모분들의 마음이 전해져 와 저도 눈물이 날 것 같습니다. 지금껏 고생해온 아들의 힘을 믿고 부디 지켜봐주세요. 여러분께 좋은 소식이 닿기를 진심으로 응원하고 있어요. 무조건 반드시, 벚꽃이 피기를!!! 벚꽃피는날까지.]

마치 스마트폰에 혼자 메모하는 것처럼 쉽고 가볍게 인터넷 게시판에 글을 올리는 이 감각. 처음 온라인에 글을 남길 때는 무척이나 긴장했다. 마음에 드는 글을 발견하면 어떻게든 그 작성자에게 공감을 전하고 싶어 한 글자 한 글자 신중히 골라 정성을 다해 문장을 썼다. 쓰다가 실수로 손가락이 미끄러져 잘못 보내버리면 어쩌나 하는, 지금 생각하면 우스꽝스러운 걱정을 하며 떨렸을 정도로 순진했다. 그 후에도 한동안은 보내기 버튼을 누르기 전에 오탈자는 없는지, 누군가를 상처 주거나 누군가에게 바보 취급을 당할 만한 잘못된 부분은 없는지, 몇 번이고 다시 읽었다. 그 결과 '벚꽃피는날까지'라는 닉네임으로 활동하면서 [벚꽃피는날까지 님은 다정한 엄마네요.], [벚꽃피는날〃사 님의 냇날 넉분에 다시 일어설 수 있었어요.]와 같은 답장을 받게 되었다.

다카코나 지나츠, 유키와 같은 현실 친구와는 중학교 입시 이야기를 깊게 나누기 어렵다. 그러고 보니 최근에는 연락을 거의 하지 않고 있다. 쇼타가 에이치의 레벨 테스트 기준점에 못 미쳤다는 이야기를 한 이후로는 다카코는 마도카 앞에서 중학교 입시와 관련된 이야기는 일절 하지 않았다. 에이치에 들어온 소타로의 엄마인 유키 역시 마도카에게 그 사실을 알리지 않았고 지나츠로부터의 초대도 없다. 혹시 피하나 싶을 정도로 주위가 조용한 상태였다.

지금 마도카가 입시 정보를 모으고 생각을 교환하는 장소는 인터넷 세상 안에 있었다. 수험기에 6학년 학부모들의 댓글을 살피며 응원 메시지를 다는 일이 거의 일과가 되었다.

[4학년 엄마입니다. 합격 축하드려요! 우리 아이도 꼭 그렇게 되었으면 좋겠네요! 우리 아이도 아드님의 뒤를 이을 수 있도록 앞으로 2년간 열심히 서포트해야겠습니다!!! 기쁜 소식 감사드려요. 벚꽃 피는날까지.]

[4학년 엄마입니다. 인간만사 새옹지마라는 말이 있죠. 아마 그 학교는 따님과 인연이 없었나 봐요. 분명 2지망 학교가 따님을 빛나게 해줄 장소일 거예요. 틀림없이 멋진 청춘이 기다리고 있으리라 믿어요! 벚꽃피는날까지.]

[4학년 엄마입니다. 저도 결승대회 경험자예요. 아드님이 결승대회에 진출한 친구와 호시나미 고사장에서 재회했다는 이야기를 듣고 멋진 만남이구나 싶었어요. 친구와 함께 호시나미 1학년을 맞이할 봄이 지금부터 기다려집니다! 벚꽃피는날까지.]

그러나 시간은 금방 지나가기 마련이라 2월이 되고 호시나미를 목표로 하는 아이들의 합격 발표가 뉴스 방송으로 보도되고 나면 한 것도 없이 내 아이의 학년이 바뀐다는 생각에 두렵다. 예비 초등학교 5학년 대상의 전국연합 실력평가가 다가온다.

"츠바사, 다음에도 결승대회 나가자."

최근 마도카는 입버릇처럼 말한다.

"응, 무조건 갈 거야."

츠바사는 대답한다.

9월에 결승대회에 나갔을 때는 그 사실만으로도 그렇게 기뻤는데,

이젠 기념패를 봐도 마도카의 얼굴에 웃음꽃이 피는 일은 없다. 일희일비의 '희'의 순간은 언제나 쏜살같이 지나간다. 최근 반 편성 시험에서 츠바사의 반은 한 단계 떨어졌다. 결승 진출자가 S1에 머물지 못한다는 건 굉장히 굴욕적인 일이라고 생각하는데, 츠바사는 아랑곳하지 않고 마도카의 질책을 흘려듣는 것처럼 보였다.

최근에 게시판에서 이런 글을 발견했다.

[벚꽃피는날까지라는 사람, 남을 격려하는 것처럼 보이지만 결국엔 자기 자랑 이야기뿐이네요. 4학년 부모, 결승대회 경험자 부모, 대형 학원 S1, 국어 잘하는 남자애, 외동아들, 남편이 해외 부임 중. 신상 털릴 것 같은데.]

[저도 그 생각했어요. 고도의 자기 자랑을 하는 사람이죠.]

덜컥 겁이 나 그 이후로 게시판을 안 들여다봤지만 발산할 곳이 없어져서 그런지 요즘 자신이 늘 초조해하는 것 같다고 느낀다. 다음 시험만 생각하면 정신을 못 차리겠다. 진정이 안 된다.

에이치 학부모회에서 가토는 전원에게 학교를 결석하고 연합평가를 준비하는 일은 관둘 것을 요구했다. 왜 그 같은 이야기가 나왔는지는 모르겠는데 연합평가 전에 학교를 빠지고 공부하는 아이들이 늘어서일까. 경쟁자들이 그렇게까지 하고 있다면 츠바사야말로 결석을 해서라도 공부 시간을 확보시켜주고 싶지만, '시험공부를 위해서 학교를 결석하면 안 된다고 가토 선생님이 그랬어'라는 츠바사의 말에 아무 말도 하지 못했다.

다음 연합평가 때까지 공부할 수 있는 시간을 산출해서 일정표에 적어놓고 보니 모래시계의 모래가 사사삭 사라지는 듯한 생각에 사로잡혀 1분 1초가 아깝게 여겨진다.

[5학년부터가 진짜 승부.]

"츠바사, 열심히 하자."

불안을 느낄수록 마도카는 아들에게 자꾸 말하고 싶어진다.

"괜찮지? 열심히 할 수 있지?"

[조금씩 반 친구들도 바뀌기 시작하고…….]

언젠가 게시판에서 읽은 도쿄대대디의 말이 저주처럼 떠오를 때마다 가슴이 확 조여왔다.

"응. 열심히 할게."

먹으면서도, 공부하면서도, 중간에 TV를 보면서도, 츠바사는 엄마의 말에 순순히 대답했지만 매끈한 물처럼 나오는 그 대답은 주르륵 귓전을 스쳐 지나간다.

"츠바사, 열심히 하자."

"응, 열심히 할게."

"다음 연합평가에서도 결승 경험자로서 부끄럽지 않은 성적을 내야 해."

"알고 있어."

최근 츠바사는 늘 졸려 보인다. 목마르다고 계산하는 도중에도 자리에서 일어나 물을 마시러 간다.

"츠바사, 괜찮은 거지?"

이제는 무엇을 얻고자 아이에게 이런 말들을 하는 것인지 마도카 자신도 모르겠다. 그럼에도 불구하고, 입은 멋대로 움직인다. 성인이며, 아이를 낳아 키우는 엄마로서 제 아이를 상대로는 입이 이토록 제어 없이 움직인다. 당연히 상처 주고 싶은 것도, 자존심을 상하게 하고 싶은 것도 아닌데, 단지 자신의 불안 때문에 떠오르는 말을 아무렇게

나 내뱉는 엄마의 입 앞에서 아들은 무슨 말을 해야 좋을까. 하얀 뺨을 치켜들고 괜찮다고 대답할 수밖에.

제3장

•

열두 살

선바이저 너머로 호박색 햇살이 눈부시다. 눈꼬리에 땀이 방울져 마도카는 눈을 자꾸 깜박였다. 빈틈없이 자외선을 차단하려고 긴소매 옷을 입고 나왔는데 장갑을 잊은 게 후회스럽다. 갈 때는 약간 흐렸는데 돌아오는 길에는 태양이 쨍쨍하게 내리쬐 자전거 핸들을 잡은 손등을 강한 햇빛이 달구고 있다. 체감온도는 체온을 족히 넘지 않았을까. 속옷 안까지 땀범벅이다. 조금 전 복사 용지에 베인 손끝의 작은 상처에 땀이 스미자 찌릿찌릿한 통증이 느껴졌다.

꽤 오래 페달을 밟았으나 여기서부터 집까지는 마지막 난관인 언덕길이 기다리고 있다. 평소에는 이정도 경사는 아니었던 것 같은데 더위와 피로 때문인지 숨을 헐떡이게 된다. 몸이 고되다. 조금만 더. 꾸역꾸역 오르는데 집이 보인다. 얼굴을 일그러뜨리며 마도카는 열심히 페달을 밟았다.

"마도카 짱."

겨우 다 올랐다 싶을 때 밝은 목소리가 멈춰 세웠다.

'짱'을 붙여 마도카를 부를 사람은 이 주변에 한 사람밖에 없다. 한쪽 발을 지면에 붙이고서 뒤돌아보니 자전거로 뒤쫓아오는 다카코가 보였다. 야구 모자를 쓰고 폴로셔츠에 데님 차림의 그녀는 자외선 따위는 아랑곳하지 않는지 건강한 연갈색 피부가 빛나고 있었다. 앞 바구니에 큰 쇼핑백이 담겨 있는 걸 보니 장을 보고 오는 길인 것 같았다.

"날 덥네~."

거침없이 마도카를 따라잡은 다카코가 자전거에서 내렸다. 아, 그렇구나, 이제 보니 그녀는 전동자전거다.

"점심 뭐 해 먹을 거야?"

다카코가 상냥한 미소로 묻는다.

"샌드위치로 할까 싶어."

그녀가 자전거에서 내려 나란히 걷고 싶어 하는 눈치라 마도카도 자전거에서 내렸다. 둘이서 자전거를 끌며 이야기를 나누었다.

"샌드위치 좋지. 나는 중국냉면."

"맛있겠네."

"츠 짱은 하계 강습?"

"아, 오늘은 쉬어."

묻는 말에 대답하는 목소리가 살짝 까슬하다. 그 이상은 물어보지 말았으면.

그러나 다카코는 굴하지 않는 말투로 물었다.

"그럼 집에서 공부하고 있겠네?"

"글쎄. 뒹굴뒹굴하고 있을지도 몰라."

마도카가 말한다.

"잠깐 쉬고 싶을 만도 하지. 여름방학에도 일주일에 한 번밖에 못 쉰다고 유키 짱한테 들었어. 대단하네, 아직 초등학생인데."

"쇼타는 지금 뭐 해?"

마도카는 화제를 돌렸다.

"걔는 학교 수영장. 이제 곧 돌아올 시간이야."

"오늘 같은 날 수영장에 있으면 기분 좋겠다."

"그러게~. 나도 헤엄치고 싶다~."

다카코와는 자전거 보관소에서 헤어지고 엘리베이터를 탔다. 땡볕 아래서 수다를 떨며 천천히 걸은 탓에 머리가 조금 어지럽다. 엘리베이터 안의 공기도 덥다.

층수 버튼을 누르려는데 활기찬 발소리가 가까이 들려왔다. '열림' 버튼을 누르고 조금 기다리니 남자아이 셋이 기세 좋게 엘리베이터에 탄다. 본 기억은 있는데 이름은 모르는 아이들. 같은 아파트에 사는 초등학교 저학년으로 츠바사의 후배일 테다.

"몇 층?"

미도가가 묻자,

"3층." "6층." "7층이요."

햇볕에 거뭇하게 그을린 세 아이의 머리칼이 모두 젖어 있었다. 수영장 가방 안에 목욕 수건과 물병이 보인다. 그렇게 소란스레 들어와 놓고는 갑자기 입을 다문다. 엘리베이터 안에 다른 사람이 있을 때는 말하지 않도록 교육받았나. 몇 학년일까?

마도카는 자신의 엄마가 이런 상황에서 모르는 아이에게 아무렇지 않게 말을 거는 사람이었음을 떠올렸다. 몇 학년이야? 엄마였다면 이 정도는 쉽게 물었을 텐데. 수영하고 왔니? 몇 호에 사니? 선생님은 누

열두 살 199

구셔? 궁금한 것은 바로 물었다. 그 당시엔 질문을 받은 아이들도 아무런 경계심 없이 대답했다. 옛날이라 그랬는지, 시골이라 그랬는지, 그런 식으로 아이들에게 가볍게 말을 걸 수 있는 어른이 드물지 않은 마을이었다. 마도카도 동네 아저씨나 아주머니들과 친척처럼 인사를 주고받았다. 하굣길에 평소와 다른 길로 돌아가다가 낯선 할머니가 불러 모르는 집 현관 앞에서 막대 아이스크림을 받은 적도 있다. 요즘 같으면 모르는 아이를 불렀다가는 잡혀간다. 경찰에 신고당해도 전혀 이상하지 않다.

정말 평안한 일상이었는데…….

웃고 싶은데 이상하게 가슴이 조여오듯이 아팠다.

마도카가 6학년이던 시절을 떠올린다. 붉은 수영 가방을 휘휘 돌리면서 동네 아이들과 만나 매일같이 체육관과 수영장에 다녔다. 달리 할 것도 없었다. 돌아오는 길에 누군가가 말을 꺼내면 자연스레 두 팀으로 나뉘어 숨바꼭질이 시작되었다. 도중에 누구의 엄마가 수박과 주먹밥을 들고 오면 인사도 않고 베어 물었다. 한 학년에 30명도 안 되는 작은 초등학교여서 남녀 할 것 없이 인원수 많은 형제처럼 사이가 좋았다. 학원에 다니는 아이는 한 명도 없었고 중학교를 선택한다거나 중학교에 뽑힌다는 발상 자체가 없었던 시절. 여름 막바지에는 모두 새까맣게 타서 팔다리 살갗이 바사삭 벗겨진 채 뱀처럼 얼룩덜룩해진 모습이 되어 우스웠다.

공부는…….

문득 생각한다.

분명 성적은 좋았다. 그런데 끈기 있게 열심히 공부한 기억은 없다. 매일 평범하게 학교 숙제만 하면 충분했다. 선풍기가 돌아가는 거실 테이블에 발을 쭉 내밀고 앉아 켜놓은 TV를 흘끔거리며 문제집을 풀던 자신의 모습을 떠올린다. 옆에서 할머니가 보리차를 마시고 있었다. 풍경 소리가 났다. 그렇게 살았어도 공부는 충분했다.

3층, 6층, 7층…… 아이들이 차례로 내리고 어느새 혼자가 되었다. 복사 용지가 든 가방이 갑자기 묵직하게 어깨를 파고든다. 엘리베이터 문이 다시 열리고 마도카도 내렸다.

가방 안에는 '상위 중학교 입학시험 기출문제집'이라고 적힌 두꺼운 책자와 수백 장의 프린트가 들어 있었다. 학원에서 지정한 모든 페이지와 신지가 시킨 대로 호시나미와 아카사카 그리고 히카리가오카 중학교의 기출문제 10년 치 분량을 전부 복사한 것이다.

이렇게 많은 학교의 기출문제를 복사하는 모습을 동네 엄마들에게 들키고 싶지 않았다. 그래서 집에서 20분 이상 자전거로 달려가야 있는 편의점까지 다녀왔다. 복사를 하는 데만 1시간이 넘게 걸렸다. 도중에 학생으로 보이는 남자아이가 복사기 앞으로 오기에 "먼저 해요" 하면서 양보했지만 괜찮다고 대답하기에 복사를 이어갔더니 어느샌가 그 아이는 사라지고 없었다. 아무리 그래도 이렇게까지 대량으로 복사할 줄을 생각 못 했겠지. 도중에 다시 한번 물어봤어야 했나. 미안했다.

열쇠를 꽂고 문을 살며시 열었다. 안은 일단 조용했다. 그러고 보니 오늘은 신지가 관서 지역 학원의 모의시험을 보게 한다고 했던 것 같다. 마도카는 발소리를 죽이고서 복도를 걸었다.

주방 겸 거실문에 손을 가져갔을 때였다.

"야! 뭐 하는 거야!"

느닷없이 신지의 호통 소리가 들려와 마도카는 깜짝 놀라 몸을 움츠렸다.

"그러니까 왜 거기서 6을 쓰는데!"

모의시험은 이미 끝났고 정답과 맞춰 보는 모양이었다.

"다녀왔어." 문을 살살 열고서 마도카는 작은 소리로 말했다.

"이게 6으로 보여? 딱 봐도 0이잖아! 너 이 자식. 계산할 때마다 꼭 하나씩 이렇게 틀리지. 하아, 너 자꾸 같은 실수 반복할래?!"

신지는 마도카의 말은 아랑곳하지 않고 호통을 치더니 "바보 아냐" 하고 내뱉는다. 그리고 아들의 어리석음을 한탄하는 듯 천장을 올려다보았다. 그런데 어떤 말을 들어도 츠바사는 아무런 반응이 없다. 잠자코 묵묵히 연필만 움직일 뿐이다.

마도카는 주방으로 가 점심 준비를 시작했다. 점심은 보통 주먹밥이나 샌드위치, 혹은 카레나 스튜. 한 손으로 먹으면서 남은 한 손으론 연필을 계속 쥘 수 있는 메뉴로 준비하고 있었다. 그렇게 하지 않으면 밥을 늦게 먹는다고 츠바사가 혼이 난다.

"오케이. 거봐, 하면 되잖아."

잠시 후 신지의 목소리를 듣고서야 마도카는 울고 싶어질 만큼 마음이 놓였다. 그 타이밍을 놓치지 않고 밝게 둘을 불렀다.

"이제 밥 먹어야죠?"

"오. 벌써 시간이 그렇게 됐군. 계획한 양의 반도 못 끝냈지만, 얼른 먹고 오후에 따라잡자."

신지가 혼잣말처럼 말했다.

마도카는 재빨리 만든 콘 비프 샌드위치와 감자샐러드 샌드위치를 이제는 두 사람의 공부 책상이 된 거실 테이블로 가져간다.

"다들 손 씻고 와요."

마도카의 말에 츠바사는 대답 없이 일어나 화장실로 갔다. 신지는 손도 씻지 않고 샌드위치를 한 입 베어 물었다. 마도카는 테이블에 어질러진 프린트며 문제지를 정리해 구석에 치워놓고 보리차를 따른 컵 3개를 내려놓았다.

"츠바사 오늘 열심히 했어."

신지가 화장실에 있는 츠바사에게 들리도록 큰 소리를 낸다. 엄하게 꾸짖은 후 이렇게라도 균형을 맞춰주는 모습에 마도카는 잠시 안도한다. 그러나 화장실에서 돌아온 츠바사를 보자 다시 가슴이 미어졌다. 새빨개진 눈에 앞머리가 살짝 젖어 있었다. 얼굴을 씻고 나온 걸까. 아니면 울면서 공부를 했던 걸까.

신지는 츠바사의 모습을 못 본 척하며 쾌활한 목소리로 말한다.

"시험에 나온 부력 문제를 얼추 풀었어. 그렇지, 츠바사? 꽤 어려웠는데 차근차근하니 되잖아. 어려울 때는 아르키메데스 원리로 되돌아가면 돼. 그리고 0과 6, 1과 7을 절대로 헷갈리지 말고 똑바로 읽어야 해. 차분히 하면 되니까."

"응, 알았어."

츠바사가 의외로 의욕 있는 목소리를 내서 마도카는 마음이 놓였다. 그 소리가 오늘 처음 듣는 츠바사의 목소리였다.

"츠바사, 어려운 문제 잘 풀었네. 대단하다."

마도카가 츠바사를 칭찬했다. 하지만 츠바사는 아무런 반응도 하지 않았다. 대신에 신지가 말했다.

"아냐, 단순해. 물속에 사물을 넣으면 그것이 밀어낸 만큼 가벼워져. 물 이외의 경우, 사물이 밀어낸 부피의 액체 무게만큼 가벼워진다는 말이지. 그렇지, 츠바사?"

츠바사는 고개를 끄덕였다.

"와아, 엄마한테는 그래도 어렵네. 츠바사, 이런 문제도 잘 푸는구나."

마도카가 일부러 스스로 낮춰가며 미소를 지으며 말했지만 츠바사는 여전히 무표정이었다.

"별로, 보통이야. 츠바사! 네가 공부하는 동안 엄마가 힘들게 복사해왔으니 감사히 여겨야지."

볼이 미어지게 샌드위치를 입안에 밀어 넣으며 신지가 분위기를 깬다.

"엄마 진짜 힘들었어. 그래도 복사기 대여하는 것보다는 훨씬 절약했으니 이득이지. 맞다! 계산대 앞에 콩 찹쌀떡이 있길래 그만 사버렸어. 나중에 간식으로 먹자."

마도카 일부러 더 밝은 목소리로 말했다.

"자꾸 이런 식으로 낭비한다니까. 그래도 뭐, 괜찮겠네. 뇌를 위해서는 당분 보충이 중요하니까. 프로 장기 기사들도 단것을 자주 먹는다나 봐."

좀 전만 해도 그렇게 고함을 지르더니 지금 신지는 기분이 매우 좋다. 과거에도 다소 감정 기복이 있는 사람이었지만 올봄에 귀국한 이후 감정 기복의 폭이 더욱 커진 것 같다.

신지는 순식간에 샌드위치를 먹어 치우고는 아직 입을 우물대고 있는 츠바사를 재촉했다.

"시간 없다. 얼른 수학해야지."

당황해선 다 씹지도 못한 샌드위치를 보리차로 삼키는 츠바사를 보니 좀 느긋하게 해줬으면 싶었지만, 마도카는 그냥 잠자코 있었다. 바로 얼마 전 신지가 했던 말이 떠올랐기 때문이었다. 하계 강습 전에 열린 학부모 설명회에서 '아이들이 강습 중에는 학원에서 상당히 빡빡한 시간표를 소화하기 때문에 집에서는 푹 쉬게 해주세요'라는 이야기를 가토에게서 들은 터라 그 말을 신지에게 전했더니 대뜸 "바보 같은 소리!"라고 했다. "'집에서는 푹 쉬어라'라는 말은 성적이 좋은 아이를 위한 조언이잖아. 츠바사는 벼랑 끝이라고! 휴일이야말로 푹 쉬고 있는 놈들을 따라잡을 마지막 기회야."

그 말이 맞을지도 몰랐다.

"나는 초등학교 6학년 여름에 매일 14시간을 공부했었는데도 학원 선생한테 맞기만 했어."

신지 말로는 당시 학원 강사들이 태만한 아이를 때리는 것은 당연한 일이었다고 했다. "아버지한테도 맞았어." 신지는 아버지와 학원 강사들의 횡포를 수긍하는 듯 보였다. 그때 아버지와 학원 선생에게 맞지 않았다면 자신의 인생은 분명 끝났을 거라며 고마워하기라도 하는 것처럼….

그렇지 않았다면 입시에 전부 떨어지고 험악한 동네 중학교에 들어갔을 것이다. 나 같은 놈은 주위에 휩쓸려 멍청이가 되어 고등학교도 대학도 밑바닥이었을 거다. 그랬다면 지금 연봉의 절반도 못 받았을 테고 집을 사서 아이를 키우기는커녕 결혼도 불가능하지 않았겠냐. 뭣도 모르는 내가 그래도 부모와 학원의 노력으로 그럭저럭 잘하는 아이들이 모여 있는 중학교에 밀어 넣어진 덕분에 지금의 내가 있는 거다. 츠바사도 마찬가지다. 애가 뭘 알겠느냐. 그럴수록 학원이 챙겨줘야 하는데 요즘 학원 선생은 전부 얼뜨기이다. 그러니까 내가 직접 시키는 수밖에 없다. 나도 바쁘다, 농땡이 치고 세상을 만만하게 보는 애를 돌보느니 회사에서 부하를 키우는 게 낫겠지만, 내 아들이 인생의 갈림길에 있다는 걸 아는데 그럴 수는 없는 거다. 부모가 자식을 중학교에 안 넣으면 누가 해주겠느냐.

불과 5분 만에 점심을 끝내고 다시 부자는 공부를 시작한다. 이번에는 수학 문제를 푼다고 했다. 설거지를 하는 마도카의 심장 박동이 점점 더 빨라졌다. 수학이 제일 약한 과목임을 알고 있어서였다.

아니나 다를까, 공부를 봐주기 시작하자마자 신지는 짜증을 내며 다리를 떨기 시작한다. 덜덜거리는 진동 소리를 듣고 있자니 마도카조차 점점 초조해졌다. 하물며 바로 앞에서 문제를 풀고 있는 츠바사는 어떤 기분일까.

잠시 후 갑자기 신지가 고함을 쳤다.

"이 자식이, 손- 을- 움- 직- 이- 래- 도-!"

츠바사의 어깨가 움찔한다.

"뭘 그렇게 멍청하게 있어! 모르겠으면 도표로 만들어보라고 했잖아! 내일 이 문제가 나오면 어쩔래! 멍청하게 가만히 있을 거야?! 14마리의 소가 11월에 먹은 풀의 양이잖아?! 11월은 30일까지지?! 곱셈도 못 해?"

츠바사는 잠시 연필을 움직였으나 또다시 멈춘다.

"가만히 보고만 있으면 답이 나와? 네가 천재야? 어?"

츠바사가 뭔가를 쓰려다가 손을 멈춘다.

"그냥 넌 보통이잖아! 보통! 천재가 아닌 사람은 무조건 손을 움직여야 해!"

신지가 호통을 칠 때마다 마도카는 가슴이 바싹바싹 타들어 가는 듯한 고통을 느꼈다.

"손 움직이라고! 손을! 똑바로 안 할래?!"

마도카는 조용히 복도를 빠져나가 욕실로 향했다. 환기팬을 '강'으로 틀어놓고 스펀지에 세제를 묻혀 욕조 내부를 씻기 시작한다. 창문이 없는 욕실은 어딘가 퀴퀴하다. 이마에 땀이 송골송골 맺힌다. 거품이 잔뜩 난 욕조를 씻어낸 뒤 세면대에도 스프레이를 뿌리고서 솔로 박박 문지른다. 욕실의 벽도 타일 틈새를 모조리 뭉갤 기세로 구석구석 정성껏 닦아나간다.

시간이 얼마쯤 흘렀을까. 겨우 한숨 돌렸다. 완전히 땀범벅이 되어 하는 김에 샤워를 한 뒤 머리칼을 말리고 옷을 갈아입고 나니 마음이 조금 진정되었다. 귀를 쫑긋 세웠지만 더 이상 호통 소리는 들리지 않았다. 수학이 끝났나 보다. 안심하며 거실문을 연다.

"좋아!"

갑자기 신지가 외치는 소리에 마도카는 흠칫했다.

"하면 되잖아!"

이번에는 칭찬하는 소리다. 그러나 뒷모습의 츠바사는 미동노 없다.

"거봐, 그렇게 하면 되잖아. 손을 열심히 움직여서 검산도 했고. 너는 원래 잘하니까 게으름 피우지 말고 차분히 풀면 할 수 있어!"

후유, 마도카는 숨을 내쉬었다.

"……여보."

기분이 좋아 보이는 이 기회를 놓치지 않고 말을 건다.

"오후에 잠깐 나가야 한다고 그러지 않았어?"

"아…"

"계속 츠바사 공부 봐주느라 당신 피곤할 텐데 잠깐 바람 좀 쐬고

오지."

최대한 온화한 말투로 부추겼는데 신지가 츠바사에게 말했다.

"뭐야, 시간이 벌써 이렇게 됐어? 마침 끊어가기 좋은 구간이고 하니 그럼 츠바사, 아빠가 잠시 골프연습장에 갔다 오는 동안 수치 변환 다시 풀 수 있는 데까지 풀어 놔."

츠바사는 조금 안심한 듯 숨을 내쉬더니 "그것만 하면 돼?" 하고 물었다.

"너는 그게 문제야!"

다시 신지의 얼굴이 험악해져 심장이 쪼그라든다.

"'그것만 하면 돼?'라고 묻는 그런 자세니까 네가 안 되는 거야! 자꾸만 형편없는 거라고! 다 끝나도 국어와 사회가 아직 남아 있잖아. 오늘 중으로 못해두면 내일부터는 강습 때문에 시간도 없는데?"

"아, 그런가."

"'아, 그런가' 소리나 할 때야? 해야 할 공부를 스스로 생각해서 확실하게 해둬야지. 바로 해답지를 보지 말고. 우선은 다시 풀어보고 정말로 모르는 부분만 해설을 보면서 이해해야 해."

츠바사가 고개를 떨군다.

"나중에 노트 검사할 거니까 속일 생각 마. 그럼 잠시 골프연습장 갔다 올게."

마도카는 안도하며 고개를 끄덕였다. 골프로 제발 스트레스를 발산하고 오기를 바라면서 "저녁때까지는 들어와." 일단은 그렇게 말했다.

"안 늦을 거야."

신지가 일어선다. 남편을 현관에서 배웅한 뒤 안에서 문을 잠갔다. 거실로 돌아오니 기특하게 공부를 이어가고 있는 아들의 뒷모습이 보였다.

"츠바사, 피곤하지?"

마도카는 컵에 얼음과 보리차를 따라 츠바사 곁에 놓아둔 뒤 맞은편에 앉았다. 순간 가슴이 철렁했다.

"츠바사, 고개 들어 봐."

설마, 하면서 노트에 엎어져 공부를 하고 있는 츠바사를 불렀다. 츠바사가 마도카를 흘끔거렸다.

"여기, 왜 이래?"

마도카가 묻자 츠바사는 뺨을 감추듯 고개를 휙 숙였다.

"아빠가… 때렸니?"

"……괜찮아."

불퉁스레 말하며 연필을 계속 움직인다. 한쪽 뺨이 붉었다.

"츠바사, 말해줘. 아빠가 때렸어?"

"됐다니까."

"되긴 뭐가 돼. 아빠 오면 엄마가 얘기할게."

"안 돼."

츠바사가 굳은 얼굴로 소리를 쳤다.

"절대 안 돼! 안 아팠어. 아빠도 사과했고……."

"하지만."

"진짜 괜찮아! 절대로, 쓸데없는 말 아빠한테 하면 안 돼."

필사적으로 애원하는 아들에게 마도카는 어떻게 반응해야 좋을지 모르겠다.

"엄마, 말할 거지?" 츠바사가 노려본다. "말하면 평생 용서 안 할 거야."

"그동안 엄마 없는 데서 아빠가 너 때린 적 몇 번이나 있었어?"
"한 번도 없어! 정말이야, 절대로, 절대로 아빠한테 말하지 마!"
"왜 말하면 안 되는데?"
"그야, 말하면, 아빠가 더 이상 공부 안 봐줄 테니까!"
츠바사의 눈에서 눈물이 솟구친다.
이건 말도 안 된다. 잘못되어도 한참 잘못되었다. 하지만 예전에 신지가 했던 말이 머리를 스친다.
— 내가 안 봐주면 성적 쭉쭉 떨어질 거야.
마도카는 잠자코 입술 안쪽이 피가 날 정도로 깨물었다.
"……알았어. 그럼 잠시 쉬자. 아이스크림 먹을래?"
츠바사는 순간 기쁜 표정을 지었으나 금방 표정이 굳어지며 현관 쪽을 바라본다.
"츠바사, 아직 시간 괜찮아."
마도카의 말에도 츠바사는 작게 고개를 가로젓는다.
"수치 변환은 최소한 해놓아야 해. 아이스크림은 그거 끝나면 먹을래."
"츠바사, 정말로 괜찮아?"
"뭐가?"
"아니, 매일 공부만 하는데 힘들잖아. 아빠도…… 무섭고. 사실은 공부하기 싫지?"
마도카가 묻자,
"시끄러워!"
갑작스레 츠바사의 목소리가 험악해진다.
"엄마, 방해 좀 하지 마! 제발 나가줘!"

방해라는 말에 마도카의 마음이 덜컹한다. 정말로 방해일지도 모른다. 츠바사가 이렇게 의욕적으로 아빠를 신뢰하고 노력하고 있는데 자신이 쓸데없이 참견해서 지금까지 어렵게 쌓아온 것을 전부 망쳐서는 안 될 일이다.
 ─ 츠바사는 머리가 좋은 아이야. 하지만 자신에게 너무 무르고 약해, 더구나 게으른 버릇도 있어. 꾀를 부리는 것도 그 때문이야. 이런 녀석은 중학교 입시 노하우를 알고 있는 어른이 확실하게 바로잡아 이끌어줘야 제대로 성장할 수 있는데, 어중간하게 받아주면 끝도 없이 추락한다고!
 신지는 그렇게 말했다. 츠바사의 나태함에는 어느새 익숙했다. 나약한데다 가끔은 교활한 방법으로 핑계를 대는 것도 이미 알고 있었다. 마도카에겐 중학교 입시 노하우 같은 건 없다. 어중간하게 받아 준 적만 있었다. 지금은 초등학교 6학년 여름이다. 여기까지 달려왔다. '인생의 승부처'가 되는 여름이다. 지나치게 뜨거운 열정으로 신지가 조금 폭주했다고 하더라도 그 덕분에 1점이라도 더 얻을 수 있다면. 결과적으로는 그것이 츠바사를 위한 길일지도 모른다.
 "츠바사."
 "와아아아아아아아아아!"
 느닷없이 츠바사가 고개를 가로저으며 악을 썼다.
 "엄마 그만해! 내일이 무슨 날인 줄 알잖아!"
 내일은 호시나미 공식 모의시험 고사일이다. 합격 가능성이 숫자로 표시되는 모의시험이라 신지도 모든 사활을 걸고 있었고 아이도 진지하게 임했다.
 "와아아아아아아아아아!"

츠바사가 머리를 마구잡이로 쥐어뜯었다. 그러더니 마도카가 아무 말도 안 했는데,

"엄마, 입 좀 다물어! 엄마는 아무것도 모르잖아! 제발! 제발 조용히 좀 해!"

마구 소리를 치며 책상 위의 물건들을 밀쳐버렸다. 필통이 와르르 떨어졌다. 컵이 엎어지면서 아직 남아 있던 보리차가 바닥으로 확 쏟아졌다.

"미안해, 츠바사. 엄마가 미안해."

마도카는 황급히 쭈그려 앉았다. 츠바사가 이렇게 발작하는 게 처음은 아니었다. 신지가 없을 때, 마도카 앞에서만 난폭해졌다. 저걸 얼른 닦아야 하는데…. 하지만 지금 움직였다가는 이 아이가 더 난폭하게 굴지도 모른다. 츠바사는 아직 변성기가 오지 않아 소리를 질러도 위협적이지는 않았지만 그래도 마도카는 무서웠다. 츠바사가 지금이야 물건에서 그치지만 머지않아 주먹을 들지도 모른다는 생각이 들었다. 부모에게 폭력을 행사하는 자녀 이야기는 먼 뉴스 속의 이야기라고만 생각했는데, 앞으로 어떻게 될지 모르겠다. 그래도 지금은 협박을 하던 아양을 떨던 어찌해서라도 공부를 시켜야 한다. 신지가 내준 과제를 착실히 해서 성적을 올리지 않으면 안 된다. 내일은 중요한 모의시험 날이다.

"알았어. 엄마, 조용히 할게. 이것만 치우고 나갈게."

비위를 맞추며 마도카는 거실을 나간다. 잠시 후 츠바사가 발을 쿵쿵 구르는 듯한 소리가 들려왔으나 이윽고 잠잠해졌고, 얼마 후 돌아온 신지와의 집중 훈련은 한밤중까지 이어졌다.

대체 어쩌다 츠바사의 성적이 이렇게까지 떨어졌을까. 정말로 희

한하다. 2년 전 여름, 딱 한 번이긴 하지만 전국연합 실력평가의 결승 대회까지 나갔었는데. 불과 2년 전의 일이다.

불과 2년? 아이의 2년은 어른의 2년과는 완전히 다르다.

그로부터 2년간 츠바사 내면의 모든 것이 변했다. 아니, 그 전부터 무언가가 서서히 츠바사를 좀 먹고 있었는지도 모른다.

변화는 그때부터 시작되었던 것 같다.

5학년 그 무렵. 여름이 오기 전 마도카의 엄마가 사고를 당했다. 근무지인 급식센터에서 돌아오는 길에 빗속에서 자전거를 몰다가 바퀴가 도랑에 빠져 고꾸라지고 말았다. 부책임자로서의 회사 업무와 할머니 병간호까지 도맡아 하느라 늘 피로에 쌓여 있었던 것이다. 쓰러진 순간의 기억은 없고 다행히 지나가는 사람이 발견해 구급차를 불렀다고 했다.

큰 부상은 없었지만, 예전부터 안 좋았던 허리 통증으로 인해 수술을 받게 되는 바람에 입원을 해야 했다. 그래서 마도카가 몇 번이나 특급열차로 2시간씩을 날려가 집안일을 도와야만 했다. 아버지는 그 나이대의 남성치고는 드물게 집안일을 잘하는 사람이었지만, 퇴직 후에도 빌딩 관리 임시직 일을 하고 있어서 함께 사는 할머니의 간호까지 손을 댈 수는 없었다. 엄마가 퇴원한 후에는 마도카가 재활치료를 따라다녔고 아버지와 고모가 분담하여 할머니를 보살피는 와중에 마도카는 요양 시설 찾기에 분주해서 츠바사를 보살필 여력이 없었다. 1학기 내내 시어머니의 도움을 받으며 일주일에 한 번 많을 때는 두 번, 양쪽 집을 오갔다.

그래도 츠바사의 입시 공부를 소홀히 하지 않았다고 마도카는 생각하고 있었다. 매일같이 '해야 할 공부'를 포스트잇에 여러 장 써서 붙였다. 매일 아침 교재 곳곳에 '이 페이지 풀기'라고 써둔 포스트잇을 붙여 과제를 내주고 나갔다. 물론 학원 수업이 있는 날은 반드시 확인 테스트 점수를 확인했다. 귀가가 늦어지는 날에는 시어머니에게 츠바사를 부탁했고 학원 수업이 있는 날에는 가까운 역까지 데리러 가는 일을 단 한 번도 잊지 않았다.

음식 솜씨가 없는 시어머니는 늘 백화점에서 도시락을 사 오는 모양인지 집에 오면 플라스틱 용기가 수북이 쌓여 있었다. 장어덮밥이나 스테이크 덮밥 등 맛있는 음식을 챙겨 먹인 듯했지만 츠바사는 그다지 시어머니 이야기를 하지 않았다. 대신에 시어머니에게서 츠바사에 대한 지적을 많이 들었다.

낮 동안 책상에 엎드려 있다, 깨우면 언짢아한다, 쿵쿵 소리를 내며 바닥을 찬다, 공부에 집중을 못 하는 것 같다, 말투가 버릇없다, 채소를 남긴다……. 장황하게 불만을 늘어놓았다. 세이지도 신지도 훨씬 더 열심히 공부했었어. 얘, 츠바사 제때 케어 안 해주면 나중에 가서는 돌이킬 수가 없어.

그런 말을 들었지만 츠바사와 확인을 해보면 마도카가 포스트잇에 적어 놓은 과제는 모두 확실하게 끝내놓았었다.

친정엄마는 컨디션이 좋을 때면 한마디씩 했다. 수시로 츠바사에게 전화해 공부 진도를 묻는 마도카에게 아이를 너무 조이지 말라고 했다. 엄마는 공장에 근무하면서 독학으로 관리 영양사 자격을 딴 사람이라 노력이 얼마나 중요한지 잘 알고 있는 사람이었다. 공부를 쓸데없다고 생각하는 사람도 아니었지만, 현대의 중학교 입시가 얼마나 치열한지는 모른다. 그래서인지 츠바사 백일 때 '일류 교육을 받게 해주라'던 시어머니의 말이 아직도 마음에 걸리는 모양이었다.

"일류가 어쩌고 이류가 어쩌고, 공부시킬 땐 그러면 안 된다."

엄마의 말에 알고 있다고 마도카는 대답한다.

"이걸 해라, 저걸 해라, 나는 너한테 그런 소리 안 했다."

"엄마는 잘 알지도 못하면서 함부로 말하지 마!"

"하지만, 마도카……."

"그런 소리 해봤자, 엄마가 뭘 할 수 있는데? 츠바사 학력 올려줄 수 있어? 츠바사가 가고 싶어 하는 학교에 보내줄 수 있어? 지금도 봐, 여기서 엄마 보살피느라 츠바사 발목을 잡고 있잖아. 알아?"

그날 이후로 엄마는 아무 말도 하지 않았다. 하지만 그날 헤어질 때 불안했던지 도쿄 방식에 너무 얽매이지 말라고 한 번 더 못을 박았던 기억이 난다. 엄마가 말하는 도쿄 방식이라는 게 시부모의 교육 방침을 뜻하는 건지 에이치를 포함한 지금의 중학교 입시 준비 전체를 가리키는 것인지는 모르겠지만, 어느 쪽이든 마도카는 이제 자신이 뭔가에 얽매여 있다기보다 엄마로서 필사적으로 츠바사를 잡아당기지 않으면 안 된다는 승압감뿐이었다.

5학년 여름방학 강습 중간에 츠바사와 함께 집에 내려갈 때도 당연히 학원 교재를 한 아름 들고 갔다. 열차 안에서도, 집에 도착해서도 공부 시간은 확실하게 확보했다. 성묘하러 갈 때도 요양 시설을 돌아볼 때도 마도카만 가고 츠바사는 대부분 마도카의 본가에서 혼자 공부했다. 아무튼 아이의 학습 시간 확보가 최우선이었다.

왕복 특급기차 요금도 무시할 수 없고 마도카도 지쳐갈 즈음, 여름 막바지에는 어찌어찌 할머니의 요양 시설 입소가 결정되었고 엄마도 어지간한 건 스스로 할 수 있게 되었다. 줄타기 같았던 나날을 간신히 이겨냈다고 마도카는 생각했다. 이 시기에 만들어 붙인 '해야 할 공부' 포스트잇은 수백 장이었으나 츠바사는 그것들을 전부 완수했다.

그래서 여름 막바지에 열린 학부모회가 끝나고 가토가 불러 별실로 안내받을 때까지 마도카는 조금도 사태를 알아차리지 못했었다.

"늘 신세 지고 있습니다, 선생님."

안내받은 방의 문이 닫히고 밀실이 되었을 때 약간의 위화감이 느껴졌으나 마도카는 가능한 한 상냥하게 말했다. 하계 강습을 위한 반편성 시험에서 츠바사는 사천왕 1반으로 돌아와 있었다. 가토의 총애를 받을 권리는 충분하다. 어쩌면 다음 연합평가에서 결승 가망성이 있는 아이들에 대한 특별 대책 수업 이야기를 들을지도 모른다. 그런 생각에 들떠있는 마도카의 눈앞에서 가토는 웃음기 하나 없이 작은 목소리로 "앉으시죠" 하면서 자리를 권했다. 예전 학부모회에서 대면했을 때보다 훨씬 날카로운 눈빛이었다. 5학년 후반쯤 되면 선생님도 이렇게 신경이 날카로워지는 것일까? 그런 생각을 하는 마도카에게 가토가 물었다.

"확인 테스트 결과는 보셨죠?"

속삭이는 듯한 낮은 목소리와 진지한 눈에 가슴이 두근거렸다.

"네……."

마도카는 신중히 고개를 끄덕였다.

"어쨌거나 츠바사 군은 정답에 조바심을 내는 면이 있어요."

가토가 말했다.

"제가 학원에서 제대로 돌보지 못한 탓입니다. 지금 여기서 현실을 제대로 보고 기초를 확실히 다져보죠. 능력이 있는 아이니까 학년이 바뀌기 전이라면 어떻게든 될 겁니다."

"저기 그게 무슨……."
불길한 예감이 스쳤다. 대체 무슨 말이냐고 묻고 싶은데 차마 물어볼 수가 없다. 80점이면 충분하다고 하는 확인 테스트에서 츠바사는 거의 90점 이상의 점수를 유지하고 있었는데.
"반 재검토도 생각해봤습니다만, 아무래도 문제는 수학 과목뿐이라 혹시 가능하시면 '베스트팀'에서 기초를 다지는 방법도 있겠습니다."
베스트팀이란 에이치와 제휴를 맺고 있는 보충 학원으로, 수업에 따른 개별 지도를 해준다. 물론 수업료는 별도로 내야 한다.
"하지만, 남편이……."
얼마나 하려나, 어떻게든 긁어 모아보면 되겠지만 신지가 반대할 텐데.
"물론 하나의 제안일 뿐입니다. 다만 6학년이 되면 훈련이 메인이 될 테니 적어도 그전에는 손을 쓰시는 게."
"죄송합니다만, 저기……."
"이미님, 괜찮습니다. 이런 일은 사실 자주 있는 일입니다. 정말로 츠바사 군의 잘못이 아닙니다. 절대로 츠바사를 탓하지 말아 주세요."
어딘가 애처로운 눈을 하고서 그는 빠르게 말했다.
"다른 과목 선생님들께도 확인해보았는데, 특히 국어 서술 문제는 정말로 잘 쓴다고 하고 과학과 사회도 애쓰고 있습니다. 수학만 문제라 제 책임입니다."
뒤이어 들은 말을 떠올리면 지금도 심장이 납덩이처럼 무거워진다.
마도카는 집에 돌아오자마자 최근에 치른 수학 확인 테스트 답안지를 찾아내 점검했다. 수업 마지막에 실시하는 이 테스트는 옆자리

열두 살 217

의 아이와 교환하여 채점하는 시스템이다. 설마…… 하면서 점수를 지우개로 지우자, 붉은 글씨로 적힌 '98'이라는 글자가 스르르 사라졌다. 지워지는 프릭션 볼펜이었다. 아니야, 설마, 그래도, 혼란스러워하면서 츠바사의 답안 글자를 유심히 살펴보았지만 지운 흔적은 보이지 않는다. 그러나 문제지를 자세히 보니 분명히 맞았다고 정답으로 표시된 후반 문제에 생각하는 과정의 흔적이 전혀 안 남아 있었다. 츠바사가 그동안 답안지 조작을 해 왔던 것이다.

마도카는 확인 테스트 시험지를 더 거슬러 올라가 찾아보았다. 하계 강습 중 7월, 8월……. 확인 테스트 답안지에 조금씩 변화가 있었다. 답안지에 지워서 고친 부분이 많았다. 고친 후의 정답에는 동그라미가 그려져 있다. 변함없이 프릭션 볼펜으로.

여름 이전의 답안지는 차라리 솔직했다. 처음으로 답을 고친 흔적이 확실하게 남아 있다. 그러나 가을로 들어서자 흔적이 사라졌다. 조작을 전제로 처음부터 공백을 만든 걸까. 아니면 쉽게 지워지도록 연하게 적은 걸까. 그리고 츠바사는 매번 프릭션 볼펜으로 채점하는 아이 옆자리에 앉는 것도 잊지 않았다.

거기서 마도카는 불현듯 의문이 들었다. 반 편성 시험에서 츠바사의 수학 성적은 대단히 좋았기 때문이다. 확인 테스트보다 반 편성 시험이 훨씬 어렵다. 확인 테스트를 이렇게 못하는데 어떻게…….

거기까지 생각이 미쳤을 때 마도카의 뇌리에 언젠가 읽은 도쿄대 대디의 말이 떠올랐다.

[중압감 때문에 커닝으로 기우는 아이도 많다.]

설마 츠바사가 그럴 리가 없다고, 말도 안 된다고 일축하지 못하는 자신에게 마도카는 더 충격을 받았다. 그 자리에 주저앉을 뻔하면서도 대체 언제부터인가 싶어, 머리 한구석에서 냉정하게 묻자 곧바로 공포가 차올랐다.

결승대회에 나갔던 그 4학년 여름의 연합평가 때도 했을까.

OMR 답안지라서 그런 짓은 할 수가 없다. 그건 분명 실력이었다.

그렇게 생각하면서도 불길할 만큼 뼛속까지 떨리는 것 같았다. 수학만, 수학만, 자신을 스스로 타이르며 집으로 돌아왔다. 다른 과목에서는 그런 짓을 하지 않았다고 가토는 말했다. 사실인지는 알 수 없으나 지금은 그 말에 기대고 싶다.

그날 집에 온 츠바사에게 사실인지 물었더니 곧장 안색이 변했다. 아무래도 가토에게 주의를 받고 이야기를 나눈 모양이었다. 바보같이 나만 모르고 있었나. 잔꾀를 부려 그 자리에서 점수를 고치면 고칠수록 주변에 뒤처진다는데.

"아빠한테 말해야겠다."

마도카의 말에 츠바사의 얼굴이 사색이 되었다.

"안 돼!"

츠바시기 날카롭게 외쳤다.

"이게 그냥 넘어갈 일이니?"

새파랗게 질린 츠바사가 몸을 떨기 시작했다.

말은 그렇게 했어도 처음부터 신지에게 털어놓을 생각은 없었다. 신지의 이름을 들먹이면 아들을 위협할 수 있음을 알고 있었을 뿐이다. 겁먹은 츠바사의 모습을 보니 마도카는 내심 안쓰러웠지만, 부정행위를 벌인 짓은 절대 용서할 수 없었다.

"엄마는 도무지 믿을 수가 없어. 네가 이런 짓거리를 하는 아이라니, 정말로 충격이야. 그런 교활한 짓을 해봤자 실력은 안 는다는 거

몰라?"

"알아."

"알면서 대체 왜 그런 짓을 했니!"

"이제 안 해! 그러니까 절대로 아빠한테는 말하지 마!"

츠바사는 울면서 말했다. 이렇게 총명한 아이가 자신이 저지른 짓이 얼마나 무섭고 무의미한지를 모를 리가 없다. 엄마에게 들킨 이상 더는 이런 짓을 하지 않을 거라고 마도카는 생각했다. 그렇게 믿었다.

그러나, 츠바사는 다시 반복했다. 바로 그다음 주였다. 가져온 확인 테스트 해답을 전부 지우고 그 자리에서 다시 풀게 시켰더니 한 문제도 풀지 못했다. 정답만 외우고 있었다. 푸는 방법을 전혀 모른다는 말이었다.

자신이 평정심을 잃고 정신없이 울부짖으며 눈물을 흘렸던 것을 마도카는 기억하고 있다. 확인 테스트 답안지를 갈기갈기 찢은 것도 그때다.

"너 연합평가 때도, 했지?!"

"안 했어."

그때까지 태연한 얼굴을 잃지 않았던 츠바사의 눈에 갑자기 눈물이 어렸다.

"거짓말. 못 믿겠어."

"안 했어!"

"그 결승대회는 가짜였어!"

몸 안에서 돌연 강한 충동이 이는 것이 느껴졌다. 마도카는 눈앞의 교재를 아들에게 집어 던졌다. 노트도 던졌다. 츠바사가 새파랗게 질려 겁먹은 눈으로 엄마를 쳐다봤다. 마도카도 자신의 행위에 놀랐지만 멈추지 못했다. 이건 충동이 아니라 당연한 행위라는 듯이 다른 교재도, 노트도, 필통도, 손에 잡히는 대로 책상 위에 있는 것을 전부 집어던졌다. 그리고 마침내 마도카가 선반에 놓아두었던 결승대회 진출 기념패에 손을 가져갔을 때,

"안 돼!"

츠바사가 소리치며 마도카의 허리에 매달렸다.

갑작스러운 무게에 마도카의 몸이 기울며 바닥에 주저앉았다.

"아파! 그만해!"

아들을 뿌리치며 고함쳤다.

"이런 짓을 하고 창피하지도 않니?! 다 들킬 짓을! 가토 선생님한테도 들켰잖아!!"

츠바사가 꺽꺽대며 오열을 했다.

"너는 그냥 베스트팀에 들어가! 반도 진짜 네 실력에 맞는 곳으로 바꿀 거야! 난관반5든, 난관반6이든, 어디든 상관없어! 소타로보다 아랫반에 가도 상관없어! 반 내릴 거야!"

"시…… 싫어……."

"소타로보다 아랫반으로 보낼 거야! 그게 싫으면 학원도 입시도 전부 때려치워!"

마도카는 아이처럼 울면서 거듭 소리쳤다. 츠바사도 울었다. 무조건 입시를 보겠다며 울어댔다. 두 모자가 울면서 서로 소리친다.

"잘못했어요…… 용서해주세요……."

"잘못했으면 다음 확인 테스트에서 절대로 이런 못된 짓 안 하겠다고 맹세할 수 있어?"

"매…… 맹세…… 해."

열두 살 221

펑펑 울면서도 츠바사는 고개를 끄덕였다.

"정말로 마지막 기회야. 한 번만 더 이런 짓을 했다가는 소타로보다 아랫반으로 확 보내버릴 거니까."

츠바사의 심정을 마도카는 충분히 알고 있었다. 츠바사 나름대로 초등학교 2학년 말부터 에이치에서 한결같이 달려온 자신이 뒤늦게 들어온 소타로에게 추월당하는 건 참을 수 없는 굴욕이다. 그 굴욕을 마도카는 아들을 협박하는 데 이용했다. 베스트팀에 보내기 위해 사용했다. 엄마가 열한 살 아들의 자존심을 짓밟는 일은 매우 쉬웠다.

그러나 비용을 전해 들은 신지가 베스트팀 등록을 맹렬하게 반대했다.

"한 달에 3만 엔이나 드는 에이치에 보내고 있는데, 거기에 또 무슨 개별 지도야. 장사가 심하네. 그럴 돈이 어딨느냐고 전해. 있다고 한들 6학년도 아니고 5학년이 거기에 쓰는 건 너무 어리석은 짓이야."

마도카도 신지의 의견에 동의한다. 하지만 이 길 말고는 방법이 없다. 그걸 신지는 모른다.

"내가 일해서 내가 낼게."

"그런 문제가 아니잖아! 필요가 없다는 말이야. 그 녀석 지금 제일 윗반에 있잖아. 지금 성적을 유지하면 되는 거 아냐?"

그러니까 그 성적은 허구라는 말을 마도카는 차마 할 수 없었다.

"곧 있으면 다음 연합평가지? 그 녀석 결승대회에 또 나가면 좋겠네. 문화의 날쯤이라고 했었지? 일시 귀국은 아무래도 어렵고……."

마도카는 다시 일하는 것을 진지하게 생각하기 시작했다. 지나츠는 빵집에서 일하고 있었고 유키도 소타로가 에이치에 들어간 무렵부터 슈퍼 계산대에 서기 시작했다. 그 슈퍼가 시급 1,000엔의 파트

타임을 모집한다는 벽보를 마도카도 본 적 있다. 베스트팀은 1시간에 5,000엔이다. 5시간 서서 일해 받은 돈이 츠바사 수업 1시간이면 사라진다.

마도카는 결국 적금을 깨기로 마음먹었다. 언젠가를 위해 할머니가 저축해준 것이었다. 그 돈으로 베스트팀에 보내야지. 동시에 자신도 일을 찾아보자. 이 아이를 위해 할 수 있는 일은 전부 다 할 거야.

남편에게 기대지 않겠다고 마음먹자 마도카는 조금 상쾌한 기분이 들었다. 구인 정보를 찾아보면서 동시에 인터넷으로 베스트팀에 등록 신청을 했다.

그리고 맞이한 여름 막바지의 전국연합 실력평가. 츠바사의 종합 편차치는 57.0이었다.

우려를 했던 부정행위는 하지 않았다는 게 판명되었다. 츠바사는 누구의 답안지도 볼 수 없는 제일 앞줄 가장자리에서 시험을 봤다고 한다. 후에 가토에게 그 사실을 들었을 때, 현재 아들의 진짜 실력이 수치화되었다고 냉정하게 받아들일 수 있었다. 지금껏 쳤던 모든 전국연합 실력평가 중에서 점수가 제일 형편없었고 결승대회 경험자가 이렇게까지 점수가 떨어진 사례가 있는지 없는지는 생각하고 싶지도 않았다. 다만 배정된 새 반은 아슬아슬하게 난관반2에 머물렀다. 한차례 경험한 적 있는 반이다. 여기가 본래 이 아이의 자리였을지도 모르겠다. 그러고 보니 세이토쿠중학교의 제1차 시험 합격 편차치가 57이었단 사실을 마도카는 멍하니 떠올렸다.

그로부터 9개월이 흘렀다.

현재 츠바사는 사천왕 6반에 머물고 있다. 6학년이 되면서 사천왕

반이 6반으로 늘어난 것이다. 난관반도 12반으로 늘었다. 수도권에서 중학교 입시를 보는 학생 수가 증가한 지금, 에이치 하나오카데라점은 개원 이래 최고의 학생 수를 자랑하고 있다.

총 18반 중에서 츠바사는 상위 3분의 1에 든다. 그러나 가토가 수학을 담당하는 반은 사천왕 6반까지. 다시 말해 난관반1로 떨어지면 가토에게 수업받을 수 없게 된다. 여름 끝의 중요한 반 편성 시험을 위해 신지의 도움이 꼭 필요하다고 마도카는 생각했다.

올해 초에 국내 근무로 돌아온 신지가 공부를 봐주게 된 이후로 츠바사의 성적은 다소 회복했다. 귀국 후 신지가 츠바사의 휴대용 게임기를 욕조에 담가버렸을 때의 일을 마도카는 자세히 기억한다. 게임기는 4학년 때 결승대회에 진출한 기념으로 사준 것이었다. 마도카는 시간제한을 두고 게임기를 가지고 놀도록 했다. 최근 반 편성 시험 결과는 한번 바닥을 본 츠바사치고는 조금 올랐지만 지금까지의 사정을 모르는 신지는 격노했다. 그리고 정해둔 게임 시간을 아주 조금 초과했던 날 게임기를 욕조 속에 내던져 담가버린 것이다. 뽀글뽀글 작은 공기를 내뱉으며 게임기가 바닥에 가라앉는 모습을 지켜보며 마도카는 이럴 줄 알았으면 인터넷 중고 사이트에라도 내놓을 걸 그랬다고 생각했다. 마도카는 올해 생활용품점에서 일을 시작했다.

"앉아."

그날 신지는 츠바사를 불렀다.

"그딴 건 내버려 둬."

마도카가 욕조에서 게임기를 꺼내려는데 신지가 말했다. 그의 서슬 시퍼런 말에 한두 걸음 물러나 마도카는 욕실 문 앞에 선 채 좁은 공간에 마주 앉아 있는 신지와 츠바사를 내려다보는 형국이 되었다.

"츠바사. 입시까지 1년 남았다. 너는 사내니까 지금부터 자신의 인생을 결정해야 해."

신지가 오른손과 왼손의 검지를 세워 츠바사 앞에 들이밀었다. 신지는 먼저 오른손을 가리키며 말했다.

"이쪽은 오늘부터 내년 2월 1일까지 죽을힘으로 공부해서 호시나미에 합격한 후 일류 친구들과 세계의 중심을 향해 뻗어가는 일류 인생이다."

이어서 왼손을 가리키며 말했다.

"이쪽은 여기서 깔끔하게 입시를 관두고 공립중학교로 진학하는 인생이다. 고교 입시 때 수학과 영어를 해야 하고, 호시나미는 완전형 중고교 일관교라서 절대로 들어갈 수 없어. 평생 호시나미와는 인연이 없는 인생이다."

츠바사의 어깨가 가늘게 떨리며 끅끅대는 소리가 났다.

"지금 결정해. 네가 정하는 거야. 어떤 길을 선택할지."

마도카는 츠바사의 머리를 내려다보고 있었다. 표정은 안 보였지만 아이가 두 번 정도 어깨를 늘썩인 후 천천히 가늘게 떨리는 제 손가락을 들어 올려 신지의 오른손을 가리키는 모습을 지켜봤다.

"진심이야?"

핏발 선 눈으로 신지가 물었다.

고개를 끄덕이는 아들의 작고 하얀 정수리가 흔들렸다.

"그렇다면 이 손가락을 잡아."

신지가 말했다.

망설이는 츠바사에게 신지가 고함쳤다.

"결심을 담아서 힘껏 잡아!"

흠칫 몸을 떨던 츠바사가 그 조그만 손으로 신지의 손가락을 쥐었다.

"더 세게!"

"으······."

"더!"

"네······."

"알겠니! 이렇게 아빠 손을 쥔 오늘을 절대 잊어선 안 돼! 네가 결정한 거야! 아빠는 이제 결심했어! 일보다도 먼저 너를 지원할 거다! 지금부터는 내가 네 공부를 봐줄 거야! 무조건 호시나미에 붙게 해줄게! 그 대신 우는소리는 용납 못 해! 농땡이 부리거나 얕봤다가는 내다 버릴 거니까! 알아들었어?!"

이웃집이 듣지 않을까 싶을 정도의 큰 소리에 마도카는 몸을 움츠렸다.

아들은 어깨를 떨며 잡은 손을 놓고는 떨리는 목소리로 말했다.

"열심히 할게요."

"그 녀석. 힘을 꽉 주고 잡더라고. 이제야 진짜 의욕이 생겼군."

밤이 되어 신지가 침실에서 히죽 웃으며 말했을 때 마도카는 그 광경을 다시 떠올리기가 거북스러웠다. 펑펑 우는 아들에게 자기 손가락을 세게 쥐라고 하는 아빠의 모습은 어딘지 모르게 우스꽝스러우면서도 기분 나쁘고 불길했으며, 그 공간은 왠지 모를 광기로 가득 차 있었다.

"당신이 그 정도로 말했으니까 츠바사도 분명 알아들었을 거야. 이제부터가 진짜 승부네."

마도카는 그렇게 말했지만 그날 아들의 모습을 더는 떠올리고 싶지 않았다.

원래 좋았던 아이의 성적이 이렇게까지 떨어진 건 이끄는 능력이 부족한 자신의 탓이라고 생각했다. 시어머니도 신지도 그렇게 말했다. 아무리 초등학생 공부라지만 마도카에게 난이도 있는 수학 문제들은 종잡기조차 어려웠다. 그러나 중학교 입시를 경험해보았던 신지라면 직접 가르칠 수 있을 것이다. 베스트팀에서는 성과가 도통 안 나와서 결국은 그만둔 참이었다. 그만큼 돈이 절약될 테니 저축도 할 수 있을 것이다. 무엇보다 사랑하는 자기 아들이 아닌가. 신지라면 아이를 대하는 자세가 학원 강사와는 다를 수밖에 없다.

"당신이 곁에서 봐주면 너무 든든하지."

나를 낮춰서 신지의 기분을 띄울 수 있다면.

츠바사의 공부를 제대로 봐줄 수만 있다면.

그때의 마도카는 그렇게 생각했다.

여름방학이 끝나고 2학기가 시작되었다. 마도카는 생활용품점에서의 파트타임을 주 3일에서 4일로 늘렸다. 자전거로 10분 정도 걸리는 국도변에 있는 생활용품점이었다. 올해 초 '계산원 급구'라는 모집 공고를 보고 점원에게 말을 걸었다가, 어쩌다 보니 면접까지 보고 그 자리에서 채용이 된 후로 그 일을 계속해오고 있다.

'계산원 급구'였지만 계산 업무를 겨우 익히자마자 무인 계산기가 도입되어, 그 뒤로 마도카는 상품 진열부터 고객 응대, 매장 관리까지 뭐든 하게 되었다. 사무실에서 세일 상품 안내 문구를 쓰는 일을 한 적도 있었고 상품 발주 업무도 배워야 했다. 넓은 매장 내부를 돌아다녀야 하는 일이라서 결코 편하다고는 할 수 없었다. 고객의 질문에 당황하거나 제대로 대응을 못 해 핀잔을 들은 적도 있었다. 그러나 여름 동안은 에어컨이 빵빵한 공간에서 일할 수 있는 것이 고마웠고 성가신 인간관계가 없는 것도 한편으로는 편했다. 시급도 지나츠가 일하는 빵집보다 100엔 높았고 물건들을 직원 가격으로 살 수 있는 점도 나쁘지 않았다.

그리고 무엇보다, 일하는 동안에는 잠시나마 츠바사의 중학교 입시 문제를 잊을 수 있었다.

오늘은 물품을 진열하는 날이어서 평소보다 1시간 일찍 출근했다. 사무실의 근무표로 담당 부서를 확인하니 오늘의 마도카는 '일', 다시 말해 일용품 코너에 배정되어 있었다. 창고에서 가져온 물품을 나르기 위해 카트와 접이식 손수레가 준비되어 있었다. 일용품 코너는 상품이 작아서 접이식 수레면 충분했다. 한창 물건들을 진열하는 중에 고객이 조금씩 들어왔다. 누가 부른다.

"저기요. 물티슈는 어디에 있나요?"

조금 전에 진열을 마친 터라 마도카는 기분 좋게 "고객님 이쪽으로" 하면서 안내를 하다가 문득 깨닫는다. 모자를 깊숙이 눌러쓰고 있어서 바로 알아보지 못했는데 구스다였다.

"구스다 씨?"

하고 부르자,

"어머… 어디서 뵌 듯한데."

구스다가 마도카를 쳐다보며 눈을 깜빡인다.

"욘초등학교 서기 인수인계 때 뵀던……."

"아, 그때 그. 미안해요, 이름이."

"마도카예요. 저희 아이는 이번에 6학년 올라갔어요. 내년에 중학교 입시를 봐요."

마도카는 구스다가 '중학교 입시'라는 말에 어떻게 반응할지 궁금했다.

"빠르네요. 우리 애는 중3과 고1이에요."

구스다는 밝게 대답한다. 이전에 레스토랑에서 만났을 때보다도 표정이 활기차고 더 상냥하다. 그 쾌활함에 이끌려 마도카는 과감히 말을 걸었다.

"괜찮으면 다음에 같이 점심 할래요?"

근무 중에 무슨 소리를 하고 있는지. 게다가 너무 느닷없다. 구스다가 살짝 경계하는 표정을 보인다.

마도카는 황급히 말을 덧붙였다.

"전에 구스다 씨가 바로 옆의 콜센터에서 일하신다고⋯⋯. 점심때는 잠깐 나올 수 있다고 하셔서. 저도 점심때 뺄 수 있거든요."

그제야 구스다는 이해한 모양인지 고개를 끄덕인다.

"기억력 정말 좋으시네요. 점심시간이 1시간이라 바로 저기 엔젤스에서 가볍게 먹을 정도밖에 안 되는데, 괜찮아요?"

"아유, 그럼요. 잘됐네요. 제가 입시 문제로 이것저것 상담을 좀 하려고요. 우리 애 성적이 떨어져서 얼마 전 지망 학교 오픈 모의시험도 점수가 말도 못 하게 낮았거든요!"

안심이 된 마도카는 들뜬 마음에 경박하게 말을 내뱉고 있었다. 실제로는 시급에 포함된 휴식이 30분이라 레스토랑에 가는 건 어렵다. 하지만 만일 구스다와 약속이 된다면 그날은 오전과 오후로 나누어 일정을 짜야겠다. 점심시간만큼의 시급은 손해지만 그 정도는 상관없다. 그런 궁리를 하고 있는데 구스다가 말했다.

"상담이라고 했는데, 결국 우리는 둘 다 입시 안 봤어요."

"네? 작은애는 사립에 보내고 싶으시다고……."

"6학년 여름에 중학교 입시 관뒀어요. 타이밍이 참, 그때까지 쏟아부은 돈이 아깝죠."

"죄송해요."

순간적으로 마도카가 사과하자 "왜 사과를 해요" 하면서 구스다는 웃었다.

"아, 그렇지만 저도 전에 마도카 씨 같은 가치관이었으니까, 사과하게 되는 그 기분도 왠지 알 것 같아요."

마도카 씨 같은 가치관. 그 말이 마음을 할퀴는 것 같았다. 자신이 어느 순간 멀리 떠밀려 온 듯했다. 일단 해보고 힘들면 관두면 되지. 그렇게 생각했던 과거의 자신이 떠올랐다.

"첫째는 결국 용중학교에 다니다 특성화 고등학교로 진학했어요. 작은애는 공립중학교 다니면서 이제 고등학교 입시 준비 중이고요."

구스다가 활짝 웃으며 말했지만 특성화 고등학교라는 소리에 마도카는 더욱 어쩔 줄 몰라 했다. 그 말은, 일반 고등학교에조차 들어갈 수 없는 성적이었다는 걸까. 예상치 못한 엄청난 이야기에 어떻게 반응해야 좋을지 몰라 마도카는 한참 우물쭈물하며 고개를 떨군 채 맞장구치기만 했다. 하지만 구스다는 태연한 표정으로 예전에 만났을 때 교환한 메신저 주소가 안 바뀌었는지를 물어보았다. 그 후 마도카가 구스다가 찾던 물티슈 코너로 안내하자 몇 개를 집어 들고선 시원한 미소로 인사를 건네고 계산대로 향했다.

그날 퇴근하고 집에 돌아온 마도카가 제일 먼저 한 일은 침실의 침대 밑 플라스틱 상자에서 표지가 뒤틀린 소프트 커버 단행본 『온마마×천타로 중학교 입시는 즐겁다? - 여유로운 두 모자의 사랑과 청춘의 나날』을 꺼내는 것이었다.

매끈한 표지 커버에 그려진 온마마의 초상화를 물끄러미 쳐다본다. 터번을 두르고 안경을 쓴 온마마와 이마에 온천 마크를 달고 있는 빡빡머리의 천타로. 조금 전 만난 구스다 씨의 가는 웨이브 헤어를 떠올렸다. 일러스트 속 인물과 조금도 닮지 않았다. 어째서 이 두 사람을 겹쳐봤을까. 모르는 사이에, 모르는 시간이 흘러 구스다 씨는 그렇게 강력하게 밀어붙였던 중학교 입시를 포기하고 공립중학교에 아이를 보냈다.

이 책이 생각난 건 출간 직후에 도쿄대대디 씨가 게시판에 올린 소감이 떠올라서였다.

[옛날에는 중학교 입시를 치러 보는 아이들은 반에서 극히 일부, 유복한 집 자녀나 정말로 머리 좋은 학생뿐이었다. 그러나 시간이 흘러 지금은 공부뿐 아니라 공부 외의 일조차도 못 하는 (ex. 물건 잃어버리기 일쑤, 수업 전에 착석하지 않기, 수업 중에도 착석하지 않기, 숙제 안 하기, 교실을 쓰레기로 어지럽히기……) 그런 새끼 원숭이들까지 줄줄이 넥타이를 매고 사립학교로 진학. 이런 실태를 여실히 보여주는 드라마라고 생각하면 이 책은 충분히 읽을 만하며, 일본의 미래를 고심해 볼 자료 중 하나로서도 귀중.]

새끼 원숭이라니! 당신이 사람의 부모인가? 익명의 누군가는 사납게 발끈하고 또 다른 누군가는 원숭이가 맞다며 비웃고, 반박하고, 동조하고, 비판과 악성 댓글……. 게시판은 그야말로 난장판이 되었는

열두 살 231

데 마도카 역시 실시간으로 그 난리를 즐기던 사람 중 하나였다.

그 이후 책이 잘 팔려 많은 사람이 읽기 시작하자 도쿄대대디 씨와 같은 악평은 감쪽같이 사라졌다. 세상의 보통 사람들은 아이들의 노력에 대해 순수하게 응원하는 마음을 지니고 있었다.

한때는 서점 사이트에서 품절 될 정도로 인기 있는 책을 마도카가 하나오카데라 역 앞의 대형 서점에서 우연히 발견해 손에 넣은 건, 츠바사가 나는 새도 떨어뜨릴 기세로 성적을 올리던 초등학교 3학년 말 무렵이었나 그랬다. 전국연합 실력평가 결승대회의 대기 시간에 컨벤션센터의 자리에 앉아 이 책을 읽던 기억이 난다.

마도카의 감상을 솔직히 말하자면 도쿄대대디의 의견에 가까웠다. 인터넷 입소문과 '공감!' '감동!' '눈물!'의 글자들이 책 후기에 나열되어 있는 것이 신기할 정도로 읽을수록 흥이 깨졌다. 일단은 끝까지 넘겨 봤으나 구스다 씨의 얼굴이 내내 머리에 어른거려 '내 아이가 이런 아이라면 힘들겠네' 이상의 감상은 떠오르지 않았다.

다시 찾아볼 생각은 없었는데, 그때 어떤 느낌이었나 싶어져 가벼운 마음으로 마도카는 책을 넘기기 시작했다. 그리고 그로부터 시간이 얼마나 흘렀을까. 마도카는 눈앞의 글자가 번지면서 흔들리고 있음을 깨달았다. 눈을 깜박이자 눈물이 차올라 오히려 아무것도 보이지 않았다.

모르는 문제를 풀 수 있다고 말하는 천타로. 몰래 문제집의 답안지를 베끼고 마는 천타로. 아무리 책상에 앉아 있어도 평균점에도 못 미치는 성적. 정답률 99%인 문제를 틀렸는데 그 귀한 1%가 여기에 있다고 말하는 온마마. 입시 학원 수업은 천타로에게 외국어 수업과 같았다. 죄다 모르는 내용이 귀를 통과하고 반 꼴찌로 이름을 날리고 선생님마저 가여워하는, 그런 세계를 살아가는 천타로. 현실에서 도피하듯 숨어서 늪에 빠져들듯이 게임을 하고 또 하고……. 어느 날 온라인 게임 플레이 시간이 말도 안 되게 긴 것을 깨달은 온마마는 아이와 대화를 나누다 북받치는 감정에 무릎을 꿇는다. 그러다 울부짖으며 천타로에게 손을 대고 말았다.

'그렇게 게임을 하고 싶니? 그렇게 게임 하고 싶냐고 묻잖아! 이 바보 같은 게! 게임을 그만큼 오래 해놓고도 랭킹이 고작 78이야?'

아이의 예민한 곳을 공격하는 온마마.

'게임 재능도 없는 주제에!'

결국 그 말에 천타로가 폭발한다. 부모와 자식이 치고받고 싸운다. 공기청정기의 표면 패널을 깨부수고 마는, 온마마가 말한 '공기청정기 파괴사건'이 일어난 것은 그때다.

밤이 되어 아들의 중학교 입시에 관해서는 일체 입을 다물고 있던 아버지도 합세해 늦게까지 가족회의. 다음 시험에서 목표 점수에 달히지 못하면 중학교 입시를 그만두기로 하는 가족. 그래서 열심히 공부…… 였으면 좋았겠지만 역시 집중력이 부족한 천타로. 코를 후비고 코딱지를 책상에 붙이는 천타로에게 도라에몽의 실제 노진구가 여기 있다고 하는 온마마. 목표 점수에 못 미쳤음을 알게 된 날 가족은 재차 다퉜다. 이때는 '무기'를 손에 쥐고 있었다. 온마마는 드라이어를, 천타로는 물병을. 자, 배틀 시작이다!

'중학교 입시 다 때려치워!'

'싫어!'

'포기해!'

열두 살

'싫다니까! 안 그만둬! 사립중학교 가고 싶어!'

'안 돼! 약속했잖아!'

'싫어! 못 그만둬!'

'입시 못 시켜!'

'시험 볼 거야!'

'못 시킨다니깐!'

'시험 보고 싶어!'

천타로는 눈이 부을 정도로 울면서 시험을 보고 싶다고 반복한다. 이렇게 멍청한데, 전부 떨어질 텐데, 그런데 왜 너는 관두지도 못하는 바보니. 한탄하는 온마마. 그때 처음으로 그녀는 아들에게 묻는다. 도대체 너는 왜 그렇게 시험이 보고 싶은 건데. 그 대답은 간단했다.

'모두들 내가 시험 본다고 알고 있으니까.'

'뭐? 이유가 그거야?'

기가 막히는 온마마. 고작 그런 이유로? 고개를 끄덕이는 천타로.

'너는 친구 때문에 시험을 보니? 이 허세 가득한 머저리! 남 때문에 시험을 본다고?'

그러자 눈물이 가득 고인 천타로는 있는 힘껏 소리쳤다.

'엄마도! 내가! 좋은 학교에 가면! 허세 부릴 수 있으니까! 그래서 맨날 입시! 입시! 했던 거잖아!!'

마도카는 더 이상 읽을 수 없었다.

사건들만 보면 책 속의 가정은 너무나도 장렬한 모습이었지만 온마마의 유머 넘치는 필치와 군데군데 곁들여진 티키타카 탓에 분위기가 전체적으로 밝아 공기청정기 파괴사건조차 그다지 심각하게 느껴지지는 않았다. 그 때문일까, 결승대회의 대합실에서 이 책을 읽었을 때 실소했었다. 적성이 안 맞는 아이에게 이렇게까지 중학교 입시를 시키다니, 학대다. 그렇게 생각하며 어이없어했던 기억이 난다. 거기에 경박한 우월감이나 비열한 연민은 없었던가.

― 엄마도! 내가! 좋은 학교에 가면! 허세 부릴 수 있으니까! 그래서 맨날 입시! 입시! 했던 거잖아!!

천타로의 외침을 지금, 바로 곁에서 들은 것 같았다.

결국 구스다에게 연락하지 않은 채 두 달이 흘렀다. 구스다에게서도 연락은 없었다. 그 사이 초등학교에서는 운동회가 열렸다. 츠바사는 타고나길 발이 빠른 편이라 릴레이 선수로 활약했고, 피라미드 쌓기 같은 단체 체조에서도 아래쪽에서 든든한 버팀목이 되어 최선을 다했다. '학업과 운동은 기본이지'라며 신지도 기뻐했고 우리 집 교육 방침이 공부에만 치우치지 않았음을 재확인한 기분이 들었다.

그러나 중학교 입시를 준비하는 아이에게 가을은 특히 바쁜 시기다. 운동회에 이어 합주회도 있고 중산중산에 1박 2일의 합숙 행사도 있으며, 학원에서는 일요일 특별수업 외에 모의시험을 여러 번 시킨다. 바야흐로 '체력 승부'의 계절이다.

운동회 다음 주에 에이치의 반 편성 시험이 있다. 2학기 후반의 반 배정을 결정하는 중요한 시험으로 신지는 여기에 초점을 맞춰 공부를 봐주고 있었다.

여름 막바지의 호시나미 공개 모의시험에서 츠바사의 호시나미 합격 확률은 20%였다. 성적표는 격노한 신지가 두 동강으로 찢었고 그것을 테이프로 다시 붙인 건 마도카였다. 입시 관둬, 싫어, 호시나미는

열두 살 235

집어치워, 싫어. 아빠와 아들이 격렬하게 주고받는 모습은, 정말이지 온마마의 책 내용 그 자체였다. '중학교 입시 관둬'는 부모가 자녀에게 해서는 안 되는 말 1위라는 내용이 어딘가에 적혀 있었는데, 동시에 해서는 안 되는데 하고 마는 말 1위일지도 몰랐다.

반 편성 시험 날, 집에 돌아온 츠바사의 표정에서 처음엔 아무것도 읽을 수 없었다.

반응을 바로 물어봐서는 안 될 거 같아 마도카는 잠자코 있었지만 신지는 참을 수 없었던 모양이다. 츠바사가 말을 꺼내기도 전에 "어땠니?" 하고 물었다.

"그냥, 그런대로."

츠바사가 대답했다.

어두운 표정은 아니어서 마도카는 안도했다.

"확인해봐야겠다. 네가 쓴 답을 떠올려서 다시 써 봐."

몰아세우듯이 신지가 말했다.

"지금?"

"그래, 지금. 기억이 선명할 때 다시 풀어서 정답을 확인해 보는 게 이해도 더 잘 되고."

저녁 식사 시간을 미룬 채 츠바사는 거실 테이블에 앉아 부모 눈앞에서 다시 문제를 풀기 시작했다. 신지는 대폭적인 반 상승을 계획하는 듯 보였으나 마도카는 그건 바라지도 않았다. 어떻게든 사천왕반에 머물기만 바랐다. 아슬아슬하게 걸쳐도 된다. 6반이어도 상관없으니까 가토에게 배울 수 있는 사천왕반에만 있기를 바라면서 츠바사의 연필이 움직이는 것을 지켜봤다.

써낸 답을 남편이 바로 채점했다. 그동안 마도카는 스마트폰으로 게시판을 확인하며 실시간으로 학부모들이 올린 아이들의 체감 난이도에 관한 글을 읽었다. 어려웠다는 소리가 많아 평균점은 낮아질 거라는 분위기였다.

"실력이 늘었네!"

신지가 큰 소리로 말하며 츠바사의 머리를 마구 헝클이는 것을 보자 마도카는 눈물이 쏟아질 만큼 기뻤다. 츠바사의 성적은 전 과목 80점을 넘었다. 이 성적이라면 사천왕1로 돌아갈 가능성도 충분하다고 신지가 말했다. 츠바사도 기뻐 보였다.

"대단하네, 츠바사."

"아빠와 공부한 문제가 많이 나왔어."

마도카의 칭찬에 츠바사는 코를 찡긋거렸다.

"츠바사가 좋아하는 메뉴 만들어놓길 잘했네. 비프스튜, 많이 먹어."

벌써 밤 10시가 가까웠다. 먹고 나서 목욕을 하고 연호 암기 테스트와 한사, 그리고 계산 마라톤 10분제만 풀면 얼추 12시 전에 재울 수 있겠다고 생각했다. 신지가 늦은 시간에 퇴근해서야 공부를 봐주는 경우가 많아 최근 츠바사는 줄곧 수면 부족 상태였다.

반 편성 결과는 3일 후 점심때 학원 홈페이지의 마이페이지에 게시되었다. 누구보다 먼저 그것을 본 사람은, 마도카였다.

아리이즈미 츠바사 학생의 새 코스는 '난관반4'입니다.

"거짓말…….."

제일 먼저 든 생각은 뭔가 큰 착오가 있었나 보다였다. 있을 수 없는 채점 오류인가. 아니면 츠바사가 정답을 잘못 썼나. 떨리는 손으로 츠바사의 답을 확인한다. 마이페이지에 스캔본이 올라와 있었다. 자기 채점 때 말한 점수의, 절반도 안 됐다.

설마…… 설마…… 하면서 답안지 스캔본을 확인하니 분명 80점이라고 했던 수학이 반 이상 오답이었다. 과학과 사회도 자기 채점 때보다 훨씬 낮았다. 답안지 스캔 데이터가 시험 다음 날에 올라와 있었는데 이미 자기 채점을 끝낸 터라 굳이 확인하지 않았다. 그리고 그 내용은 자기 채점 때 말한 점수와 상당히 큰 차이가 났다.

얘가…….

마도카는 두려움에 휩싸여 마치 산소가 부족한 금붕어처럼 필사적으로 숨을 들이마셨다. 그때 스마트폰 화면 위에 신지의 번호가 표시되었다. 손가락으로 터치하자 금방 연결되며 목소리가 들렸다.

"봤어?"

"응? 뭘?"

알고 있으면서 마도카는 괜히 시치미를 뗐다.

"그 녀석 결과 말이야, 며칠 전에 친 거. 에이치의 마이페이지에 올라왔으니까 얼른 찾아봐, 놀라 자빠질 거야."

낮은 목소리로 호통치듯이 말한 신지는 바로 전화를 끊었다. 마도카는 작게 숨을 내쉬며 귀에서 스마트폰을 뗀다. 메신저에 읽지 않은 메시지 알림이 여러 개 떠 있었다.

신지: 봤지

신지: 그놈은 틀려먹었어

신지: 말한 것과 결과가 완전 반대야!

신지: 비겁하게 거짓말을 했어. 나도 완전히 속았고

신지: 다 끝났어. 이런 결과로는 어디에도 못 붙어

신지: 중학교 입시 포기하는 수밖에 없어

분노가 담긴 짧은 글자들. 멍하니 쳐다보고 있는데 이어서 메시지가 또 온다.

신지: 그놈 집에 오면 내가 더 이상은 한 푼도 지불하지 않을 거라고 전해

신지: 에이치 관두게 해!

신지: 돈 낭비야!

마도카는 천천히 손가락을 움직여 글자를 찍었다.

마도가. 일은?

곧바로 읽음 표시가 뜨는 것을 보자 헛웃음이 난다.

조금 전까지 '난관반4'에 큰 충격을 받고 있었는데 남편이 일하다 말고 스마트폰으로 아들의 결과를 체크하고 격분해 화를 못 참고 연거푸 메신저를 보냈다고 생각하자, 썰물처럼 뭔가가 온몸에서 빠져나가고 기분이 말도 못 하게 가라앉는 게 느껴졌다.

아닐 것이다. 분명 신지는 지금 제정신이 아니라서 그런 것이다. 말은 저렇게 했지만 그 사람도 아들이 걱정돼 죽을 판이다. 이 시험은 정

말로 중요했으니까. 이 시험에 사활을 걸고서 신지 나름대로 계획을 세운, 2학기 말 귀중한 두 달간의 반을 결정하는 중요한 시험. 난관반 4라니……. 새삼 마도카는 머리가 빙글빙글 도는 것 같았다. 난관반4. 설마, 이렇게까지 떨어질 줄이야.

소타로가 지난번 시험에서 난관반2까지 올라왔다는 소식은 츠바사에게 들어 알고 있다. 따라잡히지 않도록 열심히 해야지. 그때 그런 식으로 말했다. 다른 아이와 비교해서는 안 된다고들 했지만, 아무리 하지 않으려 해도 주변 아이들을 의식하게 된다. 다만 소타로는 남녀공학 지망이라 경쟁자는 아니었다. 쭉쭉 성장한 소타로를 떠올릴 때면 마도카는 위로하듯 스스로 그렇게 타일렀다.

생활용품점에서 일을 시작한 뒤로 그녀들과는 시간이 안 맞아 몇 번 만남을 거절했다. 츠바사에 관해 이것저것 물어오는 게 싫은 까닭도 있었다. 그 때문에 며칠 전 운동회 때 넷이 서서 이야기를 나눈 건 굉장히 오랜만이었다. 만일 에이치의 반 문제나 지망 학교 등을 추궁한다 싶으면 떨어져 있던 남편의 호출에 불려 나가는 것처럼 빠져나가려고까지 계획하며 경계하고 있었는데, 걱정할 만한 질문은 하나도 없었고 오히려 그녀들과 나눈 오랜만의 수다는 즐거웠다.

다카코는 변함없이 쾌활하게 선생님이 한 말이나 행사 정보를 알려주었고 지나츠와 유키도 그 이야기에 맞장구를 치며 학교에서 일어난 별 볼 일 없는 이야기들을 알려주었다. 딱 한 번 중학교 입시가 언급되었다. 유키가 지나츠와 같은 빵집에서 일을 시작했다는 말이 나왔을 때다.

"우리 집은 이대로 가다간 파산될 지경이에요."

유키가 웃으면서 말했다.

"에이치는 학원비가 비싸요?"

"비싸죠?"

지나츠의 물음에 유키가 마도카에게 동의를 구했다. 마도카가 끄덕이자 유키가 말했다.

"학원비 외에도 이것저것 모의시험이나 특별수업 같은? 무서운 안내문이 날아와요. 황금연휴 특별수업이라니, 우리는 불참해서 돈 아꼈지만요. 3일에 4만 엔이 말이 돼요?"

"엄청 비싸네. 돈 아끼길 잘했어요."

미간을 구기는 지나츠 옆에서, 황금연휴 특별수업에 어떻게 참여를 안 할 수가 있나 싶어 마도카는 놀랐다. 그 3일간 당연히 츠바사는 아침부터 밤까지 에이치에서 특훈을 하고, 그 이외의 시간에는 집에서 공부를 이어갔다. 올해의 황금연휴에 나들이는커녕 외식조차 안 했다. 곁에는 언제나 신지가 딱 붙어 있었다.

"그러게요. 저도 내년에 막내가 초등학교에 들어가서 일을 해야 할 텐데. 빵집 일은 어때요?"

나가고가 지나츠에게 붙은 뒤로는 화제가 빵집으로 옮겨가 자리가 파할 때까지 빵집 점장의 웃기는 일화로 일관했다. 웃으면서 그녀들의 이야기를 들으며 마도카는 역시 다들 살림을 꾸려나가기 힘들구나 싶어 다행이라는 생각마저 들었다.

귀국한 신지의 급여는 크게 줄어들었다. 해외 근무 수당이 없어진 데다 원래 근무했던 본사 부서에 공석이 없다고 해 일시적으로 지사 감독 업무를 맡게 된 듯 보였다. 1, 2년이면 돌아올 수 있다고 했으나 그때까지는 줄어든 월급을 받아들여야 했다. 근무 시간이 줄어들어 츠바사의 공부를 성심껏 봐줄 수 있게 된 건 좋았으나 그래도 감봉의

열두 살

타이밍이 6학년 시기였던 것은 쓰리다. 학원비가 너무 늘어났다. 생활용품점에서 번 아르바이트비는 황금연휴 특별수업, 토요일 특별수업, 일요일 테스트, 하계 특별수업, 여름 특강, 가을부터는 지망 학교 대책 강좌 등, 통상 수업료에 이것저것 추가돼 월급은 흔적도 없이 사라진다. 집 대출도 아직 한참 남아 있고 츠바사를 사립에 보내려면 줄일 수 있는 부분은 줄이고 열심히 저축해두는 수밖에 없는데. 아르바이트를 더 늘려야 할까. 지나츠와 유키처럼 부양가족 공제 기준 한도까지 일해야 하지 않을까. 그런 생각을 하면서도 빵집 점장 이야기에 마도카는 오랜만에 소리 내어 웃었다.

유키는 마음씨 좋은 사람이고 소타로도 츠바사와 친구인데다 애초에 지망 학교가 다르니까 경쟁 상대는 아니라고, 마도카는 자신을 다시 타이른다. 그러나 이번 시험에서 졌다고 생각하니 어금니를 깨물고 싶다.

신지에게서 메신저가 왔다.

신지: 그놈은 이제 버린 자식이야! 내 아들 아니야!

"하아?"
저도 모르게 소리가 터져 나왔다.
이 독단적인 선언은 뭔데. 아무도 안 물었는데 갑자기 아내에게 본때를 보여주는 듯한 말투로 보내는 선언, 이게 이 사람의 분풀이인가. 그렇다면 이 얼마나 어린아이 같은 짓인지.
마도카는 이제 이성이 돌아와 냉정함을 찾은 것 같았다.
자신도 '난관반4'를 본 순간에는 정말로 충격이었다. 기가 막혔다.

그러나 '비겁'이라든가 '버린 자식'이라든가, 아들을 그런 식으로는 여기지 않았다. 도대체 어떻게 그런 소리를 할 수 있을까. 내가 충격을 받은 건 단지 무서웠기 때문이다. 이대로 간다면 아들이 어떻게 될지, 겁이 났던 것뿐이다. 이 아이가 엄청난 상처를 받게 될 날이 올 것 같아서.

신지는 무섭지 않은 걸까.

몇 시간 후 학교에서 돌아온 츠바사에게 마도카는 스마트폰의 마이페이지를 보여주었다.

작은 화면 속에 또렷하게 적힌 자신의 최신 편차치와 '난관반4'라는 새로운 반 이름을 응시하고 있는 츠바사를, 마도카는 가만히 쳐다봤다. 아이는 무표정으로 말했다.

"내려갔네."

"내려갔어."

마도카도 조용히 말했다.

눈앞에는 희로애락이 빠진 멍한 얼굴이 있었다. 그 입술이 살짝 떨리는 것 말고는 평소와 다름없는 얼굴이었다. 그러나 자세히 보면 그 표정은 근력 하나 없이 축 늘어진 듯했다. 그리고 그것이, 최근 츠바사의 '평소와 다름없는 얼굴'이었다.

무슨 말이라도 꺼내려는데 츠바사가 갑자기 용서를 빌었다.

"죄송해요."

감정 없는 로봇과 같았다. 부모가 바라는 분함이나 다시 열심히 해보겠다는 욕심 같은 것을 아들은 전혀 느끼지 않는 것처럼 보였다. 이 아이는 어딘가 조금 둔한 게 아닐까. 분하지도 않은 걸까? 마도카의 가슴 깊은 곳에서 분노의 마그마가 작은 불씨처럼 생겨났다. 마도카는 날카로운 목소리로 절규하며 아이에게 퍼붓는 자기 모습을 생생하게 그릴 수 있었다. 창피하지 않니?!, 분하지도 않아?!, 그 정도로는 성에 안 차 소타로 이야기도 끄집어내겠지. 결국 따라잡혔네! 그 아이한테. 너는 훨씬 전부터 에이치에 있었으면서! 수업료를 시궁창에 버린 거나 마찬가지야! 열두 살의 마음을 좌절시키는 그런 말을 가차 없이 늘어놓는 자신이 머릿속으로 보였다. 그건 바로 얼마 전까지 수많은 시험 후에 자신이 아들에게 보여왔던 모습이었다.

그러나 오늘, 마도카의 마그마는 끓어오르지 않았다. 어쩌면 남편이 보낸 메신저가 그것을 없애줬는지도 몰랐다.

마도카는 가만히 아들에게 손을 뻗었다. 어깨를 쓸어주고 싶었다.

"츠바사."

순간 츠바사가 마치 짐승처럼 민첩하게 몸을 움츠렸다. 어깨를 어루만져주려고 했을 뿐인데, 생각지 못한 강한 거부에 마도카도 움츠러든다. 하지만 큰 동작에 비해 츠바사의 눈은 여전히 힘이 없었고 표정은 둔한 그대로였다.

"오늘은 에이치, 쉴까?"

손을 오므린 채로 말을 꺼냈다.

그러자 무표정하던 츠바사가 처음으로 겁에 질린 표정을 지었다.

"왜?"

츠바사가 물었다.

"쉬자. 엄마가 학원에 전화할게."

츠바사의 눈초리가 움찔 경련을 일으켰다.

"왜? 갈 거야. 가야 해."

"피곤하잖아, 오늘은 쉬어."

순식간에 츠바사의 눈에 눈물이 차올랐다.

그리고 다음 순간, 큰 소리를 내며 츠바사가 갑자기 엉엉 울기 시작했다. 으아아아아아앙아아아아앙! 과장된 울음소리를 내며 츠바사가 테이블로 엎드렸다고 생각했는데 순간 고개를 들어 이마를 쾅 내려찍었다. 너무도 갑작스러운 동작에 마도카는 다시 쾅 소리가 날 때까지 멍하니 얼어붙은 듯 서 있었다.

"그만해! 뭐 하는 짓이야!"

황급히 소리치며 츠바사의 등을 붙잡았다. 덮치듯 아이를 저지하자 츠바사가 팔을 들어 마도카를 힘껏 밀어젖혔다. 그 반동으로 마도카는 뒤로 나자빠지며 바닥에 엉덩방아를 찧었다.

"악!"

마도카가 내지른 소리에 깜짝 놀란 모양인지 츠바사는 동작을 멈추고 내려다보았다. 입이 작게 벌어져 있었다. 마도카는 그제야 아들의 얼굴을 정면으로 쳐다봤다. 내려찍은 이마가 빨갛게 부어 있었고 눈물로 일렁이는 조그만 검은 눈동자가 헤엄치듯 살게 흔들렸다. 아들은 동요하며 넘어진 엄마를 걱정하고 있었다.

"츠바사."

마도카의 눈에서 눈물이 솟구쳤다.

"츠바사. 츠바사."

일어나 비틀거리며 옆 의자에 앉았다. 츠바사는 마도카의 시선을 외면하며 몸을 부르르 떨었다. 그러더니 다시 생각난 듯 울기 시작했다. 윽…… 윽…… 으앙……. 숨이 거칠었다. 콧물도 나왔다. 마도카는 가만히 손을 뻗어 자그만 등을 쓸었다. 이번에는 피하지 않았다. 그리

열두 살

고 콧물과 눈물을 동시에 테이블에 떨어뜨리며 자그만 아이가 물었다.

"내 점수가…… 많이 떨어져서 그래?"

그러고는 머리를 다시 테이블에 내려찍었다. 쿵.

"츠바사."

쿵.

"그만해 츠바사."

"점수가 떨어져서…… 에이치…… 이제 못 다니는 거야?"

테이블에 이마를 댄 채 우물거리며 츠바사가 말했다.

어떤 말을 해줘야 좋을지 몰라 머뭇대는데 츠바사가 또다시 내려치려는 듯 고개를 위로 올렸다. 마도카는 깜짝 놀라 더는 못하게 아이를 끌어안았다.

"아니야. 그런 게 아니야."

머리에 코를 갖다 대자 땀 냄새가 났다. 더럽기는커녕 반가운 이 달콤한 냄새. 줄곧 잊고 있었다. 나와 생명을 나눈 유일한 존재. 내게 이 아이가 얼마나 소중한가. 세상 무엇과도 바꿀 수 없는 이 소중한 영혼이 지금 자기 스스로를 부수려 하고 있다. 고작 열두 살. 이 아이가 자신을 스스로 괴롭히고 있다.

"츠바사. 괜찮아. 괜찮아. 잠시 쉬자는 것뿐이야. 엄마가 아빠한테 잘 말할게. 선생님한테도."

"싫어. 싫어. 내가…… 반이…… 떨어져서……. 나 버리려는 거잖아, 엄마도, 아빠도……."

"그게 무슨 소리야."

"내가…… 내가……."

조금 전의 무표정과 마도카를 밀어뜨렸을 때의 사나움은 거짓말같이 사라지고, 츠바사는 아기처럼 연약해 보였다. 눈에서는 눈물이 계속 흘러나왔다.

이만큼 많은 눈물을 아이는 내내 마음속에 품고 있었을까.

3일 전 시험을 보고 무슨 마음으로 집에 돌아왔을까. 애타게 기다리던 부모는 저녁 식사도 뒤로 미루고서 자기 채점을 시켰다. 이 아이는 최종 시험 결과가 나오기 전까지의 단 며칠을 넘기기 위해 돌아오는 전철 안에서 정답을 필사적으로 외워 와 적었던 걸까.

마음이 너덜너덜 뜯긴 것만 같았다. 마도카는 자신들이 무슨 짓을 해왔는지를 비로소 정면으로 보게 된 것 같았다.

— 아빠와 공부한 문제가 많이 나왔어.

그날 천진한 미소를 지으며 츠바사는 말했다. 속았다며 신지는 메신저로 격노했으나 츠바사가 속이고 싶었던 건 부모가 아니라, 자기 자신이 아니었을까. 그 순간을 모면하기 위해 온 힘을 다해 거짓말을 함으로써 그 거짓말을 진짜라고 믿고 잠시지만 즐거운 마음으로 부모의 웃는 얼굴을 보고 싶었던 것은 아니었을까. 왜냐하면 그 아이의 부모는 성적이 좋을 때만 웃어주니까.

— 츠바사가 좋아하는 음식 만들어놓길 잘했네.

잘 받아온 점수와 비프스튜를 맞바꾸듯이 내민 엄마. 아들은 거짓으로 만들어낸 세계에서 맛있다고 말하면서 그것을 먹었다.

"츠바사. 엄마가 사랑해."

마도카는 가슴 벅차게 말했다.

"정말로, 정말로, 네가 제일 소중해. 진짜로, 세상 그 누구보다. 네가 소중해."

지금 이 말을 하지 않으면 후회할 것 같았다. 그러나 품 안에서 츠바사는 여전히 떨고 있었다. 엄마의 말 같은 건 더는 와닿지 않는다는 듯이.

"학원 관두게 하지 마, 에이치 관두게 하지 마……."

몸을 덜덜 떨며 헛소리처럼 그 말만 반복할 뿐이었다.

∽

그날은 아침부터 비가 내렸다.

퇴근할 타이밍에 한 고객이 파이버글라스 인출선의 위치를 물어왔다. 파이버글라스도 인출선도, 마도카는 당최 무슨 말인지 몰라 허둥지둥하면서 매장의 전문 담당자를 찾았지만 보이질 않았다. 결과적으로 주문 신청하게 되었는데, 그 장년의 남성 고객에게 공부 좀 하라는 말을 들었다. 생활용품점의 점원이 인출선도 모르냐는 소리와 더불어. 마도카는 비참한 기분으로 죄송하다고 사과했다.

겨우 일을 끝내고 100미터 정도 거리에 있는 엔젤스까지 비 때문에 종종걸음으로 향했다. 점심시간에 나올 수가 없어 스케줄을 미리 조정해 오후 근무는 빼고 오전만 하고 일을 끝냈다.

가게에 가까워지자 창 쪽 칸막이석에서 세 사람은 이미 담소를 나누고 있었다. 구스다와 하야시와 다카코. 빗방울이 흘러내리는 우산을 비닐봉지에 넣고 서둘러 향한다. 세 사람 모두 마도카를 보자 미소 띤 얼굴로 손을 흔들었다.

"이제야 다 모였네요. 서기 인수인계 이후로."

"그때 업무 고생했죠."

"마도카 짱, 배고프지. 얼른 앉아."

저마다 한마디씩 한다. 분위기가 한창 무르익어 보여서 안심했다.
"미안해요, 일이 조금 늦어져서."
"아유 괜찮아요, 저도 이제 막 왔어요. 주문 밀리기 전에 얼른 주문해요."
구스다의 말에 마도카는 메뉴에 시선을 주며 서둘러 정했다.
"오늘은 뭐예요? 중학교 입시 얘기?"
구스다가 선수 쳤다.
갑작스러웠던 터라 마도카는 생각보다 일찍 말이 나오고 말았다.
"츠바사의 탈락 발표입니다."
그렇게 밝게 말하고는 그 말에 맞춰 억지로 웃음을 지었다.
다들 같이 웃어줄까 싶었는데 단숨에 자리가 조용해진다.
"괜찮아?"
다카코가 물었다.
"응. 미안해 갑자기. 아, 츠바사는 제 아들이에요." 하고 구스다와 하야시에게 먼저 양해를 구한 뒤 "중학교 입시 탈락했어요." 재차 그렇게 말하며 웃으려고 했는데, 어쩐지 갑자기 가슴이 꽉 막히는 느낌이 들었다. 조금 전의 파이버글라스 인출선 일로 인한 소동도 한몫했을지도 모른다. 단번에 눈시울이 뜨거워지는가 싶더니 자신도 놀랄 만큼 눈물이 흘러내렸다.
"어머머."
다카코가 어쩔 줄 몰라 한다. 하야시와 구스다도 당황한 얼굴이다. 오랜만에 만나자마자 울기 시작한 자신이 이 사람들 눈에 어떻게 비칠지 생각하니 웃겼다. 최근 자신이 정서적으로 불안정하다는 건 알고 있었지만, 설마 이 정도일 줄은 생각지 못했다.

열두 살

"미안해요. 아이참, 나 왜 이러지. 아직 이것저것, 진정이 안 돼서…… 심적으로."

황급히 맨손으로 눈물을 훔쳤지만 무너지기 시작한 감정은 쉽게 수습이 안 된다.

갑자기 등에 따뜻한 온기가 느껴졌는데, 다카코의 손이었다.

"괜찮아, 괜찮아."

그렇게 말하면서 다카코가 등을 쓸어주고 있었다. 엄마 같다고 마도카는 생각했다. 실제로 다카코는 세 아이를 키우고 있는 엄마다. 그리고 놀랍게도 맞은편의 하야시도 눈물을 글썽였다. 당장이라도 두 눈에서 눈물이 왈칵 흘러넘칠 것만 같았다.

"자식이 뭔지, 참 괴롭네요." 하야시가 말한다. "저도 둘째가 큰애 학교에 못 들어가서 애들보다도 제가 더 우울했어요. 그래도 지금은 둘째도 좋은 친구들을 만나 즐거워 보여요. 딸의 모습을 보고 이거면 충분하다고, 이제 겨우 생각하게 되었어요. 저도 정말 겨우……, 합격 발표로부터 1년 이상 걸려 중학교 입시를 졸업한 것 같아요. 아, 미안해요, 제 이야기만 해서."

하야시의 따뜻한 말에 눈물이 더욱 쏟아졌다.

숙연한 분위기 속에서 "일단 물부터 마셔요"라는 구스다의 말에 네 사람은 겨우 웃었다.

식사 중에도 식사를 마친 후에도, 마도카는 자신의 눈물의 핵심이 되는 진짜 괴로움에 대해서는 모두에게 전하지 않았다. 말한 내용이라고는 이런 식이다. 츠바사는 입시 공부에 지쳐버렸다. 성적도 서서히 떨어져 결국 평균점을 밑돌았다. 그에게는 수영과 영어 등, 이외에도 여러 가지로 하고 싶은 것이 있다. 좀 더 구김살 없이 자유롭게 키우고 싶다. 최근 피곤한 아들의 모습을 보고 이것저것 가족이 의논을 한 결과 중학교 입시는 관두고 고등학교 입시에 힘을 쓰는 게 좋지 않을까 하는 의견까지도 나오게 되었다. 어쩌면 내일 당장에라도 에이치 선생님에게 인사를 하고 거기서 끝낼지도 모른다.

"······미안해요, 이런 이야기를 해서. 정말로 저는 한심한 엄마네요."

츠바사가 이렇게 되기까지 무슨 일이 있었는지, 신지가 츠바사에게 무슨 짓을 했는지, 그리고 그날, 가족에게 어떤 전화가 걸려 왔는지, 그 이후 부부가 어떤 시간을 보냈는지. 그런 얘기는 아무에게도 말할 수 없다. 하지만 이 마음속에 땡땡하게 부풀어 오른 괴로운 공기를 조금이라도 빼고 싶었다.

속마음을 살짝 희석해 보드랍고 예쁘게 만든 스토리인데도 이렇게 내뱉고 나니 묘하게 시원해지는 기분이 들었다. 구스다가 일대일로 말고 넷이서 보자고 제안했을 때 조금 주저했지만 역시 모두에게 말하기를 잘한 것 같다.

그러나,

"그래서 학원은 며칠이라도 쉬게 했어요?"

하고 묻는 하야시의 눈에 이제 눈물 자국은 보이지 않았다.

"하루요."

마도카가 대답했다.

"딱 하루······요?"

되묻는 하야시 옆에서 구스다가 조금 딱딱한 목소리로 말했다.

"그런 걸로 '탈락'이라고 하지 말아요."

열두 살 251

마도카는 흠칫했다. 조금 전 별 뜻 없이 나온 말이었는데, 구스다와 다카코의 자녀들이야말로 이미 중학교 입시에서 '탈락'했다.

"미안해요. 기분 나쁘셨죠."

그렇게 말하자 구스다는 순간 어안이 벙벙한 표정을 지었다가 이내 활짝 웃었다.

"저는 아무렇지 않아요. 그게 아니라, 그런 말을 혹시 평소에 아무렇지 않게 사용하나 싶어서요."

"네?"

"나중에 아이의 마음에 깊이 남으니까 아이 앞에서는 그런 말은 안 하는 게 좋을 것 같아요."

"아, 네……."

"그보다 에이치 시험에서 성적이 좀 떨어졌다고 부모가 바로 '탈락'이라는 말을 할 정도로 츠바사 군은 지금껏 성적이 굉장히 좋았나 봐요. 차원이 다른 수준의 세상 모든 구스다는 운다고요."

구스다가 농담조로 말하자 "모든 다카코도" 하고 다카코도 장단을 맞추며 웃는다.

한바탕 웃고 나서 구스다가 말했다.

"'탈락'이라는 건 말이죠, 우리 애 같은 걸 말하죠. 우리 아들은 학원에서도 꼴찌인 주제에 온라인 게임을 한 달에 60시간씩 했었어요, 제 눈을 피해서요. 그것도 6학년 여름방학에 말이에요. 말이 돼요? 그래서 제가 게임기를 부숴버렸잖아요."

그 에피소드는 온마마 책에도 나온다. 예상대로 구스다는 온마마였고 설정을 바꿔서 그 책을 쓴 게 아닐까 다시 의심하게 된다. 그런 생각을 하는데 당연하다는 듯이 다카코가 말했다.

"남자아이에겐 흔한 일이죠. 부모 몰래 멋대로 결제해버렸다는 이야기도 많이 듣잖아요."

그런 걸까. 세상에는 게임 때문에 옥신각신하는 부모와 자녀가 그렇게 많은가. 물에 잠기며 츠바사의 휴대용 게임기에서 작은 거품이 뽀글뽀글 일어나던 모습이 떠오른다. 한 달에 60시간이라니? 믿을 수 없었다. 츠바사는 매일 고작 수십 분, 그것도 때마침 정해진 시간보다 조금 넘긴 그 순간에 신지에게 들킨 것이다. 게임머니 결제 같은 건 해본 적도 없었다.

"그랬더니 우리 아들은 자기 게임기를 부쉈다는 것에 항의한다고 다음 모의시험 때 백지로 냈잖아요. 전부 0점."

"세상에. 간도 크네."

"백지로 제출하다니, 보통이 아니네요. 뭘 해도 할 강단 있는 아이예요."

다카코와 하야시가 차례로 맞장구를 쳤다.

그때 게임기가 망가진 츠바사는 그에 대해 전혀 반항하지 않았다. 으느껴 울면서 신지의 발에 그저 고개를 끄덕이고는 신지가 꺼낸 선택지…… 단 2개뿐인 선택지 중 아빠가 강력히 강요하고 있는 하나를 마치 자신의 선택인 양 억지로 선택했다.

"그렇다기보다, 완고해요. 자기 물건을 멋대로 망가뜨린 부모에게 지배당하고 싶지 않다고 중학교 입시도 안 보겠다고 하는데. 보통 6학년이 되면 중학교 입시 관두라고 말해도 본인이 '싫다'고 하잖아요. 그런데도 우리 애는 정말이지. 멍청한 남편까지 게임기를 부순 건 지나쳤다면서 아들 편을 드는 거예요. 그러고는 둘이서 도망쳤죠."

"도망쳤다고요?"라고 다카코가 흥미롭다는 듯 되물었다.

"그랬다니까요. 다음 날 아침에 일어났더니 텅 비어 있더라고요. '학원 수업은?!' 하면서 저 혼자 반 미쳤었죠. 거실에 '우리를 찾지 마'라는 편지를 보고는 정말이지."

"편지요?"

"그 두 사람 심야에 몰래 집을 나가서는 산에 올라간 거 있죠!"

"산?"

구스다의 말투가 재밌어서인지 만담처럼 들리기도 했으나 믿기지 않는 이야기다.

"멍청한 남편이 등산부 출신이에요. 때마침 첫째는 동아리에서 여름 합숙 중이었지만요. 몰래 계획을 세웠던 모양이에요. 둘이서 산 정상에 올라가 이야기를 나누고서 중학교 입시는 관두기로 결정을 내리고 돌아왔죠. 지금 이렇게 얘기하니 개그 같은데, 그때의 저는 정말 펑펑 울었어요. 세상이 끝난 사람처럼. 그런데 지금 생각하면 시기가 아니었던 것 같아요. 그 상태로 아들과 둘이서 계속했더라면 아마 칼을 들었을지도 몰라요. 아슬아슬하게 그 늪에서 빠져나올 수 있었어요, 우리 집은."

하야시와 다카코가 고개를 끄덕이며 호응한다.

"우리는, 첫째가 특성화 고등학교에 다니고 있는데 둘째도 같은 곳에 갈 거래요."

구스다가 이어갔다.

그런 이야기까지 말해버리나…… 마도카가 그런 생각을 하고 있는데 하야시가 말했다.

"어머, 첫째가 특성화 고등학교에 다녀요? 대단하다."

입에 발린 소리인가 싶었지만 다카코도 "로봇 대회 같은 것도 해요?" 하고 몸을 내밀며 묻는다.

"아뇨, 우리는 바이오나 물질 공학 쪽 코스."

"아, 그것도 대단한 거 아니에요? 멋지다. 특성화 고등학교는 기업과 대학에서도 많이 선호한다고 하던데."

그런가? 다카코의 말에 마도카가 생각한다.

"그렇게 호락호락하진 않아요. 하지만 선배들의 영향을 받아 나중에는 대학을 편입하겠다고 하네요. 자기 입으로 꺼낸 말이라 오히려 제가 놀랐죠. 뭐, 성적을 봤을 때는 애매하지만요. 특성화 고등학교 학생은 최상부터 최하까지 있어서요, 똑똑한 아이는 국립대학에서 스카우트 제의를 받을 정도로 잘하지만, 개중에는 우리 애 같은 애들도 있어서요. 그래도 스스로 하고 싶은 일을 선택할 수 있을 것 같기도 하고, 어쩐지 지금은 즐거워 보여요."

구스다는 겸손하게 말하면서도 자랑스러운 표정을 지었다.

"그런 형의 모습을 보고 동생도 겨우 스스로 '공부하고 싶다'고 말을 해서 다이니치의 고교 입시 코스에 다니기로 했어요. 그래서 아들을 데리고 초등학교 때 신세를 졌던 다이니치 선생님께 인사를 드리러 갔죠. 제대로 인사도 하지 않고 그만둔 지 2년 반 만에 말이죠. 아들은 선생님이 기억 못 할 거라고 했지만, 전혀요. 학원 선생님은 부모가 생각하는 것 이상으로 학생을 잘 살펴보고 기억하고 있더라고요. 그래서 제가 선생님께 '그땐 중학교 입시에서 탈락했는데요' 하면서 얘기를 꺼냈더니 그러더라고요. '어머님, 아드님은 탈락한 게 아니라 선택을 한 겁니다'라고 말이죠. 그때 중학교 입시는 콩코드 효과와의 싸움이라는 말을 들었어요."

"콩코드 효과요?"

"인간의 심리 상태를 가리키는 말인데요. '여기까지 왔는데' 하는 생각에 발길을 돌리지 못하는 심리라고 하더라고요."

"아, 무슨 뜻인지 알겠네요."

하야시가 쓰게 웃는다.

"그렇죠? 학년이 올라갈 때마다 드는 비용도 늘어나고, 시간도 노력도 많이 들어서 더더욱 이탈할 수 없게 되잖아요. 사실은 과거에 소비한 것을 현재 상황과는 분리해서 의사 결정을 해야 하는데, 인간이란 그게 좀처럼 마음대로 안 되니까. 도박이라든가 기업 프로젝트나 때로는 국가의 결정도…… 악수를 둔 결과 수렁에 빠져버리는 사례도 많이 있잖아요. 하지만 그 오류에 빠지지 않고 의사 결정을 했으니, 이건 '탈락'이 아니라 훌륭한 '선택'이었다는 다이니치 선생님의 말씀에 저 처음으로 엉엉 울었어요. 울면서 그 여름 산에서 돌아온 남편이 '등산의 철칙은 위험을 느끼면 돌아가는 거야'라던 말이 생각나더라고요……."

구스다의 말에 하야시와 다카코도 "맞아요, 정말", "너무 이해해요"와 같은 말을 하면서 절실히 고개를 끄덕였다.

그러나 마도카는 오히려 마음이 괴롭고 답답해졌다.

콩코드 효과…… 처음 듣는 말이었으나, 뭐라 해도 분명 자신은 아직 그 한가운데에 있었다. 절실하게 공감될 리 없었다. 초등학교 2학년 말부터 6학년까지. 돈도 시간도 노력도…… 미친 듯이 달려왔다. 이 네 사람 중 분명 그 누구보다도.

"중학교는 어때요? 그…… 미나미초등학교 애들도 있죠?"

화제를 바꾸고 싶어 마도카가 물었다.

"맞아요. 미나미초등학교는 맞벌이 가정이 많아서 아이들도 착실해요. 처음에는 미묘하게 벽 같은 게 있었는데 금방 친해지더라고요, 어찌나 싱그럽던지. 아들 학년에는 미나미초등학교에서 온 귀여운 여학생들이 많았던 모양이에요."

구스다는 추억담을 유쾌한 어조로 전했다. 중학교 2학년인데 여자 친구가 생겼다는 자랑까지 듣고 나자 마도카는 어이가 없었다. 이전에 빈곤 가정이 어떻다느니, '미나미초등학교는 험악하다', '걔들한테 물들까 겁난다'라는 말들을 내뱉었던 걸 기억하지 못하는 걸까.

"마도카 씨. 이제 얼마 안 남았으니까, 애가 많이 지쳤으면 조금 쉬게 한 다음 마지막까지 힘내서 해보면 어떨까요. 혹시나 다 떨어져도 욘중학교도 나쁘지 않아요. 그렇게 되면 오세요. 욘중학교는 도보로 다닐 수 있고 수업과 행사, 동아리 활동까지 세금 혜택을 받을 수도 있고, 영양 균형 잡힌 급식도 나오고. 은근히 최고의 선택이었어요."

잠자코 있는 마도카에게 말을 건네는 구스다의 표정은 다정했으며 그 말에 거짓은 없었다. 마도카는 비로소 이 사람은 온마마가 아니었다고, 당연한 사실을 받아들였다.

"마도카 짱, 오늘 와줘서 고마워. 즐거웠어."

돌아가는 길에 나란히 우산을 쓰고 걸어가면서 다카코가 말했다.

"나도 즐거웠어."

마도카는 그렇게 말했지만 별로 즐거운 기분은 아니었다. 츠바사의 상황이나 에이치에 계속 보낼지 말지를 다카코가 이것저것 캐물을까 봐 눈을 마주하지 못했다.

"나 단지 출신이잖아."

다카코가 말했다.

"전에 구스다 씨가 미나미초등학교는 단지 아이가 많다면서 여러 가지로 안 좋게 말했잖아. 그 말에 꽤 상처받았거든. 근데 구스다 씨도 계산적인 사람이랄지, 뜬금없이 미나미초등학교를 추켜세우니까 웃기더라."

"……그러게."

"사람은 원래 낯선 세계는 우선 거부하고 보는가 봐. 자신을 지키기 위해서 말이지."

다카코의 말투는 조금 공격적으로 들렸다. 무거운 이야기로 이어질 것 같아 마도카는 입을 다문다. 얼른 집에 가고 싶었다.

"마도카 짱이 츠 짱에게 중학교 입시를 시키고 싶은 이유가 혹시 본인이 사립중고교를 거쳐 왔기 때문에 공립중학교에 보내는 게 불안해서야?"

다카코가 물었다.

한참 벗어난 추측에 마도카가 놀라 웃는다.

"그런 거 아냐. 말 안 했었나. 나 시골 공립중학교 나왔어. 중학교 입시와는 전혀 관계없는 세계였어."

"흠. 그럼 남편의 영향인 거야? 남편이 에이치의 전신인 학원에서 중고교 일관교 출신이라고 했잖아."

"그야…… 그렇긴 한데."

확실히 그 이야기는 다카코에게 했다.

"마도카 짱은 츠 짱을 어떤 아이로 키우고 싶어?"

다카코의 걸음이 조금 느려진다.

같이 아이를 키우는 처지인데 그런 질문을 받자 이상하게 굴욕감이 들었다.

"어떤 아이라니……. 모르겠어. 어떻게든 되지 않을까."

"중학교 입시에 일찌감치 포기한 내가 할 소리는 아니지만, 솔직히 말하면 최근 츠 짱이 조금 걱정돼서."

다카코는 멈춰 섰다.

"걱정이라니……."

약한 빗줄기 속에서 서로를 마주 봤다. 다카코가 어떻게 말해야 할지 머뭇거리듯 잠시 눈을 굴리다가 말을 어렵사리 꺼낸다.

"나는 마도카 짱을 친구로 생각하고 있고 츠 짱도 좋아해, 그래서 뒤에서 말하고 싶지 않아. 있지, 츠 짱 말이야, 요즘 학교에서 맨날 잠만 잔대. 선생님이 주의시키면 툴툴거리고, 예전에는 안 그랬는데 친구들에게 '머리 나쁘다' 같은 말을 하는가 봐. 릴레이 선수도 기껏 뽑혔는데 아침 연습이 있다는 말을 듣자마자 표정이 어두워져서는 아빠한테 해도 되는지 물어봐야 한다고 했대. '그런 애가 아니었는데'라고 우리 애뿐 아니라 리키도 그렇고 다들 그러더라. 츠 짱, 지금 굉장히 궁지에 내몰린 것 같아……."

"뭘 안다고 그래?" 목소리가 떨렸다. "당신이 뭘 알아."

"아…… 아. 미안해."

다카코는 즉시 사과했다. 그 솔직함이 오히려 짜증이 나 마도카는 멈출 수가 없었다.

"호시나미에 들어갈 수 있는 아이라고 가토 선생님이 그러셨어. 처음으로 친 시험에서 니시아사권이라더라. 특별한 아이라고! 그런 말 에이치 이사가 모든 학생에게 하는 말은 아니잖아. 그 학원은 영업하고 싶은 아이를 선택하니까. 그런 말을 들으면 이 아이는 얼마든지 날개를 펼칠 수 있다고 생각하게 되잖아? 부모라면 당연히 내 자식이 날개를 맘껏 펼치기를 바라지 않겠어? 나중에 들어온 애들한테 계속 따라잡히다 보니까…… 우리의 방식이 잘못됐다는 건 나도 알고 있어. 츠바사를 점점 망치고 있는 거지. 착한 아이였는데. 그러려고 그랬던 건 아닌데. 다 알고 있다고. 근데 이제 정말 100일도 안 남았어. 앞으로 몇 달이야! 그 몇 달만 참으면…… 합격만 하면 전부 고칠 수 있으니까, 그러니까 도저히 포기할 수가 없어! 포기 못 한다고! 과거와 분리해서 의사 결정해야 한다는 건 너무도 잘 알지만, 그게 그렇게 쉬운 게 아니야. 생각해 봐, 어쩌면 그때 그만두지 않길 잘했다고 생각하게 되는 날이 올지도 모르잖아. 그 가능성이 1% 정도는 남아 있을지도 모르잖아. 그런 생각이 드니까 이러고 있는 지금도, 조금이라도 공부를 시켜야겠다 싶은 거야. 학교에 있는 시간은 전부 쓸데없다고 생각하게 돼. 이제 입시를 관둬야겠다고 속으로 생각했으면서 에이치를 고작 하루 쉬었어. 불안해져서는 하루 쉰 것도 후회하게 되고…….”

"마도카 짱, 잠시만.”

다카코가 도중에 마도카를 만류했다. 일그러진 표정으로 눈은 곧 울 것만 같았다.

마도카는 이미 울고 있었다. 조금 전 엔젤스의 데이블 위에서 주르륵 쏟아내던 눈물보다도 훨씬 뜨겁고 고통스러운 눈물이 조용히 뺨을 적시고 있었다.

"마도카 짱. 그래도, 그러면 츠 짱의 마음은 생각 안 해?”

"그런 거. 마음은 나중에 따라온다고 신지가 그랬어. 신지…… 우리 남편도, 자기 아버지와 학원 선생님께 맞아가면서 공부하느라 정말 괴로웠고 1지망 학교에 떨어져서 중학교 입시에는 좋은 추억이 없다고 하지만, 지금 돌이켜보면 그 학교에 넣어줘서 다행이라고 고마워하고 있다고. 그 학교에 넣어주지 않았다면 지금의 대학에도 회사에도 못 들어갔을 테니까, 그때의 인생이 틀리지 않아 다행이라고. 츠바사도 어른이 되면 무조건 그렇게 생각하게 될 거라고."

"그래도."

"다카코 씨가 무슨 말 하려는지 알아. 하지만 그 누구에게도 꺼내지 못하는 말도 안 되는 일이 우리 집에서는 많이 일어나고 있어! 상황이 이렇게 돼버린 건 츠바사를 궁지에 몰아넣었기 때문이라는 걸 내가 제일 잘 알고 있어! 알고 있어도! 그런데 알고 있다고 한들, 속수무책인 일도 있는 거야! 정말로 이상하다고, 분명 잘못하고 있다고 생각하면서도 그래도 몇 달만 더 눈을 꾹 감고 어떻게든 하면…… 인생에서 고작 그 몇 달만, 지금만 참으면 된다고."

"그래도 마도카 짱……."

"학원 레벨 테스트에서 떨어진 아이 부모는 절대로 이해 못 해!"

정신을 차리고 보니 마도카는 이렇게 소리치고 있었다.

해서는 안 되는 말을 내질러버렸음을 곧바로 알았다. 하지만 생각과 달리 자신을 멈출 수가 없었다.

"나도 츠바사가 차라리 공부를 더 못했으면 싶어! 니시아사라든가! 사천왕이라든가! 츠바사가 아예 공부를 못하는 아이였다면 그런 세계를 모르고 지낼 수 있었는데! 이런 길을 가지 않아도 됐는데……!"

내가 지금 무슨 소리를 하는 거야, 이 무슨 오만하고 어리석은 짓을……. 머리로는 알고 있으면서도 멈추지 못했다. 이제 끝이구나. 다카코와는 이렇게 끝나는구나. 자신이 이렇게 만들어놓고 그런 생각이 들자 너무 슬퍼 가슴이 아팠다. 동시에 아, 그래, 그랬었구나, 하는 생각이 폭포수처럼 흘러나와 이런 일을 시작하기 전의 나로 돌아가고

열두 살 261

싶었다. 츠바사가 그저 건강하고 늘 행복하게 웃어줬으면 좋겠다고 생각하던 시절의 자신으로 돌아가고 싶었다. 처음 치른 전국연합 실력평가에서 츠바사가, 엄마, 쉬웠어, 라고 말하던 그때로. 츠바사가 가쓰Q에서 동급생 중 제일 앞선 코스로 나아갔을 때. 주변 아이보다 계산이 빨랐을 때로, 글자가 빼곡한 책을 읽기 시작했던 때로, 유치원에서 만든 작품이 최고의 걸작품으로 보였을 때로. 하지만 그보다 더 이전으로 돌아간다 해도 나는 또다시 이렇게 돼버리지 않을까…….

내 아이의 날갯짓은 공기 속의 빛 입자를 반짝이게 만들고 마도카의 세상을 밝혀주었다. 그리고 그 빛은 모두 진짜였다. 자신이 그 진짜들을 탐욕스럽게 긁어모으고 비교하고 응시하면서 더더욱 욕심을 부렸다. 더 반짝이기를. 빛은 그 빛 자체로 그냥 안아줬어야 했다.

"마도카 짱."

순간 다카코가 마도카의 이름을 불렀다.

다카코가 우산을 내던지고 마도카를 부르며 포근하게 안아주었.

그렇게 심한 말을 쏟아냈는데도 다카코는 화를 내지 않았다. 그러기는커녕 그녀는 마도카의 어깨에 얼굴을 묻은 채 울기 시작했다.

"괴롭지? 나는 알지 못할 만큼 굉장히 마도카 짱이 괴로울 거로 생각해. 그렇지만 나도, 괴로워. 마도카 짱. 츠 짱은 쇼타의 소중한 친구잖아."

다카코의 눈물이 귓가에 느껴졌다.

"유치원 때 쇼타가 말을 더듬어서 자주 말이 막혔던 거 기억해? 지금도 가끔 그러지만, 그때의 쇼타는 훨씬 심해서 흥분하면 말을 똑바로 못해서, 그래서 놀리는 아이들이 있었어. 다들 깔깔 웃어댔다나 봐. 그런데 츠 짱만은 한 번도 웃지 않았고 놀리지도 않았어. 츠 짱만은 언제나 변함없이 같이 놀아주었다고 쇼타가 말했었어. 츠 짱은 쇼타가 하는 말을 끝까지 들어주고 쇼타가 못 하는 말이 있으면 자연스레 도와주면서 한결같이 계속 놀아주었대. 있지, 츠 짱은 그런 아이야."

다카코는 자기 등이 비에 다 젖는데도 아랑곳하지 않고 마도카에게 말했다.

"그러니까, 부탁해. 마도카 짱, 츠 짱을 지켜줘. 츠 짱을 지켜줘 제발……."

부탁합니다, 하고 다카코가 말했다.

모든 일 중에서 제일 이상한 건, 츠바사가 난관반4로 떨어진 것도, 그날 퇴근하고 온 신지가 츠바사에게 주먹질한 것도, 츠바사를 온몸으로 감싼 자신 위로 참고서 더미가 떨어진 것도, 욕실에 들어간 줄 알았던 츠바사가 집을 뛰쳐나간 것도, 112에 신고해 경찰과 함께 동네를 찾아다닌 것도, 편의점 화장실에 틀어박혀 있던 츠바사가 점원의 설득으로 마도카에게 전화를 했던 것도, 겨우 찾아낸 츠바사와 둘이서 심야의 엔젤스에서 따뜻한 음료를 마신 것도 아니고, 그 모든 일을 거치고도 지금까지 아들에게 중학교 입시를 시키고 싶어 하는 마음이 남아 있다는 사실일지도 몰랐다.

일단 해보고 힘들면 관두면 되지.

에이치에 등록시키기 전, 그렇게 생각했던 기억을 떠올리자 마도카는 웃음이 났다.

발을 들여놓았다간 관둘 수가 없어,라고 그때의 자신에게 알려주고 싶었다. 관둘 수 있는 사람도 있지만 너는 그러지 않았어. 그 사실은 이미 알고 있지? 결국 너 자신은 이 세계에 푹 빠지고 말았잖아. 스스로 예감했잖아?

헛웃음이 나는데, 그 웃음이 가슴을 후벼파고 얄궂고 애처롭게 느껴졌다.

경찰 사태가 일어난 뒤 마도카와 신지는 눈을 마주치지 않았다. 식사나 목욕과 같은 용건만 알리고, 대화는 전혀 하지 않는 부부가 되었다. 츠바사 앞에서만 약간의 이야기를 나눌 뿐 둘만 있을 때는 아예 입을 다물었다. 집 구조상 침실을 나누지 못하는 것만 힘들었다. 밤에는 등을 돌리고 바로 자는 척을 했다.

그날 욕실에서 오랫동안 나오지 않는 츠바사를 찾으러 갔을 때, 싸늘한 기운이 온몸을 휘감아 온다는 것이 무엇인지 알게 되었다. 텅 빈 방에 잠옷은 곱게 접혀 있었고 츠바사의 휴대전화는 덩그러니 침대에 놓여있었다. 신발과 점퍼는 없었다. 무슨 일이 일어난 것인지 순간적으로 인지하지 못했지만, 큰일이 벌어졌음은 직감했다.

츠바사가 죽으려 한다.

이해할 수 없을 정도의 초조함과 공포를 느낄 때 인간은 눈물이 안 나오는 모양이다. 마도카는 츠바사가 죽으려고 한다고 신지에게 말했다. 그리고 그길로 뛰쳐나가려던 마도카를 막으며 집안을 둘러보는 신지의 등에 대고 "전부 당신 때문이야"라고 소리친 자신의 목소리를 들었다. "츠바사에게 무슨 일이라도 생겼다간 당신 절대 용서 못 해."

아니다, 당신을 죽일 거라고 했던가. 얼마 안 된 일인데도 기억이 안 난다. 너무 흥분한 탓인지 기억이 얼룩무늬처럼 군데군데 흐릿하다. 내 말에 신지가 뭐라고 대꾸했더라. 그의 얼굴도 창백했고 안절부절못하며 몸을 떨었다. 그는 적어도 금방 돌아올 거라며 대수롭지 않게 여기지는 않았다. 곧바로 경찰에 전화해 아들은 그런 짓을 할 아이가 아니며 처음 있는 일이라 아마 매우 위험한 상황일 거라고 진지하게 알렸다. 그건 확실하다. 그것만큼은 기억이 난다. 전화를 끊고는 '찾아올게' 하고 신지가 말했다. '그 녀석 열쇠 안 들고 있으니까 집에 돌아왔을 때 누가 있어야지'라는 말에 마도카는 집에 머무르기로 했다.

이후에 전해 들은 바로는 신지는 연락을 받고 출동한 경찰과 합류하여 동네에서 아이가 갈 만한 장소를 모두 찾아다녔다고 했다.

1시간 정도 기다렸을까. 더는 견딜 수가 없었다. 혹시나 츠바사가 돌아왔을 때를 대비해 현관에 '금방 돌아올 테니 기다려'라고 메모를 남겨 놓고 문을 잠그지 않은 채로 아파트의 외부 계단을 뛰어 제일 꼭대기 층까지 올라갔다.

츠바사가 뛰어내리려고 하고 있을지도. 혹시 뛰어내렸을지도 모른다.

심장이 얼음을 뒤덮는 것처럼 철렁했다. 옥상엔 아무도 없었다.

몸을 내밀어 아래를 내려다봤다. 시커먼 밤의 정원수는 끝도 없는 늪 같았다.

느릿느릿 집으로 돌아왔다. 잠그지 않은 문과 써 놓은 메모도 그대로였다.

한밤중, 날짜가 넘어가고 있었다. 그때였다. 집 전화도 남편 것도 아닌, 마도카의 스마트폰으로 츠바사가 전화를 걸어왔다. 편의점 주인이 계속 화장실에 틀어박혀 있는 초등학생에게 말을 걸어 집으로 전화를 하라고 시킨 모양이다.

"엄마……."

가냘픈 목소리를 듣자마자 마도카는 정신없이 달려 나갔다. 코트도 안 걸치고 쓰레기를 버리러 나갈 때나 신는 샌들을 아무렇게나 끼어 걸고 편의점까지 내달렸다. 추위가 조금도 느껴지지 않았다. 편의점 주인은 마도카보다 조금 젊은 여자였다. 이 사람이라서 츠바사는 경계를 풀고 그녀의 설득에 넘어가 전화를 걸어준 것이다. 그녀가 마치 천사처럼 느껴졌다. 마도카는 그제야 비로소 눈물이 났다.

츠바사가 살아 있다.

그거면 됐다고 생각했다. 정말로, 그 순간에는 그렇게 생각했다.

그랬는데 어째서일까. 마도카는 모르겠다. 대체 왜 그다음 주 츠바사는 에이치에 갔을까. 그리고 변함없이 신지는 츠바사의 공부를 봐주고 있었을까. 전처럼 난폭한 일은 없어졌다고 해도, 신지는 종종 초조해 다리를 떨었다. 그 반응에 츠바사는 몸을 움츠리며 눈을 잘게 깜박였다.

대체 왜 그 짓을 오늘도 계속하고 있는 걸까.

살아 있었는데. 기껏 살아주었는데.

아슬아슬하게 구한 건지도 모르는 생명에, 어째서 우리는 이다지도 욕심을 부리는 걸까.

다카코의 말은 마도카의 얼어붙은 줄 알았던 마음에 서서히 스며들었다. 그녀에게 안긴 날, 마도카는 츠바사의 진짜 마음을 차분히 묻기로 했다.

중학교 입시 어떻게 할까? 계속할래? 관둘래? 어느 쪽이라도 괜찮아. 정말로, 어떤 선택을 하든 괜찮아. 쇼타도 리키도 용중학교에 간대. 용중학교에 가는 다른 애들도 많아. 지금 하는 공부는 어쨌든 고등학교 입시에 도움이 될 테니까 쓸모없는 것도 아니고, 여기서 마음을 바꿔 다른 길을 선택해도 잃는 건 아무것도 없어.

마도카는 미리 종이에 써 놓은 것을 읽듯이 가능한 감정을 섞지 않고 츠바사에게 말했다.

예상대로 츠바사는 "중학교 입시 보고 싶어"라고 말했다. 보통 6학년이 되면 중학교 입시를 관두라고 말해도 본인이 '싫다'고 한다던 구스다의 말이 떠오른다. 어린 마음에도 자존심이 있고 이제 와 다른 길로 걸어가자니 두려운 탓이다.

"정말로, 진짜로 그러고 싶어? 츠바사, 눈 감아 봐. 그리고 차분히 네 마음에게 물어봐. 지금까지도 힘들었는데 앞으로 몇 달을 지금 이상으로 공부해야 해. 그리고 입학시험을 치러 가야 하고. 결과에 따라서는 '불합격'을 받을 수도 있어. 그럼 엄청 슬프고 괴로울지도 몰라."

츠바사가 작게 고개를 가로젓고는 말했다.

"그래도 하게 해줘."

"중학교 입시 하게 해줘."

츠바사는 재차 말했다.

마도카는 작게 숨을 내쉬었다. 그는 강요당하고 있다. 학원에? 신지에게? 시부모에게? 아니면 나에게? 언젠가 다카코가 말한 콩코드 효과가 아이의 마음에도 들러붙어 버린 건 아닐까. 여기까지 해왔으니까. 모두가 놀고 있을 때 학원에 갔으니까. 그걸 다들 지켜보고 있었으니까.

우리는 너무도 잔혹한 기차 레일 위로 이 아이를 올려놓고 만 것이다.

"'관두자'고 엄마가 말해도 하고 싶을 만큼 정말로 하고 싶어?"

"응."

츠바사는 즉각 대답한다.

"그래도 엄마는 관두게 할래. 츠바사 관둘 수 있지? 엄마가 이제 이런 것들에서 츠바사를 벗어나게 해줄게."

마도카는 처음으로 자기 말과 생각이 일치하는 것 같았다. 들러붙어 있던 욕심 덩어리가 사라진 것 같았다. 츠바사만 동의하면 당장 학원 등록 해지 절차를 밟아야지. 평온한 마음을 이제야 간신히 손에 넣을 수 있었다. 그런 엄마를 향해 아들이 불안한 표정으로 말했다.

"근데, 그럼 나는 노숙자가 되는데."

"노숙자?"

"절대로 되고 싶지 않은데."

츠바사가 말했다.

"무슨 말이야?"

"공부 열심히 해서 좋은 직장에 못 들어가면 노숙자가 될지도 모르잖아!"

심각한 얼굴로 츠바사가 말했다.

"그렇지 않아. 왜 그런 생각을 했어?"

"몰라, 근데 예전에 그런 방송을 봤어."

마도카는 말문이 막혔다. 그런 방송을 보여준 기억은 없었다. 혹은 자신이 잊어버렸는지도 모른다. 이 아이가 무엇을 보고 무슨 생각을 하고 있는지, 어떤 맥락으로, 어떤 사고로. 엄마면서도 알지 못했다. 아무것도 모르는 이 여리고 갸륵한 아이에게 자신들이 일방적으로 무슨 짓을 해왔는지.

"중학교 입시를 안 봐도 노숙자 안 돼. 노숙자라니……. 츠바사. 그것 때문에 지금까지 공부해왔어?"

"그 이유만은 아니야. 나…… 중학교에서 수영하고 싶어."

그렇게 말하며 츠바사의 얼굴에 번진 작은 변화를 마도카는 놓치지 않았다.

정말이지 오랜만에 보는 사랑스럽고 빛나는 얼굴이었다. 츠바사는 아주 잠깐이었지만 미소를 지으며 입을 오물거렸다.

"그렇구나. 우리 아들 수영이 하고 싶구나."

수영을 완전히 그만둔 지금도 여전히 하고 싶은 게 쑥스러웠던 걸까.

그 순간, 마도카는 츠바사의 날개가 여전히 튼튼하게 제자리에 있음을 느꼈다. 달라붙어 마구 잡아 뜯으려고 하는 부모 때문에 지금은 피투성이가 되어 부러질 듯하지만 아직 간신히 붙어 있었다.

"욘중학교에서도 수영할 수 있어. 전에 다니던 수영 교실에 다시 다녀도 되고."

"싫어, 되도록 새로운 곳에서 처음부터 하고 싶어. 처음에 견학 갔던 아빠 중학교 수영장이 바닥도 파래서 헤엄치기 쉽겠다고 생각했었어. 거긴 실내 수영장이라서 비 오는 날에도 수영할 수 있을 것 같아. 그리고 축제 때 춤저럼 보이던 동작을 하는 것도 즐거울 거 같고, 전국대회에도 나간 적이 있다고 하니까 꽤 강해. 엄청 강해."

"그렇구나. 세이토쿠중학교 말이지? 제일 처음으로 축제에 갔던 세이토쿠. 수영부 말고도 프라모델부도 있었고. '클럽 활동인데 전부 놀이잖아' 하고 츠바사가 말했었지?"

"맞아, 맞아. 진짜 전부 놀이였어."

"방과 후에 다 같이 모여 놀이 같은 클럽 활동을 하겠구나. 즐겁겠다."

"응. 근데…… 지금 내 성적으로는 힘들겠지만 호시나미의 바수도

열두 살 269

못 버리겠어."

호시나미……. 마도카의 마음이 서서히 젖는다.

말 안 해도 돼. 거기 안 가도 돼. 미안해, 학교 이름 하나에 부모가 들떠 날뛰니까 츠바사가 기대에 부응하려고 애쓴 거지.

"그렇구나."

마도카는 애써 아무렇지 않은 듯 대답했다. 그러나 츠바사는 말을 계속 이어갔다.

"전에 아이자와가 그랬는데, 호시나미는 바수 전에 구민 수영장에서 수영 연습을 한대. 연습 때는 기록을 겨루는 게 아니라 왕복으로 헤엄치며 지치지 않고 어디까지 헤엄칠 수 있는지 길이를 재나 봐. 그렇게 연습하다 보면 매년, 수업 시간 내내 쉬지 않고 계속 헤엄칠 수 있는 녀석이 나와서 '물고기류'라는 소리를 듣는대. 아이자와의 형 학년에서는 '물고기류'가 7명이나 나왔대. 나도 무조건 '물고기류'라는 소리를 듣겠지?"

마도카의 눈에 눈물이 어려 아들의 얼굴이 잘 안 보인다.

"엄마?"

의아하게 쳐다보는 츠바사의 눈과 마주쳤다.

"아이참, '물고기류'라고 하니까 웃겨서 눈물이 다 나버렸네. 츠바사는 무조건 '물고기류'지. 어느 학교에서든 '물고기류'야."

"세이토쿠중학교에 가면 '물고기류'라는 별명 내가 유행시켜 볼까."

츠바사의 말에 마도카는 그만 웃고 말았다.

"그러자. 어느 학교에 가더라도 츠바사가 '물고기류'라는 말을 유행시키면 되지. 거기 말고도 좋은 수영장이 있는 학교, 강한 수영부가 있는 학교 엄마도 찾아볼게."

"그리고 한 가지 더 말해도 돼? 도서관도 컸으면 좋겠어."

"도서관……. 그렇구나, 우리 츠바사는 책을 참 좋아했지."

그리운 생각이 떠오른 듯 마도카는 중얼거렸다.

"그럼 수영장과 도서관이 큰 학교 찾아볼게."

"응, 엄마 부탁해!"

츠바사는 비로소 환하게 웃었다.

다음 날은 초등학교 휴일이었다.

오전부터 자습실에 간다며 츠바사는 도시락을 들고 나갔다.

둘만 남은 집에서 마도카는 어젯밤부터 줄곧 생각했던 것을 남편에게 말하기로 했다.

"여보. 부탁이 있어. 앞으로 절대 츠바사에게 말 걸지 말아줘. 부탁할게. 제발 이대로 둬."

머리까지 숙이며 그렇게 말하자 아니나 다를까, 신지는 미간을 치켜올리며 "뭐?"라고 되물었다. 마노카는 신지가 말을 잇지 못하게 목소리를 높였다.

"잘 잤니, 다녀왔니 같은 단순한 인사는 괜찮아. 츠바사가 먼저 말을 건다거나 뭔가를 물어보면 아빠로서 확실하게 대답해줘. 그렇지만 당신이 먼저 츠바사에게 뭘 알려주려 한다거나 명령하거나 묻는 건, 이 시간 이후로 관둬."

"그게 무슨, 말이 되는 소리를 해."

신지는 곧장 부정했다.

마도카는 천천히 숨을 들이마셨다. 그리고 다시 머리를 숙였다.

"제발, 부탁할게요."

고개를 들자 신지가 쓴웃음을 짓고 있었다.

"갑자기 무슨 소리를 하는 거야. 잠시만, 물론 지난번 가출 건 때문에 놀란 건 알겠어. 그 정도 나이엔 반항 다들 한 번씩은 해. 당신은 여자라서 잘 모르겠지만 츠바사는 그렇게 사나이가 돼가는 거라고. 별일 아니야. 저래 보여도 의외로 근성이 있는 놈이야."

마도카는 아연실색한다. 이 사람은 진심으로 그렇게 생각하고 있는 걸까. 아니면 그렇게라도 믿지 않으면 너무 괴로워서 현실을 받아들일 수 없는 것일까.

"아무튼, 이제 곧 입시니까······."

"이제 곧 입시니까 그러는 거야!"

마도카의 큰 소리에 신지는 순간적으로 기겁한 얼굴을 했다. 곧이어 무슨 말을 하려고 입을 열었으나, 마도카는 더 이상 신지에게 발언권을 주고 싶지 않았다.

"당신도 사실은 알고 있잖아? 이대로라면 츠바사는 어디에도 못 붙어. 붙을 리가 있겠어? 진심을 다해 공부하고도 떨어지는 거야 어쩔 수 없는 일이지만, 분명 그 아이 지금도 그저 시간이 지나가기만을 기다리고 있는 것처럼 보여. 여보. 당신도 지금, 이렇게 보내는 시간이 그 아이를 조금씩 망가뜨리고 있다는 거 느끼고 있잖아? 나 계속 생각했었어. 그 아이가 대체 왜 시험 점수를 거짓말했는지. 생각해 봐, 어차피 금방 들킬 일이잖아. 애가 시험 못 쳤다는 그 말을 우리한테 할 수가 없어서, 분명 돌아오는 전철 안에서 죽기 살기로 해답을 외우면서 돌아온 거야. 속으로 절망하면서 단지 우리 둘을 위해서 필사적으로 연기를 한 거라고. 아빠가 가르쳐준 덕분에 잘했다는 거짓말로, 고작 그 3일을 견디려고. 그게 어떤 기분이었을지 상상해봤어? 당신이 만일 회사에서 어처구니없는 실수를 했다면 어떨 거 같아? 그걸 숨기기 위해 상사에게 거짓말을 하고, 그런데 그게 며칠 후면 반드시 들통 날 걸 잘 알고 있어. 그 며칠을 견딘 후 어떤 기분으로 회사에 갈 거 같아? 나라면, 내가 그런 짓을 했다면 죽고 싶어질지도 모를 것 같아. 죽고 싶어질지도 모를 만한 일을 우리가 츠바사에게 강요한 거야. 열두 살짜리 애한테. 어떻게 그런 짓을 할 수 있었느냐면, 당신이 아빠라서야. 그리고 내가 엄마라서. 아빠와 엄마가 그 아이를 그렇게 만든 거야. 당신 탓만 하는 게 아니라 내 잘못인 것 알고 있어. 처음 시험을 보고 나오는 츠바사의 모습을 지켜봤던 사람이 나였으니까. 작은 손이 땀으로 흥건해서는 열심히 문제를 풀고 나왔지. 그때 츠바사는 점수 같은 건 관심도 없었고 제일 먼저 나온 말은 지문에 나온 책을 읽고 싶다는 거였어. 그래서 나는 그 책을 찾았었어. 그 아이와 함께 찾았다고……."

신지는 어느 순간부터 표정을 잃은 듯했다. 입을 살짝 벌린 채로 말을 떼지 못하고 있는 그는 마치 어쩔 줄을 모르는 아이 같았다. 여보, 하고 부르며 엄마처럼 그를 안아주고 싶었다. 하지만 그러지 않았다. 단지 마음속으로 여보, 하고 불렀을 뿐이다. 여보, 분명 당신도 그런 아이였지? 하고.

신지는 그대로 천천히 어깨를 떨구고 시선을 내린 채 입을 다물었다. 마도카는 고개를 떨군 신지에게 말했다.

"여보, 당신이 전에 말했었지, 초등학생 때 줄곧 아버지한테 특훈을 받았다고. 아버지가 당신 왼손에 샤프를 찔러대며 공부를 시킨 적도 있다고. 답을 틀리면 왼손에 샤프가 파고들어 엄청 아팠다고 했었

열두 살 273

지. 그 이야기를 들었을 때 나는 사실 소름이 끼쳤어. 고작 초등학교 6학년이 그런 일을 당하다니 정말로 믿을 수가 없었고, 아이였던 당신이 얼마나 큰 두려움을 느꼈을지 가여워서 괴로웠어. 그런데 당신은 그 이야기를 유쾌한 에피소드인 양 말했잖아. 학원 선생님의 행동도 그렇고 세상 사람들도 당연한 것처럼 얘기하니까 수도권 중학교 입시는 원래 그 정도로 대단한 진검승부인가 싶었지. 그 정도로 해야 도달할 수 있는 곳이구나, 그렇게 생각하려고 했어. 그렇게 생각하려고 억지로 노력했어. 하지만 지금은 그렇게 생각 안 해. 당신의 왼손 엄지와 검지 사이, 아직도 샤프심이 박혀 있잖아. 그 검은 점. 이거야 하고 웃으면서 말했지만, 당신도 사실은 알고 있잖아. 아버지가 틀렸다는 걸. 그래서 당신, 아버지를 용서하지 않았잖아. 당신 아버지 얼굴 안 쳐다보는 거, 그 정도는 나도 알고 있어. 당신은 우리가 동행하지 않으면 절대로 본가에 안 내려갔고, 중국에서도 아버지에게 당신 생활이나 업무의 좋은 점만 보여주려고 했었어. 당신은 당신의 위치를 아버지한테 과시하고 싶었던 거야. 그러면서도 같은 호텔에서 조차도 지내려 하지 않았지. 당신이 아버지와 둘이서 이야기하는 모습을 나는 한 번도 본 적이 없어.

아버님은 이 세상이 절망적이고 무서운 곳이라고만 생각하신 게 아닐까? 그렇게 살아가는 건 괴롭고 즐겁지 않았을 거야. 그렇지만 그렇게 믿었기 때문에 아버님은 당신을 어떻게든 안전한 곳으로 이끌려고 필사적이었던 거야. 아버님 나름대로, 그리고 어머님 나름대로, 당신을 지키려고, 당신에게 힘을 주려고 노력했을 거야. 그리고 아이였던 당신은 아버지가 이끈 곳이 좋은 곳이라고 믿었을 거고. 누구보다도 당신 자신이 그렇게 믿고 싶어 했어. 괴로운 날들이 틀렸다는 것을 인정하는 게 견디기 힘들기 때문이지. 지금도 여전히 그렇게 믿고 싶으니까 당신은 츠바사에게 두 손가락 중 하나를 고르라고 한 거야. 호시나미를 가는 길과 가지 않는 길. 제 아이에게 마치 세상에는 두 갈래의 길밖에 없다는 그런 술수를 쓸 만큼, 당신도 좁은 곳에 갇혀 있어. 당신은 아버지와 마찬가지로 그렇게 해야 츠바사가 이 세상을 편하게 살아갈 수 있다고 믿고 있었겠지만, 실제로는 두 손가락 이외에도 츠바사의 세상은 분명 사방으로 펼쳐져 있어. 츠바사는 자신의 힘으로 틀림없이 어디든 날아갈 수 있어. 여보, 우리가 이제 아들을 믿어주자. 여기까지만 하자. 우리 아이의 시야를 막는 짓은 그만하자."

진심을 담아 눈앞의 남편을 바라보았다. 불안해하는 아이 같은 눈. 그도 어찌할 바를 모르는 것 같았다. 그리고 마도카는 고백했다.

"나도 마찬가지였어. 내가 그 아이의 눈을 막았어."

초등학교 2학년 츠바사가 처음 본 시험. 성적표를 처음으로 본 그 아이의 얼굴을 기억한다.

순수한 눈동자에 비친 성적표의 숫자들. 분명 그때 아이의 등에는 무한하게 날아길 수 있는 투명한 날개가 달려 있었다. 그때 마도카가 잘했다고 말했다면 시험 결과는 '잘한 것'이었다. 열심히 했네, 그렇게 말했다면 그건 '열심히 한' 결과였을 것이다.

자신이 그 아이에게 무슨 말을 했는지 기억한다. 그게 이 모든 것의 시작이었으니까.

"당신 잘못만 있는 거 아니야. 나도 당신과 똑같이 츠바사를 대했어."

신지의 눈에 희미하게 물기가 어렸다.

우리는 미숙했다. 그리고 어리석었다. 다른 부모와 다른 아이가 어떻건 이젠 상관없다. 당신 아버지의 일도 더는 관계없다. 츠바사를 위해 우리가 변해야만 한다. 이미 늦었을지도 모르지만, 1초도 뒤로 미뤄서는 안 된다. 그러니까.

"우리 더는 츠바사에게 이러쿵저러쿵하지 말자. 그 대신 츠바사가 말을 걸어오면 애정을 다해 돌려주자. 츠바사가 우리에게 요청하는 건 전부 내 주자. 우리는 츠바사가 츠바사로 있는 것 이외에는 요구하지 말자. 우리는 더 이상 츠바사에게서 그 어떤 것도 빼앗아서는 안 돼. 지금 그 아이는 벼랑 끝에서 노력하고 있어. 우리가 조금이라도 더 건드린다면 무너져 버릴지도 모르는 곳에서."

부러지고 밟혀 피를 흘린 츠바사의 날개가 보이는 것 같았다.

신지에게도 보였을지 모르겠다.

그는 조용한 숨을 깊이 내쉬었다.

"그렇지."

그렇게 말했다.

그리고······

최근 몇 년간 자신의 코트는 새로 맞추지 않았다. 10년 이상 같은 옷을 입고 있는 것에 질려 있었지만, 캐시미어가 혼합된 이 검은 코트는 가진 옷 중에서 제일 따뜻하다. 유행 안 타는 고급 디자인이라서 세 가원에 면접을 볼 때도, 몇 년 전의 제사 때도, 그리고 츠바사의 입시에 따라갈 때도, 합격 발표 장소에 가는 오늘도 입었다. 아마 내년에도 내후년에도 계속해서 겨울에는 이 코트를 입겠지 하고 마도카는 생각한다. 그건 전혀 불행한 일이 아니다.

사립중학교에 응시할 수 있는 것만으로도 경제적으로 풍족한 편이라 할지 모르지만, 생활용품점 아르바이트도 계속할 것이고 자신을 치장할 돈이 있으면 가족을 위해 쓸 거다. 신지가 본사로 돌아갈 가망은 없는 것 같고 집 대출도 30년 가까이 남아 있다. 그러나 지금 그런 건 아무래도 상관없다. 무슨 일이 벌어지든 관심 없다. 곧 2시간 후면 츠바사가 들어갈 중학교가 결정되기 때문이다.

마도카는 지하철역에서 내렸다. 바람이 정면에서 불어와 목을 작게 움츠렸다. 주변 사람들 모두 같은 장소로 향하는 듯했다. 멀리서 어렴풋이 보기에도 학교 주변에 사람들이 인산인해를 이루고 있어서 마도카는 오금이 굳는 것 같았다.

호시나미의 합격 발표 장소는 신발을 신은 채 들어갈 수 있도록 마련된 체육관이었다. 체육관 밖에 모여 있는 대부분은 수험생 가족이 아니라 입시 학원 선생님들이나 잡지 및 신문 등 언론사 사람들, 견학 온 초등학생 부모와 자녀들이었다. 방송국 카메라도 보인다. 그러나 체육관 안에 들어갈 수 있는 건 수험표를 지닌 수험생 부모와 자녀뿐이었다.

체육관 안으로 들어서자 마도카의 손이 벌벌 떨리고 있음을 깨달았다. 이곳에 오기 전부터 내내 이가 맞물리지 않는 느낌이 들었는데, 지금 그 떨림이 전신으로 퍼진 것 같았다. 장갑 낀 손을 오므렸다 펴며 긴장을 멈추려 했지만, 심장 자체가 너무 빨리 뛰고 있어서 어쩔 도리가 없다.

생각해 보면 이 떨림은 새해가 밝은 후부터 줄곧 마음속에 있었다. 매일 기분이 덜커덩 흔들거렸고, 최근 일주일은 음식 맛도 제대로 느끼지 못했다. 실제로 체중계에는 올라가지 않았으나 몇 킬로그램이 빠지지 않았을까 싶을 정도다.

이런 정신 상태는 태어나 처음 경험해본다. 자신은 고교 내신 성적이 좋아서 대학도 추천제로 들어간 터라, 점수만으로 결판나는 세계를 알지 못했다. 몇 년이나 계속된 공부 성과가 단 몇 시간의 시험으로 결정되는 것이 이렇게나 잔혹하고 긴장되는 일임을 여태 모르고 살아왔던 것이다.

체육관 벽 한 면에 급조한 듯 분홍색 커튼이 드리워져 있었다. 그 커튼 앞에는 함부로 침입하지 못하도록 긴 장대로 울타리가 쳐져 있었다. 수험생과 그 보호자들이 이미 많이 서 있었다. 아마 그 커튼 너머에 번호가 나열되어 있겠지. 발표 시간까지는 앞으로 5분. 저 커튼이 열리는 순간을 생각하는 것만으로도 마음이 불안해 미칠 것 같다.

첫 번째 학교의 원서를 온라인으로 제출한 게 12월 말이었다. 그 며칠 전에 사진관에서 원서에 같이 낼 츠바사의 증명사진을 찍었다. 추운 겨울날 정장을 입고 단추로 고정하는 넥타이를 목에 매고 머리를 매만지고서 사진관으로 갔다. 그리고 돌아오는 길에 둘이서 오랜만에 엔젤스에 들러 팬케이크를 먹었다. 정장을 벗고 셔츠 차림이 된 츠바사를 정면으로 바라보며 "넥타이가 틀어졌네" 하면서 마도카가 웃었다. 손을 뻗어 바로 고쳐매 주자 간지럽다며 몸을 비틀면서도 고분고분 따르는 모습에, 이 순간이 언제까지일까 하고 마도카는 생각했다. 언제까지 이렇게 츠바사가 내가 내민 손을 받아줄까.

"오랜만이다 그지?"

마도카가 말했다.

패밀리레스토랑에서 함께 달콤한 음식을 먹는 소소한 시간이 정말로 오랜만이었다. 하늘이 맑아 가게 안이 평소보다 밝게 느껴졌다.

"츠바사, 크림 묻었다."

"엥? 어디?"

"입가."

"아, 여기."

무심코 대화를 주고받으며 울고 싶을 만큼 행복했다. 츠바사가 눈앞에서 웃고 있다.

하지만 팬케이크를 다 먹고 나니 시간이 없다. 사진관으로 갈 때부터 학원 교재가 든 가방을 메고 있었다. 오늘도 내일도, 앞으로도 매일같이 에이치에 가야 한다. 입시 직전까지.

"열심히 해."

결국 이런 말을 건넨다.

무거운 가방을 멘 츠바사는 돌아보지 않고 걸어간다.

시험공부만 하느라 운동을 못해서인지 등이 조금 둥글어진 것 같다. 아직은 자신보다 키가 작지만, 곧 추월하겠지. 그런 날이 온다는 게 여전히 믿기지 않지만 멀지 않았다는 것은 안다.

먼저 츠비시에게 밀을 결시 날자는 신지와의 약속은 느슨하게 형태를 바꿔갔다. 시작하고 며칠 후 츠바사가 불안정해지고 만 것이다. 부모가 자신에게 말을 걸지 않는다는 사실을 자신이 버림받았다고 느낀 것이다. 원인을 자신이 공부를 못해서라고 여긴 츠바사는 그 마음을 잘 설명하지 못한 채 유례없이 난폭해졌다. 작은 일에 생트집을 잡고 날뛰고 의자를 걷어차고, 큰 소리로 울었다.

그 후 4차례에 걸쳐 함께 긴 대화를 나누고 나서야 겨우 츠바사의 마음을 알게 되었다. 그제야 마도카는 자신의 어리석은 판단과 아이의 섬세한 마음을 깨달았다. 그때 신지가 매우 조심스레 마도카의 진심과 자신들이 누구보다도, 세상 그 무엇보다도 츠바사를 소중하게 여기고 있음을 전하지 못했다면 츠바사가 어떻게 됐을까 생각해 본다.

온몸에 돋아난 츠바사의 가시를 조심조심 하나씩 빼듯이 하루하루를 보냈다. 계절은 천천히 바뀌어 추운 바람이 불기 시작한 무렵, 츠바사의 반은 한 단계 올랐다.

결국 츠바사가 응시하게 된 학교는 5곳이었다. 그 라인업은 마도카와 신지가 더는 츠바사의 수학을 담당하지 않는 가토와 개인 면담을 한 끝에 최종 협의를 거쳐 결정했다.

가토의 책상 위에는 수도권 중학교 편차치 표와 마도카가 제출한 지망 학교 조사표, 그리고 츠바사의 최근 6회 편차치가 꺾은선 그래프로 표시된 성적표가 나란히 놓여있었다. 그것들에 시선을 주면서 하나씩 확인하듯 가토가 말한다.

"1월의 유라시아중학교는 츠바사라면 충분히 장학생을 노릴 수 있겠네요. 이 학교는 장학생 중에서 해마다 몇 명을 교환학생으로 자매결연을 한 해외 학교로 보내주는 장학생 특전 제도도 있어요. 첫해부터 자매결연 학교의 외국인 학생과 짝이 되어 영어로 채팅하는 시간을 마련하는 등 새로운 교육을 제공하고 있어서 졸업생들에게도 평판이 좋습니다. 그리고, 당연히 실내 수영장도 완비되어 있습니다. 수영부가 강한 곳은 아닌 듯하지만 주 4회 활동이 있다고 하니 제대로 돌아가고 있는 편이죠."

가토는 덧붙이듯 말했다. "희망하시는 도서관도 충실하고요. 장서 6만 권이니까요."

"이 유라시아에서 탄력을 붙여 조금 욕심을 내면 하네다미나미도 해볼 만합니다. 하네다미나미, 통칭 하네미나는 진학 실적이 정평이나 있고 설비나 환경도 충실해서 이 지역에서는 열망하는 학생이 많은 상위 학교입니다. 따라서 합격하면 자신감도 생길 테고, 츠바사라면 분명 괜찮을 겁니다. 여기도 실내 수영장 완비에 무려 수구부도 있습니다. 츠바사가 수구에 흥미를 느낄지는 모르겠지만 뭐, 있어서 나쁠 건 없죠. 경영부도 상당히 강합니다. 그래서 이 두 학교 모두 츠바사에게 좋은 학교입니다만, 실제로 통학을 고려했을 때 글쎄요……. 편도 90분은 걸릴 것 같은데, 아무리 수영부가 충실하다 해도 공부와 동아리 활동을 병행하기란 상당히 어려울지도 모릅니다. 그래서 실제 진학할 곳이라기보다는, 아무래도 본 입시를 위한 사전 경험용의 의미가 강한 시험이 되겠네요.

그리고 주력으로 봐야 할 2월 입시 학교들 말인데요, 츠바사의 1지망 학교는 세이토쿠중학교죠. 기출문제도 한 바퀴 돌고 지금 두 바퀴째라고요. 과연 좋은 학교를 선택하셨네요. 세이토쿠는 전통 있는 학교로, 말씀하셨던 대로 중고교 일관교의 상위 학교 중에서는 수영 명문으로 이름나 있습니다. 수영부는 졸업생과의 유대 관계도 깊은 듯합니다. 게다가 최근 몇 년은 ICT 교육에도 힘을 쏟고 있어서 더욱 인기가 오르고 있고요. 도서관 역시 더 말할 것도 없는 학교입니다. 건물 제일 위층에 있어서 창문으로 후지산까지 보이죠. 더욱이 작년이었나, 학생들의 제안으로 누워서 책을 읽을 수 있는 뒹굴뒹굴룸이 만들어졌습니다. 이런 공간을 마련해놓은 학교는 제가 아는 한 이 학교 외에는 없습니다. 책을 좋아하는 츠바사라면 쉬는 시간마다 이용하지 않을까요."

"호오, 지금은 그렇게 바뀌었군."

신지가 자랑스러운 숨을 내쉬었다. 츠바사가 원하는 만큼 책을 읽을 수 있다는 생각에 마도카의 마음도 들떴다.

"츠바사의 경우에는 세이토쿠 1차 시험은 편차치를 봤을 때 적정 학교라서 걱정할 필요는 없습니다. 다만 만에 하나 1차에서 떨어져 2차, 3차로 이어지게 되면 경쟁률도 올라가서 정신적으로도 힘들어질 테니 어떻게든 1차에서 합격할 수 있도록 끝까지 긴장을 늦추지 말고 대책을 세워나가 보죠. 그리고 안전하게, 음, 그러니까 세가원대학부속중학교의 3차 시험이군요. 츠바사가 이곳 부속유치원 출신이니까. 여태 여학교였는데 공학으로 바뀐 지 얼마 안 됐어요. 수영장이 실외인 게 신경 쓰이는 부분이지만 수영부는 있는 모양입니다. 내년에 입학하는 아이들이 공학 3기생으로 앞으로 인기와 편차치는 급상승할 겁니다. 츠바사의 최근 6회 평균 편차치도 세가원의 합격 예상 편차치보다 7점 이상 높으니까 컨디션 잘 챙겨서 시험을 치면 분명히 붙을 수 있을 겁니다."

사천왕반 아이들이 노릴 만한 유명 학교만 잘 알고 있을 줄 알았는데 가토는 중견급 학교나 교외 지역의 학교까지 정통해 설명이 술술 나왔다. 마도카는 유라시아중학교에 해외 유학 장학생 특전이 있다는 정보 같은 건 몰랐다.

"마지막으로……."

그렇게 말하며 한숨 돌린 후 가토는 신지와 마도카를 쳐다보며 물었다.

"이건……."

"네."

마도카가 고개를 끄덕였다.

"호시나미에 응시하시려고요."

"네."

"역시."

지망 학교 조사표에서 5지망을 써넣는 칸에 마도카는 '호시나미(도전)'라고 적어 제출하였다.

"지금 츠바사의 성적으로는 무리라는 걸 알고 있어요. 그렇지만 이 지망 학교 조사표는 츠바사와 의논하며 썼어요. 그때 그 아이가 호시나미 쓰면 안 되냐고 묻더라고요. 그래서 응시하고 싶냐고 물었더니 응시하고 싶다고 해서요."

"본인이 그랬군요."

"네. 친구에게 들은 '바수'라고 하나요……. 애가 바다에서 수영하는 행사에 마음을 완전히 빼앗겨서."

변명하듯이 마도카가 말하자,

"그럼 응시 방법을 검토해보죠."

가토는 깔끔하게 받아들였다.

"응시 방법을 검토한다는 게 어떤 말씀인가요?"

고개를 갸웃거리는 마노카의 의문을 가로막듯이,

"아닙니다, 역시 무리죠."

신지가 찬물을 끼얹었다. 쓸데없는 말은 절대로 하지 않기로 약속해놓고서는 남편이 멋대로 옆에서 끼어들어 마도카는 짜증이 일었으나, 그 사람 나름대로 겸손한 자세를 취하고 싶었는지도 모르겠다. 약간 기분이 좋아 보이는 건 출신 학교인 세이토쿠중학교를 가토가 칭찬했기 때문일까.

"편차치가 10이나 높은 학교에 붙을 리가 없죠."

"그렇게 말씀하시면 안 됩니다."

열두 살 283

신지에게 가토가 부드러운 목소리로 살짝 주의를 줬다.

"입시에 관해 확인하고 싶었던 건 아이의 의사가 어떤가 하는 것뿐입니다. 본인의 입시니까요. 아이의 의사를 존중한 다음에 모든 결과를 예상한 대응 방안은 어른이 마련해야 합니다. 그게 '응시 방법을 검토한다'는 말입니다. 아이는 마지막 순간까지 성장합니다. 기회가 전혀 없지는 않거든요. 들으셨는지 모르겠지만, 츠바사에게 일주일마다 몇 문제, 조금 어려운 문제를 풀어 오게 하고 있습니다. 처음에는 안 갖고 오더라고요. 그런데 최근 몇 주간 상당히 열심히 임하고 있는지 매번 챙겨 오고 있습니다. 그중에는 호시나미 예상 문제인 수치 변환 문제들도 섞여 있는데 끈기 있게 풀고 있습니다."

"츠바사가……."

몰랐다. 더 이상 아이를 담당하지 않는 가토가 츠바사와 그런 펜팔 같은 관계를 유지하고 있었다니, 마도카는 전혀 몰랐다. 츠바사는 그것에 대해 한마디도 꺼내지 않았다.

그러고 보니 '최근 몇 주간' 확실히 츠바사의 표정이 평온했다. 갑자기 사람이 변한 것처럼 공부에 매진한 건 아니지만 전처럼 공부 도중에 몇 번이나 자리를 떠 음료를 마시거나 바닥에 드러눕는 등 쓸데없이 시간을 보내는 일은 하지 않았다. 조금 쉬고 나서는 자신의 페이스대로 공부를 재개했다. 분명 수학 프린트 같은 걸 풀고 있었다. 그게 가토가 준 '편지'였던 걸까.

생각해 보면 가토는 츠바사가 손을 댄 부정행위에 대해 마도카에게 알려준 사람이다. 그때는 머리가 패닉 상태가 되어 아무 생각도 할 수 없었지만, 냉정을 되찾고서 이것저것 알아봤더니 학원 선생님이 학부모에게 자녀의 부정행위를 알린다는 것은 용기와 각오가 필요한 일이었다.

그때 마도카는 줄곧 봉인해두었던 중학교 입시 전용 게시판에 오랜만에 접속해 '커닝'과 '점수 조작'과 같은 단어를 검색했다. 그러자 아이가 다른 학생에게 그런 행위를 '당했다'는 피해의 목소리와 아이가 다른 학생의 부정을 '봤다'는 고발 글이 많이 보였다.

그중에서 단 한 사람, 자신의 아이가 커닝을 '했다'는 글을 발견했다. 그건 6년쯤 전의 글이었는데, 그 정도로 거슬러 올라가기 전에는 '내 아이가 했다'는 이야기는 나오지 않았다.

[…… 둘째 딸아이의 가방 속에서 작은 메모를 발견했어요. 자세히 보니 숫자가 빽빽이 쓰여 있었는데 직감적으로 '커닝페이퍼'임을 알았습니다. 저희는 연년생인 첫째 아들이 같은 학원에 다니고 있었는데, 작년에도 같은 시험을 쳤다는 사실을 알고서 그 문제들에 맞춰 작성한 것 같아요. 그 소리를 듣고는 다리에 힘이 풀리더라고요. 문제를 맞혀야 집에 갈 수 있는 시험이어서, 그러면 딸이 이런 짓을 한 건 절반은 학원에도 책임이 있다고 생각해 문의했습니다만, 놀랍게도 선생님은 딸이 훨씬 전부터 커닝을 해왔다는 사실을 알고 있었습니다. 주의하라고 경고한 적도 있다고 하더군요. 그 사실에 저는 정말 충격을 받았습니다. 대체 왜 제게 말해주지 않았을까요. 믿기지 않아요…….]

이 글에 달린 댓글은 거의 모두가 글쓴이를 비난하는 내용이었다.

[그렇게 학원 선생님 탓으로 돌리는 부모인 당신이 딸을 궁지로 내몬 거예요.]

[학원에 항의하기 전에 자기 딸이나 잘 가르치세요.]
[예전에 학원 강사 아르바이트를 했는데 커닝은 봐도 못 본 척이 철칙이었어요. 고객과의 사이에 굳이 풍파를 일으킬 필요는 없으니까요.]
[커닝하는 아이는 어차피 제대로 된 결과를 못 내기 때문에 고객을 기분 좋게 졸업시키면 그만입니다. 설령 입시가 폭망해도 알 바 아닌 인생이죠.] …….

혹독한 댓글은 그대로 자신을 향한 화살처럼 느껴져 마도카의 마음이 옥죄어왔다. 동시에 가토가 자신에게 말해준 것을 떠올렸다. 그때 자신은 아무것도 몰랐다. 가토는 보고도 못 본 체할 수도 있었다. 그러나 츠바사에게 주의를 주고, 거기서 그치지 않고 마도카에게 베스트팀을 권했다. '굳이 풍파를 일으킬 말'을 감수하면서까지 해준 것이다. 물론 베스트팀의 영업을 위해서였을 수도 있지만 정말로 츠바사를 걱정해줬기 때문이 아닐까 지금은 생각한다. 걱정해 주고, 그리고 믿어줬다고 생각한다. 제 실력이 들통나 반이 쭉쭉 떨어지면서 부모와 아들의 자존심은 산산조각이 났고 잔인한 말다툼도 반복되었지만, 그래도 아무것도 모른 채로 S1에 머물렀다면 어떻게 되었을까. 가토 덕분에 적어도 '멈췄다'고는 말할 수 있을지도 모른다.

"그러면 호시나미를 응시하는 경우에 말입니다만……. 1월에 최소한 한 곳의 합격을 목표로 해보죠."

가토가 제안했다.

1년에 하루밖에 없는 호시나미의 시험일과 세이토쿠에 입학하기 가장 쉽다는 1차 시험일이 같았다. 만약 1월에 우선 합격하게 되면 세이토쿠중학교 1차 시험은 빠지고 그날은 호시나미로 향한다. 세이토쿠중학교는 2차 시험에 응시한다. 1월에 합격을 못 하면 호시나미를 포기하고 그날은 세이토쿠중학교의 1차 시험을 친다. 그 후 가토가 츠바사와도 이야기를 나눴고 그렇게 전략이 최종 결정되었다.

마도카는 도표 식으로 입시 지도를 만들었다. 응시하는 학교의 가까운 역, 소요 시간, 신청 마감일, 시험일, 발표일, 입학금 납부 마감 일시와 같은 세세한 정보를 적어 벽에 붙여놓고 사진을 찍어 휴대전화로도 확인할 수 있도록 했다.

모든 결과를 예상한 대응 방안은 어른이 해야 한다. 마도카는 자신이 해야 할 일은 후방 지원뿐이라고 스스로 타일렀다.

그러나 츠바사의 1월 입시는 순조롭게 진행되지 않았다.

츠바사가 유라시아중학교의 장학생이 못 된데다가 성적으로 봤을 때 문제없이 합격할 것 같았던 하네다미나미중학교에 불합격한 것이다.

모든 결과를 예상한 대응은 어른이…….

그러나 그 예상 속에서 생각지 않았던 결과가 나오고 말았다.

유라시아는 츠바사가 지닌 편차치로 따지면 충분하다고 했으니 해프닝만 일어나지 않으면 장학생 합격은 문제없었다. 그런데 당일 아침 츠바사는 버스 멀미로 안색이 안 좋은 상태로 시험을 치렀다. 결과도 결과지만 왕복 4시간 가까이 걸리는 유라시아에, 더구나 멀미가 잦은 버스를 갈아타고 통학하는 일은 너무 가혹하지 않을까. 그 생각을 하자마자 유라시아의 합격이 모래알처럼 손가락 사이로 주르르 빠져나간다. 못 다닐 학교라면 진학처를 확보했다고 할 수 없다.

그러던 차에 인터넷으로 하네다미나미중학교 입시 결과 통보 버튼을 클릭했는데, '안타깝게도 불합격입니다'라는 문구가 떴다. 그때 마도카의 충격은 유라시아 이상으로 커서 정말로 심장이 얼어붙을 지경이었다.

마도카 이상으로 츠바사는 충격을 받은 듯했다. 학교를 마치고 돌아와 인터넷으로 결과를 본 그는 창백해진 얼굴로 입을 꾹 다물었다. 유라시아 장학생을 놓친 것에는 크게 낙담하지 않았는데 하네다미나미 입시 결과에는 충격이 컸던 모양이다. 입을 다문 츠바사는 제 방에 틀어박혔다.

가토는 그러나 츠바사가 역부족이었다기보다는 운이 나빴다고 했다. 유라시아는 컨디션 악화가 초래한 해프닝이며 하네다미나미는 올해 예상외로 경쟁률이 심했고 문과 과목이 평이하게 제출돼 고득점 경쟁이 심했던 탓에 츠바사에게는 불리했다는 것이다.

그런 말에도 마도카의 불안은 쉽게 사라지지 않았다. 그 이후로 오늘까지 3주간, 정말이지 지옥의 날들이었다. 위에 구멍이라도 뚫렸나 싶을 만큼 속이 쿡쿡 쑤셨다. 신지는 신지 대로 몹시 예민하게 굴며 안절부절못한 채 한숨을 내쉬었다. 부부 둘이서 감옥에 갇힌 듯한 무거운 기분 상태였지만, 그래도 어떻게든 일상의 회사 일과 집안일들을 하나씩 수행해나가는 수밖에 없었다.

반면 츠바사의 표정은 이상하리만큼 환해졌다.

하네다미나미의 결과를 알게 된 날, 입을 다문 채 방에 틀어박힌 츠바사가 걱정돼 몰래 보러 갔더니 책상에 앉아 떨어진 학교의 입학시험 문제를 다시 풀고 있었다. 틀림없이 드러누워 있을 거라고 생각했던 마도카는 조용히 문을 닫았다.

아들이 시험공부를 시작했다.

지금껏 계속해서 끊임없이 공부를 해왔는데, 마도카 눈에는 지금 이 아이가 처음으로 '공부'를 하는 것처럼 보였다. 그 모습은 쉽게 말을 걸어서는 안 될 정도로 진지하고 한편으로는 씩씩하게 보였다.

남은 시간이 많지 않았다. 그 1분 1초를 아쉬워하듯 츠바사는 공부에 매달렸다. 에이치에서 돌아오면 머릿속이 들끓은 것처럼 발갛게 달아오른 얼굴을 하고 있었다. 스스로 타이머를 설정해 시간을 재며 전력을 다해 문제를 풀고 정답과 맞춰 보면서 틀린 문제는 노트에 꼼꼼하게 정리했다. 마도카가 끼어들 틈도 없이 그는 시간과, 그리고 자신과 싸우고 있었다.

이제서야 비로소 누군가를 위해서가 아닌, 자기 자신을 위해 공부할 수 있게 된 것 같았다.

그렇게 생각하자, 내내 눈앞에서 떨어지지 않던 편차치 표의 학교 이름과 숫자가 비로소 어딘가로 사라지는 느낌이었다.

그저께 흐린 하늘 아래, 츠바사는 호시나미를 방문해 입학시험을 치렀다.

어느새 키가 조금 더 자란 츠바사는 그날 더 이상 엄마의 손을 잡으려 하지 않았다. 조금 앞서가던 그가 가볍게 돌아보며 '다녀올게' 하고는 혼자 건물 안으로 들어가는 모습을 봤을 때, 가슴이 벅차올랐다. 주변에는 기도하듯 두 손을 모은 엄마도 있었다. 그저 배웅했을 뿐인데 눈물을 흘리고 있는 아빠도 있었다. 이상할 정도로 고요한 흥분 속에서 학부모들은 학교로 도전하러 가는 제 아이의 등을 지켜보고 있었다.

무슨 일이 있어도 시험을 치고 싶다고 마지막까지 아들이 계속 말한 학교였다.

서로 몇 번이고 의논했다. 정말로 다니고 싶은 학교인지, 아니면 혹시 부모 때문에 치려는 건지 솔직한 마음을 물었으나, '나를 위해서야'라고 츠바사는 말했다. 이렇게 긴 시간 동안 학원에 다녔으니까. 떨어지면 포기할 수 있지만 시험을 안 치면 포기도 못 한다, 스스로 능력을 시험해보고 싶다면서.

호시나미에 떨어지고 난이도가 오르는 세이토쿠 2차 시험과 3차 시험에서 점수가 안 나오면 어떻게 하나. 다 떨어지면 어쩌지. 그런 생각이 드는 한편으로 마음 한구석에서 그렇게 되면 되는 거지 하고 마도카는 생각했다.

그런 마음이 들기는 처음이었다. 그것은 아들이 입시 공부를 시작한 초등학교 2학년 말부터 긴 시간을 들여 비로소 손에 넣은 고요한 바다 같은 마음이었다. 누구의 시험도 아닌, 아들 본인의 시험이다. 그 사실을 더 일찍 깨달았다면 좋았을 텐데. 너무 늦었지만 그래도 나행이었다. 어떤 결과를 맞이하더라도, 츠바사는 츠바사다. 무엇도 변하지 않는다.

그날 호시나미 입학시험을 끝낸 츠바사의 표정은 개운했다.

"다 쏟아냈어"라고 말했다. 의외로 "수학이 잘 풀렸어"라고도 했다.

그날 밤 신지가 "호시나미 수학이 최근 20년 중에 제일 쉬웠던 모양이야" 하고 알려주었다. 아마도 인터넷에 기사도 날만큼 수학이 쉬웠던 것 같다. "정말?" 하고 마도카의 마음이 조급해져 중학교 게시판을 들여다보고 싶은 충동을 억누르느라 안간힘을 썼다. 하마터면 스마트폰을 켤 뻔했다. 하네다미나미에 떨어진 날부터 게시판을 들여다보는 걸 완전히 끊기로 마음먹었었다. 거기에는 도움이 되는 정보도, 따뜻한 격려도 분명 올라와 있을 테지만 지금의 자신은 그걸 안 보는 편이 좋다. 외부의 이것저것에 눈 돌리지 않고 오로지 츠바사만을 지켜보고 싶다. 츠바사를 무사히 고사장에 데려다주기 위해 할 수 있는 일 이외에는 생각하지 않기로 결심했었다.

입시 학원 강사가 실제로 시험 문제를 푼 소감을 밝힌 인터넷 기사를 신지가 소리 내어 읽었다. 수학은 평이했고 국어는 어려웠다는 정보에 부부는 서로를 마주 바라보았다. 수학이 약한 츠바사는 쉬운 문제가 많이 나왔다면 잘하는 아이와 그다지 차이가 안 날지도 모른다. 그리고 츠바사는 국어라면 호시나미 수험생과도 겨룰 만하다. 이건 기적이 아닌가. 기적의 해를 만난 것이다.

혹시나…… 어쩌면…….

환희의 망상 후에 하네다미나미 때의 절망이 되살아났다가, 그 후에 또다시 조그맣게 싹튼 기대에 뺨이 간지럽다. 그저께도 어제도, 잠을 못 샀고 제대로 먹지도 못하고 있다. 이런 나날이 지속되면 죽을 수도 있겠다는 생각이 들 정도로 마도카의 마음은 계속 동요하고 있었다.

한편, 츠바사는 담담히 시험 고사장에 갔다. 호시나미 시험 다음 날 츠바사는 세이토쿠 2차 시험을 쳤다. 그다음 날인 오늘, 지금, 이 순간도 츠바사는 입시를 치르고 있다. 오늘은 세가원부속중학교의 2차 시험 날이다. 그대로 남아 세가원부속중학교의 오후 입시에도 응시할 예정이다. 요새는 오후 입시뿐 아니라 저녁에 한 과목만 치는 입시나 초등학교 생활기록부와 특기 한 가지를 프레젠테이션하는 형식의 입시와 온라인 원격 입시 등 다양한 선발 방식이 채용되고 있다. 4번 연속 강행군하는 일정으로 시험과 싸우고 있는 츠바사는 경우에 따라서는 내일 세이토쿠 3차 시험과 모레 세가원부속중학교의 6차 시험까지 응시해야 한다.

무슨 짓을 하고 있는 걸까. 일정표의 요 며칠간 작은 칸에 빼곡히 적힌 글자를 보며 마도카는 탄식한다.

날짜와 시간을 졸인 듯 이렇게나 응축된 시련은 오히려 아이라서 맞설 수 있는 게 아닐까 하는 생각마저 든다. 어른은 이미 과거에 많은 후회할 일을 겪고는 미래에 대한 두려움으로 절대 이런 가혹한 일에는 도전하지 않는다. 아이들은 순수하고 훌륭하다. 정말로 대단하다. 아직 십여 년밖에 살지 않은 그 조그마한 몸으로……. 어제 세이토쿠 고사장에 데려다줄 때도 마도카는 츠바사뿐만 아니라, 츠바사처럼 학원 가방을 메고서 학교 안으로 줄줄이 들어가는 초등학생들의 모습에 가슴이 먹먹해 한동안 멍하니 멈춰 서 있었다.

하필이면 기이하게도 호시나미와 세이토쿠의 합격 발표 시간이 겹쳐 있었다. 그 때문에 지금 신지는 세이토쿠에서 어제 친 시험 합격 발표를 기다리고 있다.

호시나미 체육관의 벽면에는 아직도 분홍색 커튼이 쳐져 있었다. 마도카는 위장에서 쓴 물이 올라오는 듯한 통증이 느껴졌다. 기분 탓이 아니었다. 진짜 구역질이었다. 손으로 입을 막고 욱욱거리며 참는다.

자신의 고교 입학시험 때나 대학 추천제 선발 결과를 기다릴 때도, 취직 활동 때에도 이렇게까지 괴롭지는 않았다. 자신이 떨어지는 것보다 백배 천배, 아이가 떨어지는 것이 괴로울 줄이야. 이렇게 괴로운 일일 줄은 몰랐다.

분명 그들도 몰랐을 거다. 츠바사가 첫 전국연합 실력평가를 치르는 동안 기다리고 있던 그때, 남의 아이의 입시 결과를 떠들어대던 사람들이 있었다. 그 사람들이 가볍고 아무렇지 않게 다른 아이의 합격 여부에 대해 이러쿵저러쿵 떠들어댈 수 있었던 건 이런 감정을 경험하지 않았기 때문이라고 생각한다. 이 감정을 한차례 알게 되면 감히……. 아, 그러고 보니 커닝페이퍼를 만들었다던 그 딸은 어떻게 되었을까. 잊고 있던 게시판의 글이 불현듯 떠오른다. 그 가족도 중학교 입시 터널을 무사히 빠져나왔을까. 지금은 고등학생이 되었으려나…… 희미하게 싹튼 감회는 다시 치밀어 오르는 메스꺼움 앞에서 사라져간다. 너무 긴장해서 위에서 신물이 올라오는 이 느낌. 여기에 있는 학부모 대부분도 맛보고 있을까.

별안간 직원으로 보이는 사람이 몇몇 나타났다. 그들은 허둥지둥 걸어오는 것 같더니 느닷없이 눈앞의 분홍색 커튼에 손을 가져다 댔다. 아무런 예고도 하지 않았으나 학부모들은 순간 잠잠해졌다. 마도카도 숨이 멎을 것 같았는데, 그냥 벽이었다. 주변에서 킥킥대는 작은 웃음소리가 새어 나왔다. 마도카도 맥이 빠져 그만 실소가 터졌다. 하지만 곧이어 안내 방송이 흘러나와 술렁임이 일순간 멈춘다.

"지금부터 호시나미중학교의 금년도 합격자 번호를 발표하겠습니다."

아, 드디어.

"합격자는 수속을 밟으셔야 하므로 사무실 앞으로 모여주시길 바랍니다."

그 수속을 밟을 수 있을 것인지 없을 것인지가 바로 운명의 갈림길인데, 감정이 읽히지 않는 사무적인 목소리로 설명한다. 체육관 안으로 패널을 든 직원들이 나타났다. 숨을 죽이고 지켜보는 마도카를 비롯한 학부모들 앞에서 직원이 패널을 좀 전에 커튼에 가려져 있던 벽에 내건다. 수많은 번호가, 여러 숫자가, 지금 마도카의 눈동자 가득히 펼쳐졌다.

어딘가에서 환호성이 터져 나온다. 벌써 번호를 찾았나 싶어 초조해진다. 옆 사람이 슬그머니 사람들 무리에서 숨듯이 사라진다. "있다." 뒤에서 아이 목소리가 들린다. "대박! 있어!" 누군가가 울기 시작한다. 셔터 소리. 기념 촬영. 저쪽에도. 이쪽에도. 마도카는 놓치지 않도록 차근차근 숫자를 살핀 뒤 주위 사람들의 등을 헤치고 나와 체육관 구석으로 가 스마트폰을 꺼냈다.

아, 의외로 아무렇지 않네. 그렇게 생각했다.

드라마처럼 낯빛을 바꾸거나 우는 일 없이, 안면근 하나 까딱하지 않고 그 자리를 벗어날 수 있었다.

없었다.

아들의 번호는 없었다.

스마트폰을 꺼내 들었지만 그 스마트폰으로 뭘 하려고 했는지 순간 생각이 나지 않았다.

남편에게 연락해야지. 그 생각을 해내고서야 자신이 의외로 혼란스러워 한다는 것을 깨달았다. 작게 고개를 내젓는다. 뭘 하고 있는 거야. 정신 차려. 내가 정신을 못 차리면 어떡해. 아이는 '다 쏟아냈다'고 말했다. 아이는 자신의 시험을 치르고 부모는 그 결과를 지켜봐 주는 것. 분명 거기에는 결과보다 더 중요한 것이 있다.

신지는 지금 다른 곳에서 세이토쿠중학교 합격 발표를 기다리고 있다. 확인하면 서로에게 바로 알려주기로 약속했다. 스마트폰을 켜고 수험번호가 없다는 이야기를 해야겠다고 생각했을 때, 먼저 와 있는 메시지가 눈에 들어왔다.

신지: 있어.

신지의 메시지. 그 한 줄에 주변 소리가 단번에 멀어진다.
바로 신지에게 전화를 걸었다. 그는 호시나미 결과를 묻지 않았다. 이미 세이토쿠중학교의 합격자 발표 게시판 앞에서 오열하고 있는 듯했다.
"……있어! 있다고! 츠바사 번호가…….."
흥분한 나머지 헐떡이는 남편의 목소리를 들으며 마도카는 천천히 눈을 깜박였다.
말이 바로 나오지 못했다.
그저, 기도하듯이, 이렇게 생각했다.
우리는, 우리가 이 아이 츠바사를 지켰을까, 하고.
그때 마도카의 마음에 '수영을 하고 싶다'던 아들의 표정이 떠올랐다.
수줍은 눈과 오므라진 입술이.
순간, 시야가 번졌다. 걷잡을 수 없이 눈물이 뺨을 타고 흘러내렸다.

역
자

후

기

아이를 위해 시작한 일이 왜 아이를 상처 입히는가.

오늘의 아이들은 주체적으로 공부를 하는 것이 아니라 어른들의 과욕 속에서 공부를 당하고 있다. 꿈을 꾸기도 전에 부모 손에 이끌려 쳇바퀴 돌 듯 학교와 학원을 오가며 좋은 성적을 받고 좋은 학교에 들어가기 위해 책상과 한 몸이 되노록 강요받는다. 그렇게 배움의 즐거움보다도 경쟁을 먼저 배운다.

작가는 입시를 겪는 부모와 자녀의 다양한 면면들을 주인공 엄마의 시선을 통해 굉장히 현실적으로 그려냈다. 입시를 경험한 적 없는 지방 출신의 마도카는 우연히 TV 광고를 보고 예비 초등학교 3학년인 아들 츠바사를 유명 입시 학원으로 데려간다. 그곳에서 아들이 머리가 좋아 이름난 중학교에 들어갈 수 있다는 학원 이사의 말에 혹해 아직 이르다는 남편의 반대에도 불구하고 학원을 등록하며 본격적인 입시 세계로 들어선다.

아이의 앞날을 위해 시작한 입시에 열을 올리던 마도카는 어느새 아이의 의견 따위는 무시하고 또래들과 비교하며 성적 올리기에만 급급한 엄마가 되고, 커지는 자신의 이상과 현실 차이에 분노하고 고민하며 이성적인 판단이 사정없이 흔들린다. 그러는 한편 과거 아버지에게 맞아가며 혹독하게 입시를 치른 남편이 아들에게 똑같이 폭력을 행사한다. 남편의 스파르타식 교육관에 혼란스러운 충격을 느끼면서도 동시에 뒤처진다는 자책이 잇따른다. 시간이 다가올수록 느끼는 초조함과 눈앞의 현실에 만족하지 못했을 때 드러나는 부모의 미숙함은 잔혹할 정도다. 그리고 그 잔혹한 미숙함은 결국 아이를 몰아붙인다.

궁지에 내몰린 츠바사가 부모의 기대를 저버리는 것이 두려워 금방 들통날 거짓말임을 알면서도 부모를 속이고 시험 점수를 조작하며 급기야 편의점 화장실로 숨어버리는 장면에서 '다 너를 위해서야'라는 말로 자신들을 정당화시키는 부모를 향한 공포심이 극에 치달았음을 알 수 있다. 그제야 마도카는 자신과 남편이 츠바사의 시야를 가리고 벼랑 끝으로 내몰았음을 깨닫는다. 지식을 위한다고 했지만 사실은 자신들의 욕심 채우기에 지나지 않았고, 열정적인 교육열이 아니라 그저 통제하지 못한 부모의 광기였을 뿐임을 자각하며 죄책감과 미안함으로 가슴 아파한다.

자신들의 욕심으로 아이를 잃을 뻔했다는 사실에 정신을 차린 이후 남은 수험기간 동안 마도카는 츠바사가 먼저 요청해오지 않는 이상 공부에 일절 간섭하지 않기로 마음먹는다. 또한 현실과 동떨어진 이름난 학교에만 매달리던 짓을 관두고서 아이가 진정으로 원하는 지망 학교를 정해 막바지 입시 준비를 한다. 이때 학원 이사가 츠바사의 지망 학교 선정을 위해 마도카 부부에게 여러 후보군의 학교를 소개

하는데, 응시할 모든 학교의 개성을 세세하게 나열한 면담 장면을 통해 작가는 성적이 다가 아니며 모든 학교에 즐거운 청춘이 있음을 말하고 있다.

츠바사는 남은 시간 동안 누구의 강요나 간섭없이 오롯이 자신을 위해 할 수 있는 최선의 노력으로 수험 공부에 매진한다. 츠바사에게 줄곧 '당하는 행위'로 인식되었던 공부가 자신의 의지에 따라 '하고 싶은 행위'로 바뀐 순간이다. 이처럼 합격 여부나 학교 이름보다도 본인이 '공부 자체의 즐거움을 느끼며 내 공부를 했다는 것'이 입시라는 과정에서 얻은 가장 큰 성장을 의미하며, 아마도 이것이 작가가 독자에게 가장 전하고 싶은 메시지가 아닐까.

저출산의 가속화로 한 자녀가 대부분인 사회에서 자식에 대한 애착은 더욱 심해질 수밖에 없다. 그러나 비틀린 사랑은 집착과 욕심만 낳을 뿐이다. 배움의 즐거움을 알아야 건강하고 바른 경쟁을 마주할 수 있고 나아가 본인의 삶을 주체적으로 꾸려나갈 힘을 가진다. 눈앞의 경쟁이 아닌 배움의 즐거움을 먼저 익히고 스스로 자기 공부에 대한 의욕을 지닐 수 있도록 이끄는 것이 부모의 역할이라 믿는다.

이 소설은 행복한 부모가 행복한 자녀를 기르듯, 얽매는 조바심을 내려놓고 진정으로 아이를 위하는 자세가 무엇인지를 되짚어보게 한다.

날개의 날개

초판 1쇄 2023년 6월 15일
초판 2쇄 2023년 7월 14일

지은이 아사히나 아스카
옮긴이 최윤영
펴낸이 김운태
기획·관리 박정운
편집 김우태
디자인 정초희

펴낸곳 도서출판 미래지향
출판등록 2011년 11월 18일 제2013-000129호
주소 서울시 마포구 마포대로 53 B동 1603호
전자우편 kimwt@miraejihyang.com
대표전화 02-780-4842
팩스 02-707-2475
홈페이지 www.miraejihyang.com
ISBN 979-11-85851-28-0

값은 뒤표지에 있습니다.
잘못된 책은 구입하신 서점에서 바꾸어 드립니다.